마도신기

魔刀神器

마도신기 2

강태훈 新무협 판타지 소설

초판 1쇄 찍은 날 § 2007년 1월 15일
초판 1쇄 펴낸 날 § 2007년 1월 25일

지은이 § 강태훈
펴낸이 § 서경석

편집장 § 문혜영
편집책임 § 이재권
편집 § 최하나 · 문정흠

펴낸곳 § 도서출판 청어람
등록번호 § 제1081-1-89호
등록일자 § 1999. 5. 31
어람번호 § 제2-1106호

주소 § 경기도 부천시 원미구 심곡1동 350-1 남성B/D 3F (우) 420-011
전화 § 032-656-4452 팩스 § 032-656-4453
http://www.chungeoram.com
E-mail § eoram99@chollian.net

ⓒ 강태훈, 2007

ISBN 978-89-251-0504-8 04810
ISBN 978-89-251-0502-4 (세트)

마도신기
떠오르는무림
2
강태훈
新무협 판타지 소설
FANTASTIC
ORIENTAL HEROES
魔刀神器
도서출판 청어람

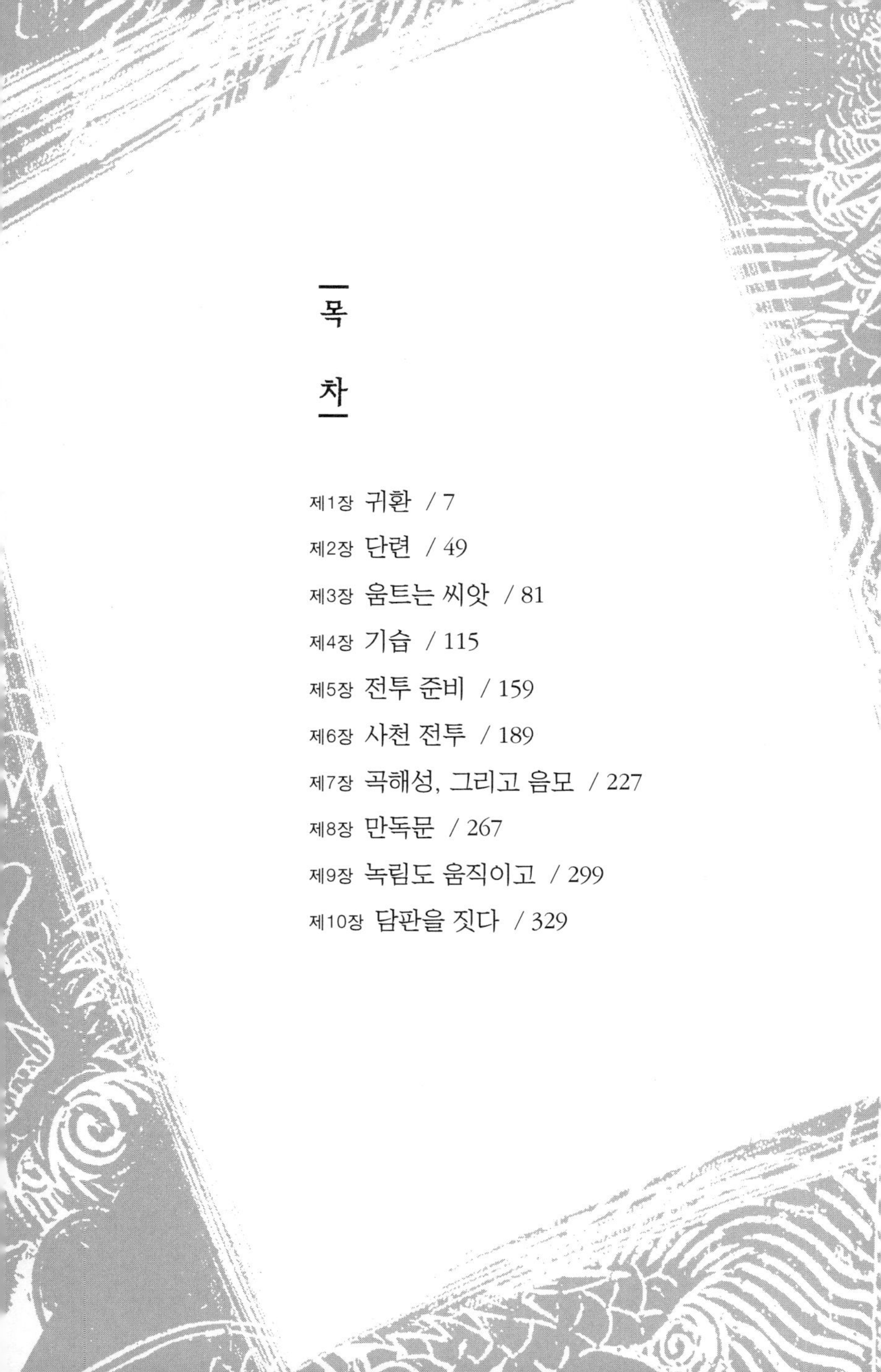

목차

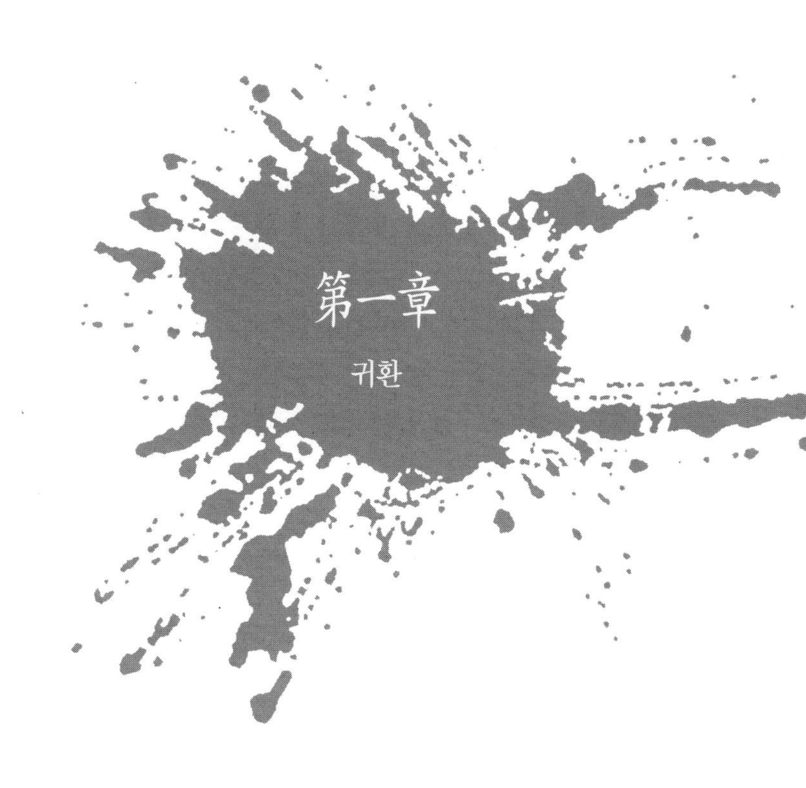

第一章
귀환

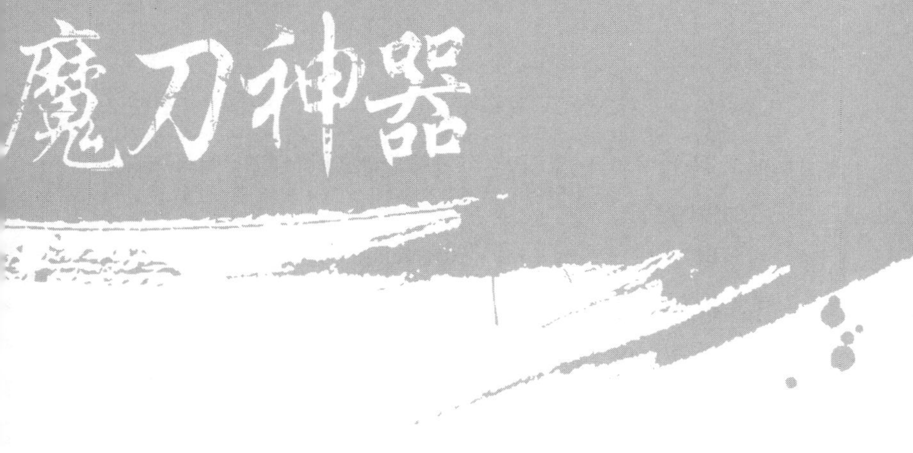

오귀문이 묶이자 팽팽하던 전세는 조금씩 정파 쪽으로 기울기 시작했다.

아직은 근소한 차이였지만 한 번 무너지기 시작하면 급속도로 무너질 수 있는 것이 바로 기세였다.

특히 오귀문과 싸우고 있는 사람이 처음 보는, 이름도 없는 젊은 사람이라는 사실이 마교 무사들의 기세를 더욱더 떨어뜨리고 있었다.

"더욱더 거세게 몰아쳐라! 적이 무너지기 시작했다!"

청현 도장이 목이 쉴 정도로 크게 소리쳤다. 이미 양측의 출혈은 커질 대로 커졌다. 이 정도 출혈이라면 양패구상이라 해도 과언이 아니었지만 적어도 적보다 약간의 이득이라도 얻어야 했다.

청현 도장의 말에 힘을 얻었는지 정도 측 무사들이 거세게 마교를 몰아쳤다.

이미 힘이 다 빠질 정도로 치열한 전투를 벌이고 있는 상황이었지만 없는 힘을 더욱더 쥐어짜며 빠르고 강하게 몰아쳐 갔다.

그런 정도 쪽의 변화 때문인지 마교 쪽이 점차 밀리는 양상으로 변해갔다.

방금 전까지만 해도 오귀문을 이길 수 있을 것 같은 자신감에 차 있던 운현은 지금 굉장히 당황하고 있었다.

얼굴이 벌겋게 달아오른 오귀문이 지금까지와는 차원이 다른 빠르기와 강함으로 공격해 오고 있었기 때문이다.

이제까지 운현이 오귀문을 몰아쳤다면, 지금은 오귀문이 운현을 몰아치고 있는 상황이라 할 수 있었다.

"큭!"

이번에 터진 신음은 운현의 입에서 나왔다. 아까 오귀문이 흘린 신음과 비슷했지만 그 상황이 많이 달랐다.

오귀문은 별다른 부상 없이 약간의 육체적, 정신적 충격으로 신음을 내뱉은 것이라면, 운현이 내뱉은 신음은 부상에 의한 것이었다.

운현의 상태는 오히려 신음이 약하다 싶을 정도로 꽤 많은 상처를 입고 있었다.

물론 거동이 힘들 정도로 심각한 부상을 입은 것은 아니었지만 자잘한 상처들로 인해서 공격을 하고 방어를 하는 데 약간의 불편함이 있었다.

살갗에서 느껴지는 따가움과 출혈로 인한 현기증이 운현의 목을 점점 조르고 있는 것이었다.

그나마 위안거리는 오귀문 역시 처음과 달리 부상을 입고 있다는 점이었다. 운현과 비슷하면 비슷했지 결코 덜하지 않은 부상들이었다.

게다가 나이의 차이인지는 모르겠지만 운현보다 조금 더 거칠게 숨을 몰아쉬고 있었다.

하지만 그런 상황에서도 그의 기세만큼은 죽지 않았는데 그 점에서 운현은 이미 굽히고 들어가는 상황이었다.

"헉! 헉!"

운현과 오귀문은 잠시 공격과 방어를 멈추고 서로를 노려보았다.

처음의 복수심 같은 것은 이미 두 사람에게 없었다. 한 사람의 무인으로서 눈앞의 강한 상대를 꼭 꺾고야 말겠다는 굳건한 의지만이 그들의 눈빛 속에 담겨 있었다.

"도대체 무엇이 어린 나이의 너를 그리 강하게 만든 것이냐?!"

오귀문이 악에 받친 듯 소리쳤다. 그 말은 오귀문이 운현을 인정하고 있다는 말과 같았다.

"그러는 당신은 그 나이 먹도록 나 같은 후배가 나올 때까지 뭐 하셨소?"

비꼬는 말이었지만 그 목소리에는 오귀문의 힘에 대한 경외감이 담겨져 있었다.

"너 같은 놈은 미리 싹을 밟아놔야 돼. 난 잘 알고 있지. 그리고 그 구룡검도 내가 가져가겠다."

오귀문이 자신의 검끝으로 구룡검을 가리키며 말했다.

"흥! 절대로 그럴 순 없을 것이오! 이 검은… 나 혼자만의 것이 아니니까!"

알 수 없는 말을 한 운현이 진기를 끌어올렸다. 황룡기는 아직 건재하지만 하단전의 진기는 많이 소모되어 있었다.

황룡기를 끌어 모아 할 수 있는 공격은 단 한 번. 그 일격으로 오귀문을 끝내지 못한다면 자신은 끝이었다.

'제발 끝나기를……'

운현이 진기를 끌어올리며 중얼거렸다.

사실 운현의 걱정은 기우였다. 오귀문 역시 큰 내상을 입지는 않았지만 진기의 고갈이 심한 상태였다.

방금 전의 대화로 약간의 시간을 벌어 진기를 두 바퀴 정도 돌렸지만 운기를 한 것이 아니기에 긁어모을 수 있는 진기가 얼마 되지 않는 상황이었다.

그에 오귀문 역시 이번 한 번의 일격으로 이 싸움을 끝낼 요량이었다.

둘이 끌어올리는 진기 때문인지 그 주변의 분위기도 심상치 않게 변했으며 공기 역시 심하게 요동치고 있었다.

점점 정리가 되어가는 장내의 시선은 점차 오귀문과 운현의 마지막 싸움으로 고정되어 갔다.

'운현아…….'

청산은 걱정과 함께 대견한 마음이 들었다. 이제 스물네 살의 운현이 산전수전을 다 겪은 오귀문과 대등하게 싸우고 있는 것이다.

언제까지나 철부지일 것만 같았던 운현이.

게다가 이제 마지막 일격을 준비하고 있었다.

청산의 시야는 점차 뿌옇게 흐려져 갔다.

이 싸움을 멀리서 바라보고 있는 사람이 또 있었다.

바로 정미현이었다.

절대로 움직이지 말라는 운현의 말에 아직도 운현과 헤어진 그 자리에서 움직이지 않고 있었다.

그곳에서 운현이 싸움을 시작한 후부터 지금까지 운현의 모습에서 눈을 떼지 않았다.

주변에 사람들이 많아 간혹 보이지 않을 때도 있었고, 워낙

거리가 멀어 제대로 보기 어려웠지만 정미현의 눈에는 운현과 오귀문이 바로 앞에 있는 것처럼 크게만 보였다.

'제발… 제발 이겨줘요.'

정미현은 차마 마지막 격돌을 보지 못하고 눈을 감아버렸다. 운현이 죽을 것이라는 생각은 절대로 하지 않았지만 자꾸만 밀려오는 불안감에 도저히 눈을 뜨고 볼 수가 없었다.

꼭 감고 있는 그녀의 두 눈에는 왜 흐르는지 그녀도 알 수 없는 한줄기 눈물이 흘러내리고 있었다.

"하앗!"

"크하앗!"

진기를 끌어올리던 운현과 오귀문이 동시에 달려들었다.

진기를 끌어올리고 마지막 공격을 준비하는 시간이 조금만 늦었어도 어느 한쪽이 위험한 상황. 하지만 신기하게도 둘이 서로를 향해 달려드는 것은 완벽하게 동시간이었다.

콰쾅!

쿠오오오!

"크헉!"

"카아악!"

운현의 것으로 들리는 단말마의 비명과 오귀문의 것으로 들리는 이상한 괴성이 엄청난 폭음과 함께 들려왔다.

근처에서 싸우고 있던 정도의 무사들과 마교의 무사들은

언제부터인지 싸움을 멈추고 둘의 싸움을 바라보고 있었다.

그리고 각각 운현과 오귀문을 응원하고 있었다.

운현과 오귀문의 격돌은 엄청난 후폭풍을 만들어내었다.

엄청난 양의 진기가 충돌하면서 만들어진 기파가 주변으로 폭사되었고, 그것에 의해 목숨을 잃는 사람들까지 발생하였다.

그것뿐만이 아니었다.

기파가 퍼져 나가면서 만들어진 일진광풍(一陣狂風)은 바닥에 널브러져 있는 시체들까지도 날려 버려 주변을 초토화시키고 있었다.

한차례 강하게 몰려왔던 기파가 지나가고 일진광풍이 가라앉자 무사한 사람들은 두 격돌의 결과가 어떻게 되었을지 궁금해했다.

그리고 두 사람이 격돌했던 자리를 뚫어져라 바라보았다.

비록 광풍이 사라지기는 했지만 공중에 피어오른 흙먼지는 좀처럼 가라앉을 생각을 하지 않았다.

그것은 보는 이들의 속은 하얗게 타 들어가고, 손에는 땀을 쥐게 만들었다.

"운현아!"

청산 진인이 흙먼지 속을 향해 외쳤다.

얼마나 불러보고 싶었던 이름인가. 지금 당장에라도 흙먼지 속으로 달려가고 싶었지만 방금 전의 기파를 이겨내느라 기력을 많이 써버린 터라 움직이기가 힘들었다.

그렇게 얼마의 시간이 지났을까. 흙먼지가 조금씩 가라앉고 두 사람의 모습이 희미하게 보이기 시작했다.

아직 흙먼지가 짙은 상황이기에 누가 누구인지 알아볼 수는 없었지만 한 사람은 그 자리에 주저앉아 있었고, 한 사람은 힘겹게 서 있는 듯했다.

"운현아!"

조금 힘이 생겼는지 청산 진인이 그곳을 향해 걸어가기 시작했다.

마음 같아서는 한달음에 달려가고 싶겠지만 몸이 말을 듣지 않았다.

"운현아!"

흙먼지를 뚫고 들어간 청산이 조금은 기쁜 어투로 소리쳤다.

일단 힘겹게나마 서 있는 사람은 운현이었고, 두 무릎을 꿇고 쓰러져 있는 사람은 오귀문이었기 때문이다.

"사… 사부……."

청산을 본 운현이 힘겹게 그를 불렀다. 그리고 입가에 작게나마 미소를 지어 보였다.

"그래! 사부다, 이 녀석아! 일 년이 넘도록 아무런 소식도 없더니 이게 무슨 꼴이더냐!"

호통을 치고는 있었지만 그의 눈에서는 눈물이 흐르고 있었다.

너무나도 자랑스럽고 대견한 제자가 아니던가. 그 누구도 엄두를 내지 못한 일을 이 어린 운현이 해낸 것이다.

"힘… 들다……."

풀썩.

"운현아!"

"운현!"

힘이 다했는지 쓰러지는 운현, 그리고 그를 부르는 목소리는 둘이었다.

하나는 청산의 것이었고, 하나는 정미현의 것이었다.

청산이 흙먼지 속을 향해 달려가는 모습을 보고 싸움이 끝났다는 것을 눈치 챈 정미현이 곧바로 그곳을 향해 달려온 것이었다.

"소저는 누구신가?"

처음 보는 여인이 걱정스런 표정으로 운현을 부르며 다가오자 청산이 약간 당황한 표정으로 물었다.

그에 정미현이 청산을 향해 살짝 고개를 숙이며 인사했다.

"저는 운현과 동행하고 있는 사람입니다. 운현의 사부님 되시지요?"

"그렇다네."

"인사드립니다. 정미현이라고 합니다."

정미현은 다소곳하게 인사했다. 아리따운 소저가 마치 시

아버지에게 절을 하는 것처럼 인사를 하자 청산은 괜히 기분
이 좋아졌다.

'운현, 이 녀석……'

청산은 자신의 품에 쓰러져 있는 운현을 바라보았다. 호흡
이 비교적 고른 것으로 보아 목숨이 위태로운 정도는 아닌 것
같았다.

"운현은 어떤가요? 괜찮은 건가요?"

인사를 하고 다시금 걱정스런 표정으로 운현을 관찰하던
정미현이 청산에게 물었다.

"괜찮네. 크게 문제는 없는 것 같아. 기혈이 뒤틀리고 심각
한 내상을 입으면 호흡이 불규칙해지기 마련이지만 호흡이
고른 것으로 보아 큰 부상은 아닌 것 같네."

"다행이네요."

정미현이 안도의 한숨을 내쉬며 중얼거렸다.

그런 둘의 곁으로 사람들이 하나둘 모여들기 시작했다. 오
귀문을 꺾은 운현을 보기 위해서였다.

마교의 무사들 역시 죽은 오귀문의 시신을 수습하기 위해
그에게로 다가갔다.

그들 중에는 오귀문의 죽음에 슬픔의 눈물을 흘리는 자들
도 있었다.

잔악무도한 오귀문도 마교 내에서는 상당한 덕망을 가지
고 있는 모양이었다.

"일단 이 아이를 옮겨야겠네. 길을 좀 터주게."

청산이 운현을 조심스럽게 안아 들고 자리에서 일어났다. 그러자 그 주변을 둘러싸고 있던 사람들이 길을 터주었다.

"가지."

청산이 말하자 그 뒤를 정미현이 따랐다.

운현을 보기 위해 몰려들었던 사람들은 자신들이 터준 길로 정미현이 지나가자 그녀의 얼굴에서 시선을 뗄 줄을 몰랐다.

하지만 그런 것에 신경 쓰지 않고 정미현은 청산에게 안겨 있는 운현에게만 시선을 고정시키고 있을 뿐이었다.

"사형!"

운현을 안아 든 청산을 발견한 청현이 달려왔다.

"운현은 어떻게 되었습니까? 무사한 겁니까? 예?"

청현이 시끄럽게 묻자 청산은 그를 향해 인상을 구겼다. 조용히 하라는 의미였다.

"…죄송합니다. 그런데 이 소저는?"

청산의 뒤에 서 있는 정미현을 발견한 청현이 청산에게 물었다. 그에 정미현이 청현을 보고 인사를 하려 하였지만 청산의 말에 의해 무산되었다.

"자세한 것은 현이 녀석을 옮긴 이후에 하지. 일단은 이 녀석의 상처가 더 급해."

"알겠습니다."

청산의 말에 청현은 운현이 쉴 수 있는 자리를 만들기 위해 급히 달려갔다.

"모두 철수한다!"

청현과 청산이 돌아가고, 장호 도장이 정파의 무사들에게 소리쳤다.

운현과 오귀문의 싸움이 끝나는 시점에서 이번 정파와 마교와의 싸움은 끝이 난 것이라고 보아야 했다.

오귀문이 죽고 나자 마교 무사들은 전의를 완전히 상실했고, 그런 잔당들을 처리하기에는 정파 무사들 역시 너무나 많은 기력을 소모했기에 더 이상은 싸울 수가 없었다.

그렇게 섬서성에서 벌어졌던 정파와 마교와의 싸움은 양측 모두가 큰 출혈을 입고 끝난 전투가 되었다.

전투가 끝나고 정도 측의 분위기는 밝아져 있었다. 비록 많은 사람이 죽고 심신이 피로한 상태였지만 그간 자신들을 공포의 도가니로 몰아넣었던 오귀문이 죽었다는 사실에 그들은 부상당한 몸을 이끌고 일어나서 만세를 부르고 싶은 마음이었다.

그런 마음이다 보니 오귀문을 단신으로 상대하여 처리한 운현에 대한 이야기가 안 나올 수가 없었다.

운현의 무위가 뛰어나기는 했지만 정도무림 전체에 퍼진 운현의 무위는 심하게 과장되어 있었다.

운현의 일검에 대기가 진동을 하고 오귀문의 검이 부러졌으며, 천지가 진동할 정도의 굉음이 터져 나왔다고.

게다가 그들이 싸웠던 장소의 반경 십 리 이내에는 모든 것이 초토화되었다고.

사실 십 리 이내가 초토화되었다면 그것을 말하고 있는 사람은 귀신이어야 정상이지만 사람들은 그런 것을 따지지 않고 들었다.

중요한 것은 운현이 정도무림의 새로운 희망이요, 고수로 떠올랐다는 점이었다.

그렇게 운현은 자신도 모르는 사이에 중원 전체에 이름을 날리고 있었다.

오귀문과의 싸움이 끝나고 무당으로 돌아온 지 닷새가 지났다.

무당으로 오고 나서 닷새가 흘렀지만 섬서성에서 호북성까지의 거리가 꽤 되는 데다가 부상자들 때문에 이동 속도가 빠르지 않았다는 것을 감안하면 엄청 오랜 시간 정신을 잃고 있는 운현이었다.

"으음……."

그렇게 닷새가 지나고 엿새째 되는 날, 운현의 입에서 신음 소리가 흘러나왔다.

그의 곁에서 간호를 하다가 잠깐 잠이 들었던 정미현은 운현의 신음 소리에 벌떡 몸을 일으켰다.

“운현! 운현! 정신이 들어요? 저예요! 정미현이에요!”

신음 소리 한번 흘렸을 뿐인데 운현에게 너무 많은 것을 바라는 그녀였다.

그녀 역시도 자신이 너무 과했다고 생각했는지 다시 자리에 앉았다.

“그대를 처음 봤을 때에도 그렇고, 지금도 그렇고… 이렇게 누워 있는 모습만 보네요. 이렇게 약해서 어떻게 해요?”

정미현이 혼잣말로 중얼거렸다. 하지만 그 말이 운현에게 들릴 리 없었다.

만약 운현이 들었다면 자신은 절대로 약하지 않다고 했을 것이다.

“으음…….”

운현의 입에서 다시 한 번 신음 소리가 흘러나왔다. 그에 정미현은 또다시 자리에서 벌떡 일어나 운현의 눈을 바라보았다.

신음 소리를 내뱉는다는 것은 어느 정도 의식을 회복해 간다는 소리인데 아직까지 눈을 뜨지 못하고 있는 운현이었다.

정미현은 또다시 아까처럼 불러보려다 운현의 몸을 향해 뻗었던 손을 거두고는 밖으로 나갔다.

아무래도 자신이 흔들어 깨우는 것보다는 전문 지식을 가지고 있는 사람을 부르는 것이 더 나을 것 같았기 때문이다.

그래서 정미현은 조금 빠른 걸음으로 자소궁을 향해 걸었다.

정미현으로부터 운현의 상세를 전해 들은 청산은 하던 일을 멈추고 곧바로 운현의 거처로 향했다. 그리고 그의 뒤로 약전(藥殿)의 전주인 청운(靑雲)이 따랐다.

"어떤가?"

운현의 거처에 도착한 청산은 제일 먼저 청운에게 진맥을 보도록 했다.

조심스럽게 운현의 팔을 잡고 진맥을 한 청운의 표정이 꽤 밝았다.

"다행입니다. 스스로가 꽤 많이 회복을 했습니다. 이제 얼마 안 있으면 깨어날 것 같군요."

"정말이냐?"

"정말이에요?"

조만간 깨어날 것이라는 청운의 말에 청산과 정미현이 동시에 물었다.

그런 둘의 모습에 청운이 미소를 지으며 고개를 끄덕였다.

"정말 다행이에요."

청운이 고개를 끄덕이자 정미현은 한시름 놓았다는 표정으로 운현을 바라보았다. 꼭 감긴 두 눈이 지금 당장이라도 번쩍 떠질 것만 같은 착각이 들었다.

“그런데… 운현의 체내에 이질적인 기운이 있습니다.”

“음?”

이질적인 기운이라는 말에 청산이 의아한 표정으로 청운을 바라보았다.

처음 진맥을 했을 때에는 듣지 못했던 말이기 때문이다.

“하단전의 진기는 무당의 것과 같습니다. 하지만 운현의 중단전에 무당의 것과는 다른 진기가 자리를 잡고 있습니다. 다행스러운 점이라면 그것이 하단전의 진기와 충돌을 일으키지 않고 있다는 사실이지요.”

청운의 말에 청산은 약간 놀란 표정을 지었다. 이질적인 기운. 그것이 무당의 것이 아니라면 운현은 무당의 법규에 따라 처벌을 받아야 할 것이다.

“혹시 소저는 무언가 알고 있는 것이 아닌가?”

청산이 정미현에게 물었다. 운현과 동행을 했으니 무언가 잘 알 것이라 생각한 것이다.

“예, 저는 알고 있습니다. 하지만 그것은 제 입으로 이야기할 성질의 것이 못 되는 것 같습니다. 하지만 한 가지 확실한 것은, 무당의 무공과 잘 융화될 것이라는 점입니다. 나머지는 운현이 깨어나서 이야기하겠지요.”

정미현의 말에 청산은 조금 더 묻고 싶었지만 입을 다물었다.

지난 일 년 동안 무슨 일이 있었는지는 모르겠지만, 그 덕

분에 운현은 오귀문을 꺾을 정도로 엄청난 고수가 되어서 돌아왔다.

장문인인 자신보다도 더 강한 고수가 되어서.

게다가 운현이 아무리 도명 받는 것을 거부했다고 하더라도 무당에 대한 애정이 없는 아이는 아니었다.

그런 운현이 이질적인 기운을 익혔을 때에는 충분히 고민했을 것이고 그만한 이유가 있었을 것이니 그것은 운현이 깨어난 다음에 들으면 될 일이었다.

"아직 아무것도 알 수 없으니 이 사실은 아무에게도 알리지 말게. 모든 것은 운현이 깨어나면 물을 것이니."

"물론입니다."

청산의 말에 청운이 걱정 말라는 듯 고개를 끄덕이며 대답했다.

"뭐, 조만간 깨어날 것이라니 금방 알 수 있겠지. 고맙네."

고맙다는 청산의 말에 정미현이 고개를 저으며 미소를 지었다. 그 미소에서 청산은 운현에 대한 묘한 감정을 읽을 수 있었다.

"소저는……."

운현과 무슨 관계냐고 묻고 싶었지만 청산은 다시 입을 다물었다.

이것 또한 운현이 깨어나면 밝혀질 일. 지금부터 괜히 나서서 일을 크게 만들 필요는 없었다.

“아닐세. 쉬시게.”

“예.”

정미현도 청산이 자신에게 무언가를 물으려 했다는 것을 알 수 있었다. 그리고 그 질문이 무엇인지도 대충 짐작할 수 있었다.

하지만 자신의 입으로 운현을 사랑하는 사람이라고 말하기에는 그녀에게 부끄러움이 너무 많았다.

청산과 청운이 나가고 정미현은 어서 운현이 깨어나기만을 바라며 그의 얼굴을 바라보았다.

청운이 말했던 조만간은 생각보다 오랜 시간이 걸렸다.

하루 이틀이면 깨어날 줄 알았던 운현은 엿새가 다 되어가도록 깨어날 줄을 몰랐다.

나흘까지 참았던 청산은 닷새가 되고부터는 청운을 붙들고 운현이 왜 깨어나지 않느냐며 다그치기 시작했다.

하지만 청운 역시도 운현이 왜 깨어나지 않고 있는지 알 수가 없기에 답답함만 더해갔다.

“왜 안 일어나나요?”

정미현이 운현의 곁에 앉아 중얼거렸다.

운현이 깨어나기만을 바라는 마음은 정미현이나 청산이나 비슷하겠지만 청산보다 정미현이 더 초연한 모습을 보이고 있었다.

그렇게 하루가 더 지났다. 동쪽 하늘에 해가 떠오르기 시작하고 만물이 활동을 시작했다.

창밖에서는 새들이 지저귀고 있었고, 여느 때보다도 더 밝은 햇살이 창문을 통해 들어와 운현의 얼굴을 비추었다.

"으음……."

운현의 입에서 또다시 신음 소리가 들렸다. 하지만 이번 신음 소리는 여느 때의 그것과는 조금 다르게 들렸다.

마치 잠에서 깨어나는 사람이 일어나기 싫을 때 내는 신음 소리와도 같은 것이었다.

"으음……."

운현이 다시 한 번 신음 소리를 내었다. 그리고 이번에는 신음 소리뿐만이 아니라 눈도 살짝 떴다.

'어디지……?'

운현은 생각했다. 아직까지 시야가 완전히 돌아오지 않았는지 눈앞이 뿌옇게 보였다.

'살아… 있는 것인가?'

마지막으로 본 것이 사부의 모습인 것 같았다. 실로 오랜만에 보는 사부. 하지만 그 모습마저도 지금은 잘 기억이 나질 않았다.

'사부…….'

운현이 중얼거렸지만 그 소리는 입으로 나오지 못했다. 너무 오래 누워 있어 시야도 목소리도 제대로 기능을 하지 못하고 있기 때문이었다.

"운현, 정신이 들어요?"

운현의 신음 소리에 잠에서 깬 정미현이 살짝 떠진 운현의 눈을 보고는 그를 불렀다.

조금이라도 더 빨리 정신을 차렸으면 하는 바람에서였다.

하지만 운현은 아직도 눈을 뜨는 것이 힘든지 제대로 눈을 뜨지 못하고 있었다.

'누구?'

운현은 희미하게 자신을 부르는 목소리를 들은 것 같았다. 하지만 귀도 먹었는지 잘 들리지 않았고, 여자인지 남자인지 조차도 구분하기가 어려웠다.

'답답하네.'

의식은 거의 다 돌아와 있었다. 다만 신체 기능이 운현의 의식을 아직 못 따라가고 있을 뿐이었다.

하지만 운현은 기다렸다. 지금 상황에서 더 잘 보겠다고, 더 잘 듣겠다고 발버둥쳐 봐야 아무런 소용이 없었다.

신체라는 것은 굉장히 신기해서 이상이 생기면 자기 스스로가 치유하려는 능력이 있기에 지금과 같은 상황도 얼마 가지 않을 것이라 확신할 수 있었다.

그렇게 한 식경 정도 지나자 점차 눈앞이 또렷해지기 시작했다. 그리고 머리맡에서 자신을 내려다보고 있는 사람의 얼굴도 점차 또렷하게 보이기 시작했다.

“정… 소저?”

목소리도 제대로 돌아왔는지 ‘정 소저’라는 말이 제대로 흘러나오고 있었다.

“예, 저예요. 알아보겠어요?”

자신을 알아보겠냐는 정미현의 말에 운현이 미소를 지으며 대답했다.

“그럼요. 이렇게 아름다운 사람을 어떻게 못 알아볼 수가 있겠어요…….”

아직 작은 목소리였지만 정미현이 알아듣기에는 충분했다. 운현의 낯간지러운 말에 정미현의 얼굴이 금방 빨갛게 달아올랐다.

말을 한 운현 역시 민망함을 참기 어려운데 들은 당사자는 어떠하랴.

“가서 사부님을 모셔올게요.”

정미현이 자리에서 일어났다. 그리고는 황급히 운현의 거처 밖으로 나갔다.

“아… 돌아왔구나…….”

이곳은 무당. 드디어 무당으로 돌아온 운현이었다.

섬서성에서 벌어진 전투에서 패한 마교의 타격은 생각보다 더 컸다.

정파 측의 경우 구파가 연합을 하였기에 피해를 입었다 하여도 각 문파로 그 피해가 분산되지만 마교의 경우에는 그 피해를 고스란히 받아야만 했다.

오귀문의 죽음과 섬서성 전투 패배 보고를 들은 방일원은 의외로 침착한 모습을 보였다.

"일단 첫 번째로 이 정도면 괜찮다. 오 장로가 생각보다 더 큰일을 해냈어."

방일원은 죽은 오귀문을 칭찬했다. 그것도 그럴 것이, 감숙과 사천, 청해성 등을 오귀문 혼자 마교의 것으로 만들었다고 해도 과언이 아니었다.

게다가 화산의 진무를 이기고 이번 싸움에서 정도에 그 정도의 피해를 입혔으니 당연한 것이라 할 수 있었다.

"이번 피해는 어쩔 수 없는 것이다. 앞으로가 문제지. 현재의 전력에서 최선의 계책을 짜내라. 알겠나?"

"예."

곡해성이 고개를 숙이며 대답했다.

"나가보라."

"예."

곡해성은 서둘러 대전에서 빠져나왔다. 대전을 나오는 그의 표정은 꾸중을 듣지 않았음에도 불구하고 딱딱하게 굳어 있었다.

자신의 거처로 돌아온 곡해성은 그때까지도 굳어진 얼굴을 펴지 못했다. 그리고 자신에게 도착한 서찰을 읽었다.

구룡검 등장. 감숙지부의 일도 그자의 소행으로 사료됨.

"구룡검이 다시 등장했다는 말이지……."

그토록 찾던 구룡검의 행방이었다. 자신들이 찾아낸 것이 아니고 제 발로 세상에 모습을 드러낸 것이지만, 어찌 되었든 구룡검을 찾으려는 목표는 달성한 셈이었다.

"남궁가가 아니었고……."

완전히 헛다리를 짚은 셈이었다. 당문이 무너졌으니 당연히 남궁가가 나설 것이라 생각했건만 남궁가는 움직이지 않았다.

친구의 가문이 무너졌다고는 절대로 생각할 수 없을 정도로 미동조차 없었다.

"밖에 누구 없는가?"

"예!"

곡해성의 부름에 밖에서 대기하고 있던 수하 한 명이 안으로 들어왔다.

"구룡검은 꼭 우리가 탈취해야 한다. 혹시라도 다른 곳으로 사라지지 않도록 잘 감시해라. 알겠나?"

"예, 알겠습니다!"

수하가 힘차게 대답하면 만족스러워하는 모습이라도 보여주는 것이 상관 된 도리이건만 곡해성의 표정에는 변화가 없었다.

"나가보라."

"예!"

하지만 그런 것에 신경 쓰지 않는다는 듯 수하는 힘차게 대답하고 밖으로 나갔다.

"구룡검이 나왔단 말이지……."

구룡검을 생각하면 언제나 눈이 반짝 빛나는 곡해성이었다.

구룡검에 대한 개인적인 탐욕인지, 아니면 다른 목적이 있는 것인지는 알 수 없었다.

마치 방일원이 울부짖는 마교천하보다도 구룡검이 더 중요하다는 듯한 곡해성의 눈빛이었다.

섬서성에서의 싸움이 끝나고 각 문파들은 일단 사문으로 돌아갔다. 이번 싸움으로 입은 피해가 쌍방이 결코 적지 않았으므로 얼마간의 휴식은 불가피했다.

본파로 돌아가는 구파일방의 발걸음은 가볍지 않았다. 출혈이 커도 너무 컸다.

이기기는 했지만 이긴 것이 아니었다. 언제나 곁에서 웃고 떠들었던 친혈육과도 같았던 사람들의 모습을 이제는 더 이상 볼 수가 없게 되었다.

대부분의 싸움 이후에는 다 그렇지만 이번은 더욱더 그 정도가 심했다.

하지만 그런 상황에서도 발견한 한줄기 빛이 있었다. 갑자기 등장한 희망. 일 년 동안 숱한 논란을 야기했던 사람이 바람과 같이 등장했기 때문이다.

말 그대로 바람처럼 등장한 운현은 그를 보는 이로 하여금 경악하도록 만들었다.

살귀 오귀문과 대등하게 싸웠을뿐더러 중상을 입기는 했지만 그를 꺾고 목숨을 거둠으로써 이번 싸움을 승리로 이끌었기 때문이다.

그의 활약이 없었다면 더욱더 큰 피해와 함께 이번 싸움에서 승리하는 것이 힘들었을지도 몰랐다.

이검의 일익이었던 진무 도장이 오귀문의 손에 죽었고, 비록 다른 이검의 일인인 청산이 있었다고는 하지만 그 결과를 장담하기 어려운 상황이었다.

하지만 전혀 예상하지 못한 곳에서 운현이 나타났고, 운현의 위치는 사부인 청산보다도 더 높게 불리고 있었다.

당문의 가주 당연과 남궁가의 가주 남궁창(南宮昌)을 일컬어 세간에서는 암존(暗尊)과 검존(劍尊)이라 불렀고, 그 둘을 함께 이존(二尊)이라 칭했다.

하지만 당연이 오귀문의 손에 죽은 이후에 남궁창 혼자 일존(一尊)이 된 상황이고, 이검의 일인인 진무 도장이 죽으면서 청산 혼자 일검(一劍)이라 불리는 입장이었다.

그런 와중에 등장한 운현 때문에 사람들 사이에선 이러한 질서를 재편해야 하지 않겠느냐는 이야기가 흘러나오기 시작했다.

일존인 남궁창의 실력을 확실하게 가늠하기 어려운 상황이기는 하지만 암존 당연이 오귀문의 손에 죽었고, 진무 도장 역시 오귀문의 손에 죽었기에 사람들은 운현을 남궁창과 청산보다 더 높은 위치에 놓아야 한다고 주장했다.

하지만 청산이 운현의 사부이니 제자가 사부보다 더 높은 위치에 앉는 것은 말이 안 된다는 의견도 있었다.

그렇지만 세상의 분위기는 운현을 검존(劍尊)의 자리에 놓고 청산과 남궁창을 이검(二劍)의 자리에 놓는 분위기로 흘러가고 있었다.

이러한 소문을 들었음에도 청산과 남궁창은 별다른 반응을 보이지 않았으며 일존에 운현, 이검에는 청산과 남궁창으로 굳어져 갔다.

운현이 깨어났다는 소식을 들은 청산은 서둘러 운현의 거처로 향했다. 이것저것 물어볼 것이 많았던 것이다.

"운현아!"

문을 덜컥 열고 들어간 청산은 일단 운현부터 불렀다. 운현은 눈을 감고 침상에 누워 있었다.

"깨어났다고 하더니?"

“분명히 눈을 뜨고 말도 했습니다.”

정미현이 당황스런 표정으로 대답했다. 그 순간 운현의 목소리가 들려왔다.

“안 죽었으니까 걱정 마세요. 눈이 부셔서 잠시 감고 있었어요.”

운현의 말에 청산은 그의 침상 곁으로 가서 앉았다. 그리고는 마치 신기한 동물을 감상하듯이 운현을 요리조리 뜯어보았다.

“왜 그러세요?”

“운현 맞냐?”

“맞는데요? 이제는 제자 얼굴도 못 알아보십니까?”

“아닌데…….”

청산이 고개를 갸웃거리며 중얼거렸다. 그에 운현이 인상을 찌푸리며 그를 바라보았다.

“내가 아는 운현은 무공이 그렇게 강하지 않은데? 자질도 그다지 좋아 보이지 않았고 말이야.”

청산의 말에 운현이 어이없다는 표정을 지으며 그를 바라보았다.

“사부.”

“응?”

“아무리 그래도 하나밖에 없는 제자인데 그런 식으로 말하는 건 좀 그렇다고 생각하지 않아요? 그것도 대놓고.”

"글쎄다. 난 사실을 말한 것뿐인데 말이지."

"쳇!"

운현이 고개를 돌려 버렸다. 그런 모습을 청산은 흐뭇한 표정으로 바라보았다.

장문인이라는 감투를 쓰고 있을 때에는 절대로 생각하지 못할 행동과 말투. 지금 이 순간 청산은 무당의 장문인이 아닌, 오로지 운현의 사부로서만 존재하고 있었다.

"그런데 어떻게 하면 그렇게 일 년 사이에 괴물이 될 수 있지?"

청산이 물었다. 하지만 단단히 삐쳤는지 운현은 아무런 대꾸도 하지 않았다.

"응? 좀 알려주지 않으련? 세상 사람들이 너를 두고 뭐라고 하는지 아느냐? 검존(劍尊)이라고 하더라, 검존."

"예에?!"

운현이 깜짝 놀란 표정으로 청산을 바라보았다. 오귀문 한 명 이겼다고 검존?

"말도 안 됩니다. 오귀문이 최고 강자였답니까? 검존이라니요. 당치도 않아요."

"그래도 어쩌겠느냐. 진무 도장이 오귀문의 손에 죽었다. 그리고 암존이라고 불리던 당가주 당연과 당가 정예 이백이 오귀문 한 사람의 손에 농락당했다. 이존 중 한 명과 이검 중 한 사람이 그의 손에 죽었지. 그런데 네가 그런 오귀문을 이긴 것 아니더냐? 그러니 그런 소리가 나올 법도 하지.”

“하……!”

운현이 한숨을 쉬었다. 정파의 고수들은 정말로 대단한 존재로만 생각했었다. 아무리 용을 써도 그 정도까지 실력을 쌓는 것이 불가능할 것이라 생각했고, 꿈의 경지라 생각했다.

그런데 그런 사람들이 오귀문의 손에 죽고, 그런 오귀문을 자신이 이겼다고 해서 검존의 자리에 오른다? 그렇다면 마교 교주는?

“그럼 마교 교주는 신이라도 된다고 합니까? 말도 안 돼요.”

“뭐, 어쩌겠느냐, 사람들이 그리 부르는 것을. 그보다 어서 알고 싶구나. 어떻게 된 것이냐? 네 몸속에 있는 낯선 기운 때문에 그런 것이냐?”

낯선 기운이라는 청산의 말에 운현은 뜨끔했다. 황룡기를 말하는 것이리라.

“솔직히 그렇습니다.”

“허!”

청산이 안타까운 탄성을 질렀다. 무당의 태극심법 때문이 아닌 다른 기운 때문이라니? 무당의 장문인으로서 무당을 그 누구보다 사랑하고, 무당에 대한 자부심이 강한 청산에게는 정말로 안타까운 일이었다.

“그 기운의 정체가 무엇이냐?”

“말씀드리자면 깁니다.”

“그래도 말해보아라. 안 할 셈이었더냐?”

운현이 고개를 저었다. 그리고는 작게 한숨을 쉬고는 입을 열었다.

“제가 익힌 기운에 대해서 이야기하려면 일단 구룡검의 비밀에 대해서 먼저 이야기해야 합니다.”

“구룡검의 비밀? 그런 것이 있었더냐?”

“예. 지금부터 말씀드리겠습니다.”

운현은 구룡검의 비밀에 대해서 이야기하기 시작했다. 자신이 정 노인은 만난 것부터 구룡검의 비밀에 대해서 들은 것까지. 물론 금선도에 관한 것은 일단 숨겼다.

“그래서 결국 네 목숨을 구하기 위해서 흘러들어 간 아주 약간의 기운 때문에 그 황룡기인가 하는 것을 익혔단 말이더냐?”

“예.”

운현이 작게 대답했다. 이야기를 하면 할수록 청산의 얼굴을 보기가 힘든 운현이었다.

“무량수불.”

청산의 입에서 오랜만에 도호가 흘러나왔다. 그 정도로 착잡한 심정이리라.

“운현 역시도 어쩔 수 없는 상황이었습니다. 처음에 운현은 자신이 무당의 사람이고 이미 익힌 무공이 있다는 사실 때문에 배우는 것을 거부했습니다. 하지만 시간이 흐를수록 몸

안에 들어간 황룡기는 점점 커져 갔고, 자칫 다시 목숨이 위험해질 수도 있는 상황이었습니다."

정미현이 운현의 말을 거들었다. 하지만 청산은 그녀를 바라보지 않고 운현만 바라보고 있었다.

운현은 그런 청산의 시선이 자신을 질책하는 것 같아 차마 고개를 들 수가 없었다.

"알겠다. 쉬어라."

청산이 자리에서 일어났다. 섭섭함이 많이 섞인 목소리였다.

청산이 일어나자 함께 왔던 청운이 뒤를 따랐다.

"하……!"

운현이 한숨을 쉬었다. 이런 상황을 예상하지 못한 것은 아니었다. 하지만 청산을 만나면 이야기하기로 마음먹었던 것처럼 말이 나오지를 않았다.

"걱정 말아요. 이해해 주실 거예요. 무공보다 중요한 것이 사람 목숨이잖아요."

정미현의 말에 운현은 고개를 끄덕였지만 그 몸짓에는 힘이 없었다.

그런 운현을 정미현은 안쓰러운 표정으로 바라보았다. 언제나 밝게 웃고 활발한 모습만 보였던 운현이기에 지금 이런 모습이 더욱더 안타깝게만 느껴졌다.

닷새가 지났다. 정신을 차린 운현은 닷새 만에 자리를 털고 일어나 거동할 수 있을 정도가 되었다.

물론 예전처럼 활발하게 움직이거나 검을 들 수 있는 정도는 아니었지만 운현이 입었던 상처들을 생각하면 꽤 빠르게 호전되고 있는 것이라 할 수 있었다.

하지만 운현의 마음은 호전되는 몸만큼 빨리 낫질 않았다. 청산의 얼굴이 계속해서 가슴 한구석에 남아 있었기 때문이다.

정미현은 최대한 운현을 즐겁게 해주고 웃음 짓게 해주기 위해 여러 노력을 했지만 그것도 잠시일 뿐, 운현의 표정은 여전히 무거웠다.

마교와의 싸움도 한동안 휴전 상태에 돌입했건만 청산은 무엇이 그리도 바쁜지 얼굴을 보기가 어려웠다. 시간이 흐르고 어느 정도 마음을 정리했을 것이라 생각한 운현은 청산이 자신을 부르지도, 또 자신에게 아무런 말도 하지 않자 마음 한구석이 더욱더 무거워져 갔다.

"차라리 운현이 찾아가 봐요. 설마 하니 밤늦게까지 일만 하고 계시겠어요?"

정미현의 말에 운현은 어떻게 해야 할지 고민이 되었다. 아직까지 청산의 얼굴을 똑바로 보는 것이 자신없었다.

"그래도 될까요?"

"뭐가 걱정이에요? 장문인은 운현의 사부잖아요. 아니, 사부이기 전에 어려서부터 운현을 길러주신 부모님 같은 분 아니던가요?"

"그렇죠."

"부모님은 언제나 자식이 잘되기를 바라죠. 하지만 그것이 꼭 자신의 생각이나 의지에 부합하지는 않아요. 그러니 당연히 고민도 되고 생각을 정리하기도 어려울 거예요."

"그런 것은 어디서 들었어요?"

"왜요?"

"세상 다 산 늙은이 같아요. 혹시 반로환동(返老還童)한 것 아니에요?"

"훗! 그렇게 보여요? 다 할아버지에게서 들은 이야기예요."

"그렇군요."

"어떻게 할 거예요?"

정미현의 말에 운현이 다시 입을 다물었다. 무언가 생각을 하는 것 같은 그의 표정에 정미현은 재촉하지 않고 가만히 바라보기만 했다.

"사실 그곳에서 나와 오귀문을 찾아 돌아다니면서도 이런 상황을 생각했었어요. 예상 못한 일은 아니에요. 그리고 사부님을 만나면 어떻게 이야기해야겠다고 마음먹었던 말도 있었어요. 하지만 제대로 말도 못 꺼냈죠."

"그러니까 직접 찾아가서 말을 해봐요. 어쩌면 장문인께서도 그것을 바라고 계시지 않을까요?”

“……?”

“그렇잖아요. 아직도 쉽게 마음을 정리하지 못하고 계시다
는 것은 무언가가 부족하다는 것 아닐까요? 시원하게 결정을
하시고 짐을 덜어줄 수 있는 무언가가 말이에요. 그것이 운현
이 하려고 했던 말일 수도 있잖아요.”

운현이 고개를 끄덕였다. 그녀의 말이 맞는 것도 같았다.

“그런 것 같네요. 찾아가 봐야겠어요.”

“지금 갈래요?”

“아니요.”

운현이 고개를 저었다. 그에 정미현이 인상을 찌푸렸다.

“이왕 가는 거 지금 가는 것이 좋지 않겠어요?”

“저도 마음의 준비를 좀 하고요. 이런 식으로 사부를 만나
는 것은 처음이란 말이에요.”

정미현이 이해한다는 듯이 고개를 끄덕였다. 지금까지 운
현과 청산의 사이에 이러한 일은 없었을 것이다.

“그래요. 마음의 준비가 되면 그때 가봐요.”

“그럴게요.”

결심을 한 운현의 머리를 쓰다듬듯 바람이 불어와 운현의
머리카락을 흩날렸다.

청산은 고민이 많았다. 사실 장문인의 자리가 보이는 것보

다 많은 일을 하는 자리인만큼 여러 가지 일들을 처리하느라 낮에는 신경을 많이 못 쓰고 있었지만, 업무가 거의 다 끝나는 저녁 이후에는 항상 운현의 일로 고민했다.

운현이 겪었던 상황을 이해하지 못하는 것은 아니었다. 죽을 위기에 처한 운현을 구해준 것이 황룡기였고, 그것을 익히지 않으면 주화입마에 걸릴 수 있었기에 익힐 수밖에 없었을 것이다.

사부의 입장에서 생각하면 어쩔 수 없는 상황이었고, 하나밖에 없는 제자가 목숨을 잃을 수 있던 처지를 이해할 수 있지만 장문인이라는 자리는 생각보다 훨씬 더 많이 청산의 사고를 고지식하게 만들고 있었다.

운현을 이해하면서도 무당의 사람이 무당의 무공이 아닌 다른 것을 익혔다는 사실을 받아들일 수 없다는 그의 무의식이 강하게 표출되고 있었다.

그러니 쉽게 마음을 정리하지 못하고 몇날 며칠을 고민하는 청산이었다.

"사부."

'음?'

갑자기 들린 운현의 목소리에 청산은 고개를 들었다. 자신이 생각에 잠기기 시작할 때만 해도 아직 해가 지기 전이었는데 어느덧 밖은 어두워져 있었다.

'벌써 시간이 이렇게 됐나?'

“사부.”

“들어와라.”

청산이 운현을 안으로 불러들였다. 안으로 들어오는 운현의 표정이 어두운 것이 그 역시도 마음고생이 심했던 것 같았다.

“그래, 무슨 일이냐? 이렇게 늦은 시간에.”

“할 말이 있어서요.”

“그래? 일단 앉아라.”

청산은 운현을 방 가운데에 있는 의자에 앉혔다. 그리고 그 맞은편에 자신도 앉은 다음 운현을 바라보았다.

“무슨 이야기?”

“후우……!”

운현이 심호흡을 했다. 그리고는 천천히 입을 열었다.

“사부가 무엇 때문에 고민하시는지 잘 압니다. 하지만 저는 한순간도 무당의 무공을 잊은 적이 없어요.”

운현의 말에 청산은 별다른 반응을 보이지 않았다. 그저 묵묵히 운현을 바라보며 그의 말을 들을 뿐이었다.

“제 하단전에는 여전히 무당의 진기가 있습니다. 그리고 제가 사용한 검법은 무당의 태극혜검이며, 사용한 보법은 제운종이었습니다. 지금의 저를 있게 해준 무공이 바로 그것들이었으며, 저는 항상 무당의 무공으로 적과 싸우고 오귀문을 이겼습니다.”

운현이 청산을 바라보았다. 말을 처음 꺼낼 때의 망설임이나 조바심 같은 것은 보이지 않았다.

오히려 당당하고 확신에 찬 눈빛으로 청산을 바라보고 있었다.

"하지만 네가 사용한 것은 태극진기가 아닌 황룡기였다. 그것은 무당의 무공에 대한 확신과 믿음이 부족했기 때문 아니더냐?"

"진기가 무당 무공의 전부입니까? 그리고 어찌 제가 황룡기만 사용했다 하십니까?"

"내가진기라 함은 그 문파의 모든 무공을 펼치는 데 있어서 가장 기본이 되고 뿌리가 되는 것이다. 그런데 어찌 중요하지 않다 할까? 그리고 네가 사용한 것은 황룡기만이 아니다?"

"내가진기가 중요한 것은 저도 압니다. 그것을 모를 정도로 어린아이도 아니고 무공을 처음 배우는 사람도 아닙니다. 그 중요성을 모르고 무공을 익히는 사람이 있겠습니까? 태극진기를 별것 아니라고 생각했다면, 그리고 제 마음속에 무당의 무공에 대한 마음이 없었다면 아예 그것을 지워 버리고 황룡기를 익혔을 것입니다."

"이놈! 뭐라고 했느냐!"

운현의 마지막 막에 청산이 대노하여 운현을 바라보았다. 하지만 운현은 전혀 움츠러들지 않고 계속해서 말을 이었다.

"흥분하지 마십시오. 제가 뭐라 했습니까? 태극진기의 중요성도 모르고 무당의 무공에 대한 생각도 없었다면이라고 했습니다. 제가 왜 황룡기를 익히지 않으면 죽는다는 말을 듣고도 망설이고 고민을 했는지 아십니까? 당장 죽을 것이 아니라서? 그것이 아닙니다. 저에게 무당이라는 사문이 있고, 제 몸에는 무당의 무공이 자리 잡고 있으며, 저는 앞으로도 무당의 사람일 것이기 때문입니다. 저에게서 무당을 지운다면 제 자신은 이 자리에 없을 겁니다."

청산은 여전히 화가 난 표정으로 운현을 바라보았다. 그런 청산의 시선을 운현 역시 피하지 않고 똑바로 바라보았다.

짧은 시간 동안 둘 사이에 많은 이야기가 오갔다. 둘이 이렇게 마주 보고 앉아서 이런 식의 이야기를, 그것도 서로가 열을 올리면서 해본 것은 이번이 처음이었다.

겉으로는 표정을 굳히고 엄한 모습을 보이고 있었지만 청산은 속으로 흐뭇한 표정을 짓고 있었다. 무당에 대한 운현의 생각과 마음이 이 정도로 깊을 줄은 몰랐던 것이다.

이런 마음가짐이라면 충분히 운현을 믿어도 좋겠다는 생각이 들었으며, 황룡기라는 것이 무당의 진기와 충돌을 일으키는 것 같지 않으니 금상첨화라 할 수 있었다.

"좋다! 믿어보마! 너의 그 믿음이 끝까지 이어지기를 바란다!"

"사부!"

운현이 감격한 표정으로 그를 불렀다. 자신의 이야기가, 아
니, 자신의 마음이 청산에게 제대로 전달된 것 같았기 때문이
다.

"가서 쉬어라. 밤이 늦었구나."

"알겠습니다."

운현은 자리에서 일어나 자신의 거처로 향했다. 가벼운 운
현의 발걸음만큼이나 그의 표정 역시 굉장히 밝았다.

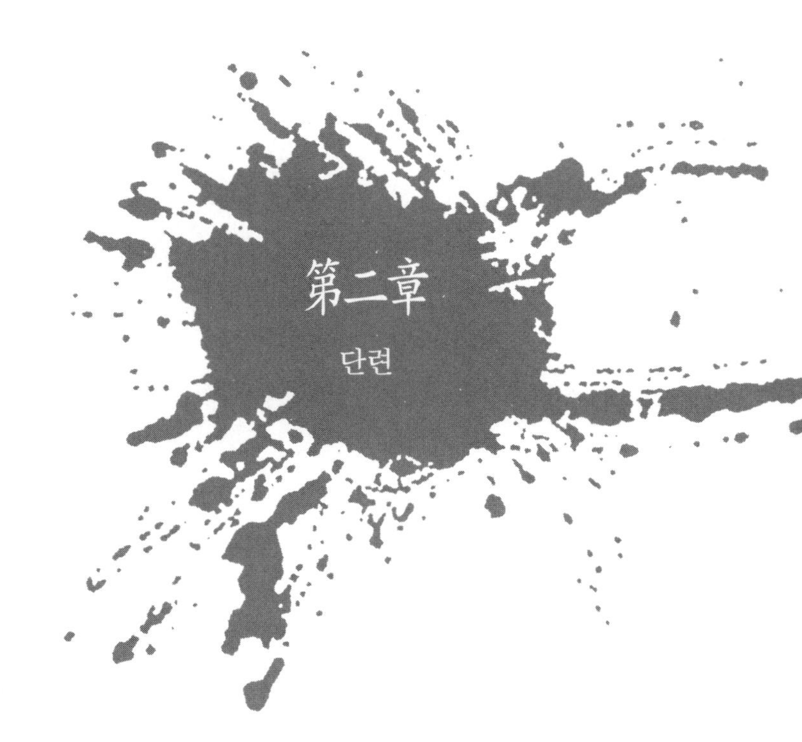
第二章
단련

魔刀神器

　섬서성의 싸움 이후 마교 측은 잠잠해졌다. 혹시라도 어떤 움직임이 있을까 하여 조마조마해하던 정파 측은 어느 정도 마음을 놓을 수 있었다.

　실제로 마교 측에서는 현재 어떤 계획도 없었다. 방일원이 곡해성에게 계책을 짜내라고 했지만 곡해성은 천하태평(天下太平)이었다.

　마치 이미 마교가 중원 전체를 일통한 것처럼 행동했다. 그런 곡해성의 모습은 당연히 방일원의 귀에도 들어갔고, 방일원은 겉으로 내색은 하지 않았지만 곡해성을 상당히 마음에 안 들어했다.

하지만 지금까지 그가 보여왔던 능력이 굉장한 것이었기에 어쩔 수 없이 그를 곁에 데리고 있는 것이었다.

그렇게 시간은 흘러갔다. 하지만 곡해성은 여전히 아무런 일도 하지 않고 있었다.

마교 대전. 방일원이 언제나 그랬던 것처럼 의자에 삐딱하게 앉아 있었다. 무표정. 하지만 그런 얼굴을 한 방일원이 오히려 더 무섭다는 것은 다들 잘 알고 있는 사실이었다.

'대체 무슨 생각인 것이냐?!'

방일원은 속으로 외쳤다. 도무지 생각을 알 수 없는 곡해성의 행동에 답답하고 화가 나는 방일원이었다.

"군사를 불러와라!"

방일원이 밖에다 대고 소리쳤다. 평소 같았으면 안으로 사람을 불러들여 조근조근 이야기했을 것이다. 지금 그냥 밖에다 크게 소리 지를 정도로 화가 많이 난 상태라는 반증이었다.

잠시 후, 곡해성이 대전으로 들어왔다. 언제나와 마찬가지로 고개를 푹 숙이고 있는 공손한 모습. 하지만 방일원은 왠지 그 모습도 가식같이 느껴졌다.

"설명하라."

"죄송합니다."

"이제 그것으로 넘어갈 수 없다. 설명하라."

방일원의 말에 곡해성이 천천히 고개를 들었다. 그리고 방일원을 똑바로 바라보았다.

곡해성이 자신을 똑바로 바라보자 방일원의 눈썹이 꿈틀거렸다.

마교에서 방일원은 곧 신이자 황제나 다름없었다. 방일원의 명령이면 무조건 실행해야 했고, 방일원을 똑바로 바라보는 것은 신하가 황제를 똑바로 바라보는 것과 같았다.

방일원은 순간적으로 곡해성의 눈빛에서 살기를 읽었다. 하지만 찰나에 스쳐 지나간 것이었기에 아주 미약하기 그지없었다.

일반 사람들도 화가 나면 보일 수 있는 정도에 불과했다. 그에 방일원은 조금씩 머릿속이 복잡해지기 시작했다.

"기회를 보고자 함입니다."

"기회? 나를 칠 기회를 말함인가?"

방일원의 몸에서 엄청난 기운이 폭사되었다. 이는 곡해성을 시험해 보고자 함이었다.

하지만 곡해성은 그의 기운을 무리없이 받아내고 있었다. 방일원은 중원에서 첫 손가락에 드는 고수. 그런 방일원의 기운을 곡해성은 받아내고 있는 것이었다.

'정체가 무엇이냐?!'

몇 년 전 갑자기 나타난 곡해성. 그는 결코 무공이 돋보이는 사람은 아니었다. 오히려 뛰어난 머리와 지략으로 상황을 유리하게 이끌어가는 능력이 탁월한 사람이었다.

그런 능력이 방일원의 눈에 띄어 군사를 하고 있지만 그의 무공이 이 정도로 뛰어날 것이라고는 전혀 생각하지 못하고 있었다.

"아닙니다. 적을 칠 기회를 보고자 함입니다."

그 엄청난 기운을 받아내면서도 곡해성은 아무렇지도 않게 대답했다.

방일원은 곡해성을 가늘게 뜬 눈으로 바라보았다. 의심이 가득한 눈빛. 하지만 곡해성의 태도나 표정에는 흔들림이 없었다.

"진심인가?"

"진심입니다."

망설임없는 대답. 정말로 진심인 듯했다. 하지만 방일원은 아까 느꼈던 아주 미약하기 그지없는 한줄기 살기를 잊을 수가 없었다.

'아직은……'

"들어보지. 그 기회가 어떤 것인지."

방일원의 말에 고개를 끄덕인 곡해성은 미소를 지었다. 안도인지 만족인지 알 수 없는 의미를 담은 미소를.

청산과 좋게 일을 마무리 지은 운현은 밖으로 잘 돌아다니지 않았다.

자신의 거처에서만 생활을 하거나 거처의 바로 뒤쪽에 있는 공터에서 수련만 하며 지냈다.

처음 정미현이 무당 안을 구경하고 싶다는 이야기를 했을 때에만 돌아다녔을 뿐 절대로 거처와 공터를 벗어나는 일이 없었다.

운현이 그러는 이유는 다른 곳에 있지 않았다. 바로 무당 제자들의 시선이 부담스러웠기 때문이다.

운현에게 있어서 무당은 집이었고, 무당의 동문들은 모두 형제나 다름없었다. 젊은 나이이지만 일대제자인지라 사질들도 있었지만 운현은 그들을 어디까지나 형제처럼 보았다.

하지만 그들은 그렇지 않았다. 오귀문을 이겼다고 검존이라 부르는 것도 부담스러운데 자신을 바라보는 시선마저도 마치 대단한 사람을 바라보는 듯한 눈빛이었다.

그들의 입장에서 보면 당연한 것일 수도 있었다. 자신들을 공포에 몰아넣었던 오귀문을 꺾은 사람이 젊은 데다가 같은 무당 사람이니 그렇게 보지 않을 수가 없었을 터이다.

하지만 운현은 그런 것이 싫었다. 아직까지 자신의 실력에 대한 자신감이 없었다.

고수들은 자신의 실력을 안다. 그리고 자신의 실력이 어느 정도 위치에 올랐다는 것을 알게 되면 자만심이 아닌 자신감이 자연스럽게 흘러나온다.

그 누구에게도 지지 않을 자신감.

하지만 운현은 아직까지 그런 마음이 들지 않았다. 언제나 자신의 실력이 부족하고, 오귀문을 꺾은 것 역시 온전한 실력이 아닌 어느 정도 작용한 운 때문에 이긴 것이라 생각하고 있었다.

그에 운현은 지금도 공터에서 땀을 흘리며 검을 휘두르고 있었다.

그리고 그런 운현의 모습을 정미현이 곁에서 물끄러미 바라보고 있었다.

무언가에 진지하게 매달리는 모습. 황룡기를 익힐 때 본 모습이었다.

"후우……!"

운현이 심호흡을 하며 검을 내려놓았다. 얼마나 휘둘렀는지 이마와 얼굴, 온몸이 땀으로 범벅이 되어 있었다.

"자, 여기요."

"고마워요."

정미현이 하얀 천을 들고 와 운현에게 건넸다. 땀 냄새가 심하게 났지만 정미현은 얼굴 한 번 찡그리지 않았다.

웃으며 천을 받아 든 운현이 얼굴을 닦았다. 땀 때문에 하얗던 천이 순식간에 누렇게 변해 버렸다.

"너무 열심히 하는 것 아니에요? '검존' 운현인데."

정미현이 장난기 다분한 목소리로 물었다. 그에 운현이 설레설레 고개를 흔들며 대답했다.

"정 소저도 그러는 거예요? 검존은 무슨 검존이에요. 만약 제가 남궁가 가주와 싸우면 누가 이길 것 같아요? 저는 제가 질 것 같은데."

"그래도 일단 지금은 그렇게 불리고 있잖아요. 그리고 암존인 당가주를 오귀문이 꺾었고, 운현이 그 오귀문을 꺾었으니 검존이라고 불릴 만도 하죠."

하지만 운현은 그 말에 고개를 저었다.

"솔직히 말하면 그렇지도 않아요. 그때의 상황을 저도 들었는데, 과연 암존과 오귀문이 일 대 일로 붙었다면 어땠을까 하는 생각이 들거든요."

"당연히 오귀문이 이기지 않았을까요? 오귀문은 당가주뿐만 아니라 당가 무사 이백여 명도 함께 죽였다고 하던데."

하지만 이번에도 운현은 고개를 저었다.

"생각해 봐요. 일단 당가 일행은 다수가 움직이고 있었고, 오귀문은 혼자였어요. 그렇다는 말은 활동의 폭이 자유로운 쪽은 오귀문이었다는 말이죠. 반면에 당가주는 당가 무사들을 이끌고 있었으니 쉽게 움직일 수 없었고요. 그 차이는 꽝장히 커요."

"그런가요?"

"그뿐만이 아니에요. 지형 역시 한몫했겠죠. 오귀문은 혼자고 당가는 삼백이었죠. 그런 상황에서 혼자 움직이는 오귀문이 유리한 것은 당연한 것. 그 두 가지만 따져도 오귀문의 승리는 거의 확실시 되는 거예요.”

“와!”

정미현이 놀랍다는 듯 운현을 바라보았다. 그런 그녀의 모습에 운현은 미소를 지었다.

“운현, 똑똑하군요!”

“하… 하…….”

정미현에게 똑똑하다는 말을 들은 운현은 좋아해야 할지 말아야 할지 난감했다.

분명 칭찬이기는 했지만 그녀의 말에서 ‘그렇게 보이지 않는데 이제 보니 굉장히 똑똑하다’ 라는 느낌을 받았기 때문이다.

“그런 건 내가 아니라도 누구나 생각해 보면 금방 알 수 있어요. 하지만 오귀문이라는 이름이 준 공포와 암존이라는 별호가 주는 무게 때문에 생각하지 못하고 있을 뿐이지.”

“그건 네 말이 맞다.”

“아, 사부!”

운현의 말을 받은 것은 청산이었다. 고민을 끝냈기 때문인지 청산의 표정은 많이 밝아져 있었다.

“내 아직까지 아무런 말도 하지 않고 있었지만 네 실력에 검존이란 칭호는 아직 멀었어.”

“쳇! 알고 있습니다. 그렇다고 해서 그렇게 대놓고 말씀하실 것까지는 없잖습니까.”

운현이 입을 삐죽 내밀며 말했다. 하지만 전혀 실망한 표정은 아니었다.

“사실 오귀문의 실력이 강하기는 하지만 어느 정도 과장된 면이 있었어. 물론 진무 도장을 꺾은 것은 대단한 일이기는 하지만, 그 때문에 오귀문 역시 한동안 자리보전을 해야 했지. 실제로 오귀문이 이겸 정도의 실력은 되었겠지만 절대로 존(尊)의 자리까지 넘볼 정도는 아니었다.”

“당연히 그렇겠지요. 하지만 저는 솔직히 말씀드려서 이존(二尊) 역시 실제 실력 때문이라고는 생각되지 않는데요?”

운현의 말에 청산이 흥미롭다는 표정으로 그를 바라보았다. 지금까지 그 누구도 이존의 실력과 그 자리에 대해서 의심을 해본 적이 없었다. 운현이 처음이라 할 수 있었다.

“왜 그렇게 생각하느냐?”

“솔직히 당가와 남궁가는 강호 활동을 거의 하지 않고 있었습니다. 지금도 마찬가지지요. 전번 마교와의 싸움 이후로 한 번도 모습을 드러낸 적이 없는 분들입니다. 그때의 실력보다 지금의 실력이 더욱더 뛰어나리라는 보장도 없을뿐더러 사부님이나 진무 도장이 남궁가주나 당가주보다 실력이 없다는 보장도 없지 않습니까? 대적해 본 적이 없으니까요.”

“그건 그렇지.”

“그러니까 이존이라는 칭호는 당가와 남궁가에 대한 세간의 환상과 조금이라도 더 먼저 등장한 고수에 대한 사람들의 마음을 담아 이야기한 것이 아닐까 하는데요?”

“그런 생각까지 하고 있었단 말이더냐?”

“예. 요 며칠 동안 저보고 하도 검존, 검존 하기에 생각을 좀 해봤지요. 내가 왜 검존이라 불러야 하는지, 그리고 이존과 이검이라는 위치에 대해서도요.”

“그래? 그럼 어디 그 실력 좀 보자.”

“예?”

갑작스런 청산의 말에 운현은 물론이고 정미현도 놀란 표정을 지었다.

“실력 좀 보자니까?”

“갑자기 웬 실력입니까?”

“사부로서 궁금해서 그런다. 그냥 보기만 했지 실제로 부딪쳐 본 것은 아니지 않느냐?”

운현은 이해할 수 있었다. 청산 역시 이검이라 불리는 막강 고수이자 무인. 그런데 그의 제자가 세상에서 자신보다 더 높은 자리에 위치한다는 말을 듣고 어찌 가만히 있을 수 있겠는가.

겉으로는 태연한 척했지만 자존심도 상하고, 실제 그 정도인지도 궁금했을 것이다.

“그러다가 어느 한쪽이 초상 치르는 것 아닙니까?”

"예끼! 아무렴 이 사부가 제자의 목숨을 거둘까 봐서 그러느냐! 그리고 너는 내 목숨을 가져갈 거고?"

"그건 아니지만……."

"그런데 뭐가 걱정이야? 잔말 말고 검 들어!"

"하지만 구룡검이 없는데……."

"뭐야?"

청산은 어이가 없었다. 구룡검이 없어서 비무를 못한다? 이게 말이나 되는 소리인가?

"이 녀석아, 그러기에 너는 아직도 멀었다는 것이야! 구룡검이 더없이 좋은 검이라는 것은 잘 안다. 아니, 이 세상에서 가장 좋은 검이라는 것도 잘 알지. 하지만 그것에 의존하면 실력이 늘겠느냐? 안 봐도 알겠구나!"

청산의 말에 고개를 끄덕인 운현은 수련할 때 쓰던 청강검을 집어 들었다. 무게와 강도 면에서 구룡검에 한참 못 미치는 검이었지만 운현은 그것을 힘을 주어 잡았다.

"아, 그리고 황룡기도 쓰지 말아라!"

"예?!"

황룡기까지 쓰지 말라는 청산의 말에 운현이 더 놀란 표정으로 청산을 바라보았다.

황룡기를 쓰지 말라 함은 내력을 쓰지 말라는 것과 같았다.

"왜? 네게는 태극진기가 있지 않느냐?"

"하지만 사부의 성취와 제 성취가 같습니까?"

"못하다고 생각하느냐? 딱 보기에도 네 성취는 팔성 정도
는 되어 보이는데?"

"그럼 사부는 팔성입니까? 그것보다 더 높잖습니까?"

"하하하!"

청산이 갑자기 크게 웃었다. 청산이 등장한 이후부터 분위
기가 이상하게 흐르는 것 같은 운현이었다.

"사부, 어디 아파요? 오늘 왜 그래요?"

"그게 사부한테 할 소리냐? 암튼 팔성이야, 아니야?"

"팔성이 뭐 쉽게 도달할 수 있는 경지인가요? 칠성 중반입
니다."

"고작 그 정도로 오귀문을 꺾었다고? 허!"

"다 구룡검 때문이지요."

"응? 그게 무슨 말이냐?"

"아닙니다. 아무튼 칠성 중반이지 팔성은 아니에요."

"음……."

청산이 고민에 잠겼다. 아마도 운현의 경지를 팔성의 경지
로 본 것 같았다.

사실 태극심법의 칠성이라면 엄청난 성취를 이룬 것으로
써 운현의 나이에 그 정도라면 굉장히 빠른 성취라 할 수 있
었다.

그런 이야기를 청산과 운현은 아무렇지도 않게 하고 있으
니 남들이 들으면 태극심법의 팔성이 아주 우스운 경지로 들

릴 것이다.

“그럼 좋다. 어차피 너의 실력을 보기 위함이니 육성만 사용하도록 하자. 나도 육성만 사용하마.”

“그것으로 실력 점검이 돼요?”

“그럼 안 된다고 생각하느냐?”

“돼요?”

“당연하지!”

청산이 답답하다는 듯 운현을 바라보며 계속 말을 이었다.

“무공이라는 것이 진기가 많다고 해서 되느냐?”

“아니죠.”

“그래, 그럼 나온 것 아니냐? 진기가 아무리 많아도 그것은 그저 세기만 한 것이지 진정으로 강한 것은 아니다. 많은 양의 진기를 효과적으로 사용할 수 있는 검법 같은 것들도 필요하지.”

“그렇지요.”

“그러니 네 실력을 보겠다는 것은 단순히 진기를 보겠다는 것이 아니야. 검법의 숙련도와 함께 그에 따른 진기의 운용을 보겠다는 것이다.”

“알겠습니다.”

운현이 이해했다는 듯 고개를 끄덕이며 대답했다. 그리고는 검을 들었다.

청산 역시 미리 준비해 온 검을 들고 운현과 거리를 두고 마주 섰다.

갑작스럽게 둘의 비무가 결정되자 곁에서 지켜보고 있던 정미현은 당황스러워하면서도 흥미롭게 둘을 바라보았다.

'누가 더 강할까?'

아무래도 사부인 청산이 조금은 더 강하지 않을까 싶은 마음이었지만 그래도 혹시나 싶었다. 운현의 노력을 곁에서 지켜봐온 정미현이기에 더욱 그런 생각이 들었다.

곧 둘의 비무가 시작되었다.

둘의 비무를 지켜보는 정미현은 눈이 어지러울 지경이었다. 비록 태극진기의 육성 정도만 사용하고 있었지만 둘의 검은 굉장히 빨랐다.

황룡기를 익히고 자신 역시 어느 정도의 무위를 가지고 있다고 생각한 정미현에게 있어서 둘의 비무는 신선한 충격, 그 자체였다.

정교하면서도 틀에 박히지 않은 초식들, 그리고 그것을 막고 피하며 상대에게 반격을 하는 비무의 모습은 정미현에게 또 다른 욕구 하나를 불러일으켰다.

'나도 초식이라는 것을 익힐 수 있을까?'

겉으로 보기에도 무언가 그럴싸해 보이기도 했고, 자신의 힘을 구체적으로 표출하는 데 굉장히 유용할 것 같았다.

그런 생각을 하며 바라보고 있는 운현과 청산의 비무는 절정을 향해 달려가고 있었다.

"이 녀석아! 고작 이 정도로 검존이라 불린단 말이더냐! 말도 안 된다!"

청산이 고함을 질렀다. 하지만 그의 얼굴 전체에 맺혀 있는 땀방울과 놀란 듯한 표정은 그의 말이 진심이 아님을 알 수 있게 했다.

"누가 검존 하고 싶답니까? 그런 것 하고 싶으면 사부나 하십시오!"

운현도 지지 않고 맞받았다. 그러는 운현도 처음으로 맛보는 청산의 진정한 실력에 감탄을 금치 못하고 있었다.

"차앗!"

운현이 몸을 회전시키며 검을 휘둘렀다. 검에 씌워진 은빛 검기가 만든 검로(劍路)가 화려하게 펼쳐졌다.

"흥! 어림없다!"

그렇게 외친 청산은 자신의 팔을 노리고 들어오는 운현의 검을 피해낸 뒤 앞으로 검을 쭉 뻗었다.

빠른 속도, 그리고 운현의 것과 마찬가지로 은은하게 빛나는 검기. 도저히 막기 힘들어 보였다.

"앗!"

청산의 검이 운현의 가슴으로 빠르게 찔러 들어가자 그것을 본 정미현이 비명을 질렀다. 그대로 운현의 가슴에 청산의 검이 꽂힐 것만 같았기 때문이다.

하지만 그런 정미현의 걱정은 기우에 불과했다. 운현의 몸이 뒤로 거의 직각으로 젖혀지면서 검을 피해낸 것이다.

그와 동시에 몸을 회전시키며 자세를 바로 한 후 청산에게 반격해 들어갔다.

하지만 청산 역시 만만치 않았다. 경험이 많은 만큼 노련함에서 앞서기 때문인지 운현의 공격을 어느 정도 읽고 있는 것처럼 움직이는 그였다.

그런 둘의 비무를 보면 볼수록 정미현의 입은 벌어졌다. 금방이라도 어느 한쪽이 다칠 것만 같은데, 그것도 살벌하게 검기까지 사용하면서 비무를 하는데 아직까지 둘 다 멀쩡했다. 이도 놀라웠지만 그 정도로 피하고 막을 수 있다는 사실에 더욱 놀라움을 금치 못했다.

"헉! 헉! 역시 괴물이 다 되었구나!"

"그런 저를 꺾은 사부는 뭡니까?"

청산과 운현이 거친 숨을 몰아쉬며 대화를 나누고 있었다. 둘 다 검은 내린 상태. 비무가 끝난 상황이었다.

결과적으로 보면 청산이 간발의 차이로 운현을 이겼다고 볼 수 있었다.

청산과 운현의 차이는 없다고 봐도 무방했지만, 좀 더 오랜 세월을 살고 경험을 쌓은 청산이 한발 앞섰다고 할 수 있었다.

그런 둘의 모습을 보면서 정미현은 그저 놀란 표정을 지을 수밖에 없었다.

물론 운현과 오귀문의 싸움을 먼발치에서 보기는 했지만 이 정도로 대단하지는 않았다.

그때에는 서로를 죽일 목적이었지만 이번에는 죽이는 것이 아닌 서로의 실력을 드러내 보이는 것이 목적이었기에 가능한 것이었다.

청산은 기뻤다. 운현의 실력이 높아진 것도 기뻤지만, 황룡기에만 의지하는 것이 아닌 무당의 무공만으로도 이 정도로 강한 모습을 보였다는 것은 매우 만족스러웠다.

그날 밤 운현이 와서 한 말이 결코 허언이 아니었음을 확실하게 알 수 있었다.

반면, 운현은 자신의 실력에 대한 자신감을 꺾을 수밖에 없었다. 솔직히 말해서 오귀문을 꺾은 이후로 자신의 실력에 대해 약간의 자신감을 가지고 있었다. 그런데 오늘의 비무를 통해 아직 멀었다는 것을 실감할 수밖에 없었다.

둘의 비무를 보고 무언가 생각하는 사람이 또 있었으니, 바로 정미현이었다.

지금까지 초식에 대한 필요성을 느끼지 못하고 그런 것은 없어도 상관없다고 생각해 온 그녀이지만 요즘 들어 그것의 필요성에 대해서 뼈저리게 느끼는 중이었다.

황룡기를 익힌 것만으로도 충분히 자신은 강하다고 생각
했지만 정작 중요한 순간에는 아무런 힘도 쓰지 못하고 그저
관망만 해야 했다.

그리고 지금 청산과 운현의 비무를 통해 초식의 필요성을
느꼈고, 초식과 황룡기가 만나게 되면 충분히 더욱 강한 효과
를 볼 수 있다는 것을 알게 되었다.

청산과 운현, 그리고 정미현 모두가 무언가 느낄 수 있는
한 번의 비무였다.

그날 이후 운현은 조금 더 강도 높은 훈련에 들어갔다. 내
공을 전혀 사용하지 않고 초식을 수련함으로써 조금 더 기술
의 숙련도를 높이기 위해 노력했고, 가끔 청산과 비무를 하면
서 경험을 늘려갔다.

물론 비무를 통한 경험에는 한계가 있을 수밖에 없었지만
지금의 운현에게 청산과 같은 고수와의 비무는 충분한 경험
이 되고 있었다.

그리고 또 하나의 변화가 있었으니 바로 정미현이었다. 초
식의 필요성에 대해서 느낀 그녀는 초식을 배우고 싶어 했
다.

하지만 외부인으로서 다른 문파의 무공을 함부로 배울 순
없는 일. 때문에 그녀는 겉으로 내색도 하지 못하고 속으로만
끙끙 앓고 있었다.

“훅! 훅!”

운현이 뜨거운 숨을 내뱉으며 검을 휘둘렀다. 분명 내공을 사용하지 않고 있음에도 운현의 검이 만들어내는 소리는 마치 내공을 사용하는 듯 날카로웠으며, 그 속도 또한 빨랐다.

이는 초식을 운용하는 데 있어서 군더더기가 없어지고 익숙해졌다는 증거였다.

여기에 강함을 이끌어내는 내공이 더해진다면 운현을 쉽게 이길 수 있는 사람은 없을 것이다.

“음…….”

검을 휘두르던 운현의 눈에 정미현의 모습이 들어왔다. 요즘 들어 표정이 밝지 못한 그녀였기에 운현은 검을 멈추고 다가갔다.

“왜 그래요?”

운현의 물음에도 정미현은 고개만 저을 뿐 아무런 대답도 하지 않았다.

“말해봐요. 무슨 일이에요?”

“그게…….”

정미현이 말을 꺼렸다. 그래도 무언가 말을 하려는 듯한 그녀의 모습에 운현이 집요하게 물었다.

“무슨 걱정거리 있어요? 아니면 어르신이 보고 싶어요?”

충분히 있을 수 있는 일이었다. 평생을 키워준 할아버지와 떨어져 생활하는데 어찌 그럽지 않겠는가. 하지만 정미현의 고민은 그것 때문이 아니었다.

"그런 것이 아니에요."

"그럼 뭔데요? 어서 말해봐요."

운현의 물음에 머뭇거리던 정미현이 작게 한숨을 쉬더니 입을 열었다.

"사실… 초식을 익히고 싶어서요."

"초식을요?"

전혀 생각지 못한 그녀의 고민에 운현은 순간 당황했다.

할아버지가 그립다면 감숙에 한 번 다녀오면 된다. 물론 위험이 따르겠지만 그 정도도 헤쳐 나가지 못할 운현은 아니었다.

하지만 초식을 배우고 싶다는 그녀의 고민은 자신의 힘으로도 어찌할 수 없는 것이었다.

"어떻게 하지……."

"너무 신경 쓰지 말아요."

운현이 고민하는 듯하자 정미현이 말했다. 하지만 몰랐다면 모르겠지만 이렇게 알게 된 이상 어찌 고민이 되지 않겠는가. 운현의 귀에 그녀의 말은 '어서 초식을 가르쳐 줘요' 라는 소리로 들렸다.

"일단은 조금 더 생각을 해볼게요."

운현이 웃으며 말했다. 그에 정미현은 기쁜 표정을 지으며 고개를 끄덕였다.

‘역시… 마음에 없는 말이었어.’

운현은 속으로 생각했다. 여자의 마음을 한 번도 경험해 보지 못한 운현으로서는 이것 역시도 또 하나의 경험이었다.

이제 정미현의 표정이 밝아진 대신에 운현의 표정이 어두워졌다. 정미현보다 운현이 한숨짓는 날이 더 많아졌다.

그런 운현의 모습을 보면서 청산은 의아함을 느꼈다. 딱히 무공을 익히고 수련을 하는 데 막힘이 있는 것 같지도 않았다. 자신이 느끼기에 운현의 실력은 날이 갈수록 높아가는 것 같았기에 한숨짓는 운현의 모습에 의아해할 수밖에 없었다.

“무슨 일이 있는 것이냐?”

비무를 하던 도중에 청산이 검을 멈추며 운현에게 물었다. 도통 비무에 집중하지 못하는 운현이었다.

“그럴 일이 조금 있습니다.”

“무슨 일이냐? 말해보아라.”

“그것이…….”

운현은 머뭇거렸다. 아무리 청산이 무당의 장문인이기는 하지만 쉽게 이야기하기는 어려운 문제였다.

“말해봐라, 걱정 말고. 난 네 사부가 아니더냐?”

“정 소저가…….”

“왜?”

“초식을 익히고 싶어 해서요.”

“초식? 갑자기 왜?”

“글쎄요. 잘은 모르겠지만 그러더라고요.”

“음…….”

청산이 생각에 잠겼다. 외부인에게 함부로 사문의 무공을 가르칠 수는 없다. 그것은 장문인인 청산으로서도 쉽게 결정할 수 없는 문제였다.

“그냥 무당의 것이 아닌 누구나 다 아는 기본 초식들 몇 가지를 가르쳐 줄까요?”

운현의 말에 청산은 고개를 저었다. 그리고는 입을 열었다.

“그것을 익힌다 하여도 써먹지는 못할 것이야. 황룡기가 그렇게 뛰어난 것이라면 어지간한 초식으로는 그것을 제대로 구현하기 힘들 테니까.”

“그렇군요.”

운현도 고개를 끄덕였다. 상승의 내공과 상승의 검법 등이 따로 있는 것만 봐도 알 수 있었다.

“하지만 그렇다고 해서 무당의 무공을 함부로 가르쳐 줄 수는 없잖아요.”

“솔직히 그것은 어려운 일이 아니다. 한 가지 조건만 충족되면.”

“뭔데요?”

운현이 눈을 빛내며 물었다.

“무당의 사람이면 되지.”

청산의 말에 운현이 한숨을 쉬며 고개를 숙였다. 그것을 누가 모르는가? 정미현이 무당의 사람이 아니라는 것이 문제가 되는 것인데.

"그걸 누가 모르나요? 그것만 아니면 고민도 안 했습니다."

"무당 사람이 아니면 무당 사람으로 만들면 되지 않겠느냐?"

"예?"

운현은 청산의 말이 무슨 뜻인지 몰라 어리둥절한 표정으로 그를 바라보았다.

"속가제자로 들이든가, 아니면……."

"아니면?"

"네 부인으로 들이든가."

"예에?"

청산의 말에 운현은 화들짝 놀라며 그를 바라보았다. 자신의 부인으로 들인다?

"하지만 저는 도사인데……."

"그러면서 사랑은 왜 하느냐?"

"그, 그것이……."

"어차피 상관없는 것 아니겠느냐? 나중에 가서 산을 내려가면 된다. 지금은 그저 너와 정 소저가 평생을 함께하겠다는 약조만 해도 무당의 사람이라 할 수 있다."

“나중에…….”

일종의 편법이다. 어찌 보면 지금의 상황에서 최선이라 할 수 있는 방법이기도 했다.

“왜 고민하느냐? 그녀가 싫더냐?”

“아닙니다!”

운현이 얼굴을 붉히며 소리쳤다. 소리치고 보니 더 쑥스러웠는지 운현은 고개를 푹 숙였다.

“그럼 생각 좀 해봐라. 내가 해줄 수 있는 말은 여기까지다.”

“알겠습니다.”

“그럼…….”

청산이 내려놓았던 검을 다시 들어올리며 입을 열었다. 운현은 청산이 왜 그런 행동을 하는지 몰라 멀뚱히 그를 바라보았다.

“하던 비무는 마저 해야지? 두들겨 주마.”

“그, 그래야지요.”

결국 운현은 그날 청산에게 구석구석 두들겨 맞았다.

이틀을 고민한 운현은 정미현에게 가서 물어보기로 했다. 이 문제는 자신이 결정하기보다는 그녀가 결정하는 것이 훨씬 더 나을 것 같았기 때문이다.

“정 소저.”

정미현의 거처로 간 운현이 그녀를 불렀다. 그러자 잠시 누워 쉬고 있던 그녀가 문을 열었다.

"어? 이 시간에 무슨 일이에요?"

"할 말이 있어서요."

"그래요? 들어와요."

정미현의 말에 운현이 방 안으로 들어갔다. 그리고 정미현은 침상에 앉았고, 운현은 가운데 식탁 의자에 앉았다.

"무슨 말이에요?"

"초식, 배우고 싶다고 했죠?"

"네!"

운현의 입에서 '초식'이라는 말이 나오는 순간 그녀의 표정이 굉장히 밝아졌다. 그 정도로 배우고 싶었던 모양이다.

"방법이 두 가지가 있어요."

"그래요? 두 가지나 있어요?"

"예. 지금부터 말해줄 테니까 둘 중 하나를 골라요."

끄덕.

정미현이 기대에 찬 표정으로 운현을 바라보았다.

"첫 번째 방법은 정 소저가 무당의 속가제자가 되는 방법이에요. 그것이 가장 좋은 방법이죠."

"두 번째는요?"

"두 번째는……."

운현이 머뭇거렸다. 그러자 정미현이 이상한 표정으로 그를 바라보았다.

“두 번째는요?”

“두 번째는… 정 소저가 저와…….”

“내가 운현과?”

‘이런! 정말 모르는 거야, 아니면 모르는 척하는 거야?’

운현은 곤혹스러움을 감추지 못했다. 자신의 입으로 말하기가 껄끄러웠기 때문이다.

“하……!”

운현은 한숨을 쉬고는 천천히 입을 열었다.

“정 소저가 저와 혼인을 하고…….”

“예에? 혼인이요?!”

운현의 말이 다 끝나기도 전에 정미현이 그 말을 끊고 호들갑을 떨었다.

“정 소저!”

“예? 아, 미안해요. 너무 당황해서. 혼인이라니…….”

정미현은 가슴을 진정시키고 운현을 쳐다보았다.

“끝까지 들어요. 지금 당장 혼인한다는 것이 아니에요. 지금은 제가 도사의 신분이기 때문에 혼인을 할 수 없어요.”

“예? 그럼……?”

“지금은 그저 정 소저가 저와 평생을 함께하겠다는 약조만 해도 초식을 배울 수 있다는 말이에요. 나중에 제가 조금 더 크고 무당의 그늘에서 벗어나도 상관없을 정도로 성장한다면 산을 내려가 살 거예요. 혼인은 그때 하는 거죠."

"하지만 저 때문에 산을 내려가서 생활하는 것은……."

"그런 것은 아니니 걱정 말아요. 그리고 저도 정 소저를 초식 때문에 저에게 붙들어두는 것 같아서 마음이 좀 그렇거든요."

"제가 무당의 속가제자가 되면 무언가 안 좋은 것이 있나요?"

"그런 것은 없어요. 하지만 기본적인 무당의 심법은 익혀야 할 거예요. 정 소저야 황룡기가 있기 때문에 심법 수련과 초식 수련을 병행할 수 있겠지만요."

"운현의 경우도 있으니 충돌은 일으키지 않겠네요. 조금 생각해 봐도 되죠?"

"그럼요. 전 이만 나가볼게요."

운현은 자리에서 일어나 서둘러 그 방을 나왔다.

"어떻게 하지……."

방 안에 혼자 남은 정미현은 중얼거렸다.

"멍청한 놈."

"사형, 이래도 되는 겁니까?"

정미현의 거처가 있는 건물의 지붕. 그곳에 청산과 청현이 있었다. 운현이 어찌 말하는지 들어보기 위함이었다.

"안 될 것이 뭐가 있어? 어차피 눈치도 못 챘을 텐데."

"그나저나 운현, 저 녀석도 쑥맥이네요."

"너는 경험이 있고?"

"예?"

"어찌 되었든 고백이나 한번 제대로 하라고 만들어준 기회를 이리 날리다니 말이야."

"그러게 말입니다."

"가자."

"벌써요?"

"그럼 여기서 뭐 하고 있을래? 넌 계속 여기 있든지."

"뭐, 할 일도 없으니 가죠."

"그래, 그게 정상이야. 왜 꼬투리를 잡아?"

청산이 청현에게 퉁명스럽게 한마디 던지고는 지붕을 내려갔다. 그리고 청현 역시 청산의 뒤를 따랐다.

의외로 정미현은 쉽게 결정을 내리지 못했다. 사흘이 지나고 나흘이 지나도록 정미현은 결정을 내리지 못하고 있었고, 운현은 그 시간 동안 수련에 매달렸다.

조금 더 검법의 단련에 힘을 쏟았고, 조금씩 내력을 더해 검법과 내력의 운용에 조화를 꾀했다.

비록 한 달 정도의 짧은 시간이었지만 운현의 실력은 꽤 많이 늘어 있었다.

　검법은 칠성을 넘어 팔성의 경지에 이르고 있었다. 또한 황룡기가 아닌 태극진기 역시도 검법과 함께 동반 상승하여 구성의 경지에 이르고 있었다.

　내력의 경지가 더 높은 것은 결코 좋은 일이 아니었지만 지금 운현에게는 황룡기라는 완벽하게 소화하지 못할 정도의 거대한 진기가 있었기에 어찌 보면 당연한 것이라 할 수 있었다.

　황룡기를 익히는 과정에서 얻은 깨달음이 태극진기의 성장에도 큰 도움이 되었다.

　"운현……."

　"아, 왔어요?"

　닷새 만에 정미현이 모습을 드러냈다. 표정을 보아하니 결정을 내린 것 같았다.

　"결정했어요?"

　끄덕.

　정미현이 고개를 끄덕였다.

　"첫 번째에요, 아니면 두 번째예요?"

　운현의 물음에 정미현이 머뭇거렸다. 그 모습에 운현은 대충 감을 잡을 수 있었다.

　"두 번째군요?"

　끄덕.

　유난히 수줍음을 타는 정미현. 그런 정미현의 모습을 보며 운현 역시 얼굴을 붉게 물들이며 어찌할 줄을 몰라 했다.

　그렇게 무공에 대한 단련과 여자에 대한 단련도 함께 시작한 운현이었다.

第三章
움트는 씨앗

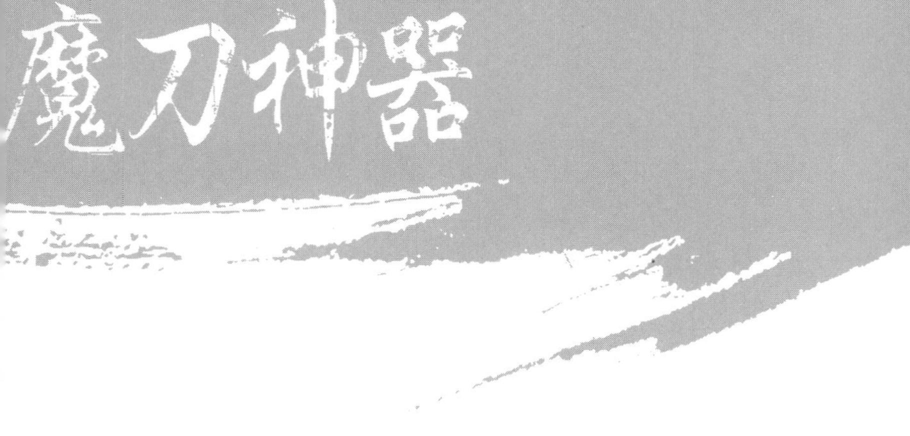

　시간이 흘렀다. 그리고 정파와 사파의 대립은 여전히 소강
상태였다.

　하지만 마교의 목표가 마교천하가 분명한 상황에서 아무
런 움직임이 없다고 하여 정파 측에서도 마냥 손을 놓고 있을
수만은 없었다.

　최근 들어 각 문파의 장문인들이 회합을 가지는 일이 많아
졌다. 아니, 아예 소림을 회합 장소로 정해놓고 그곳에서 기
거를 하며 매일같이 회의를 하고 있는 상황이었다.

　그렇게 매일 회의를 하고는 있지만 마땅히 좋은 결과를 만
들어내지는 못하고 있었다.

그 이유 중의 하나가 바로 각 문파 간의 이해득실을 따지기 때문이었다.

중원의 위기를 알고는 있지만 그렇다고 해서 자신의 문파의 피해를 감수할 생각은 없었다. 피해를 최소화하고 싸움을 끝낼 수 있으면 그것이 최선이겠지만, 그렇다고 해서 그 최소한의 피해마저도 감수하지 않으려고 머리를 굴리는 바람에 아무런 해결책도 도출해 내지 못하고 있었다.

오늘도 오전에 시작된 회의는 점심때를 지나 날이 저물 때가 다 되도록 아무런 진전이 없었다. 다들 탁상공론만 하고 있을 뿐이었다.

"좋습니다. 그렇다면 우리 무당이 피해를 감수하고 앞장서겠소. 그러니 일단 그 다음 내용에 대해서 의논을 합시다."

보다못한 청산이 나섰다. 청산 역시 장문인 된 입장에서 제자들을 사지로 몰아세우는 것이 마음에 걸렸지만 어쩔 수 없는 노릇이었다.

"무당에서 그리해 주신다면야……."

청산의 말을 들은 장문인들은 그제야 무언가 계속 진행할 마음이 생긴 모양이었다.

"일단은 우리의 세를 불리고 저들의 세를 죽여야 하지 않겠습니까?"

"그것은 당연한 말입니다."

청산의 말에 현양 진인이 대꾸했다. 그의 말투에는 당연한 이야기를 왜 하느냐 하는 의도가 담겨 있었다.

"그래서 드리는 말씀인즉슨 청성을 다시 되찾자는 것입니다."

"청성!"

장문인들은 청성을 생각하지 못했다며 고개를 끄덕였다.

사천이 마교의 손에 유린당할 때 아미파는 회생 불능에 가까운 피해를 입었지만 청성은 상대적으로 적은 피해를 입었다.

"지금은 마교가 사천에서 세를 크게 가져간 상황이라 힘을 쓰고 있지 못하지만 사천 지역의 마교 세력을 몰아내면 청성이 다시 활동할 수 있을 것입니다."

청산의 말에 다들 고개를 끄덕였다. 사천 지역의 마교 세력을 줄임으로써 마교 전체의 힘을 줄이고, 청성을 얻음으로써 아군의 힘을 키울 수 있는 적절한 방법이라 할 수 있었다.

"아주 좋은 생각입니다."

곤륜파 장문인인 진산 도장이 맞장구쳤다.

"좋습니다. 그럼 각 문파에서는 속히 인원을 차출하여 사천으로 가주시기 바랍니다. 최대한 보안을 유지하여 저들의 대비가 허술할 때에 처리하는 것이 좋을 것 같습니다."

소림 방장 옥허 대사의 말에 다들 고개를 끄덕이고는 서둘러 자리에서 일어났다.

조금 늦은 감이 없지 않아 있었지만 일단 결정을 내린 그들의 움직임은 신속했다.

서둘러 각각 본산에 연락을 취해 사천으로 출발할 인원 선발을 지시했고, 이러한 사실이 외부로 흘러나가지 않도록 하는 데 굉장히 신경을 많이 썼다.

하지만 발보다는 말이 더 빠른 법. 많은 인원이 이동을 하는데 그것이 마교의 귀에 들어가지 않을 리 없었다.

당연히 그 소식은 마교로 들어가 곡해성의 귀에까지 도달하게 되었다.

"움직인단 말이지? 대략 방향은?"

"사천 같습니다."

"역시…….”

예상하고 있었다는 듯 고개를 끄덕이는 곡해성. 하지만 보고를 하기 위해 들어온 수하는 그저 멀뚱하게 그를 바라보기만 할 뿐이었다.

"교주님을 뵈어야겠다. 준비해라."

"알겠습니다."

수하가 방을 나가고 혼자 남게 된 곡해성은 의자에 앉아 잠시 생각에 잠겼다.

"교주님, 곡해성입니다."

"들어오라."

대전으로 들어선 곡해성은 방일원의 얼굴을 살폈다. 그 역시도 정파의 움직임에 대해서 이야기를 들은 모양이었다.

"그래, 이제 어떻게 할 셈인가?"

"어렵지 않습니다. 저들은 탈환을 해야 하는 입장이고, 우리는 그것을 지키는 것이 목적입니다. 그렇다면 유리한 것은 저희들이지요."

"그것은 당연하다. 하지만 얼마만큼 최소한의 피해로 지켜 내느냐가 문제겠지."

"물론이지요."

"자, 그럼 들어볼까? 그대가 그렇게 자신하는 전략을 말이야."

"예, 말씀드리겠습니다."

대답하는 곡해성의 눈빛과 표정에서는 강한 자신감이 묻어 나오고 있었다.

곡해성의 전략은 다른 것이 아니었다. 저들의 움직임을 읽고 있는 만큼 미리 준비하여 적을 맞는 것이었다.

문제는 그것이 아니라 청성을 어떻게 할 것인가가 문제였다.

"청성을 그대로 놔둘 것인지, 아니면 저들이 오기 전에 그냥 끝내 버릴 것인가가 문제입니다."

"그대의 생각은?"

"솔직히 저는 어찌해도 상관이 없습니다. 청성이 무사하다면 저들은 어떻게든 청성을 구하기 위해 불나방처럼 달려들 것이고, 청성이 무너졌다고 하여도 저들은 우리와 싸움을 벌일 것입니다."

"그래도 불나방처럼 달려들면 더 수월하지 않겠는가?"

"같은 불나방이라도 목적이 있다면 더 어려운 상대가 되겠지요. 하지만 청성이 무너진 다음이라면 저들은 분노의 노예가 될 것입니다."

"음……."

그럴 듯한 말이었다, 어떤 것이 더 낫다고 하기 어려울 정도로. 하지만 한 가지 분명한 것은 둘 다 마교가 유리한 상황이라는 것이었다.

"그렇다면 쓸어버리지. 혹시 모르는 일이니까. 후환은 남겨놓지 않는 것이 좋아."

"알겠습니다. 그러면 그렇게 하겠습니다."

"현재 사천에 있는 병력이 어느 정도나 되지?"

"대략 이백 정도입니다."

"그래? 그 정도로 부족한가?"

"부족할 겁니다. 분명 저들도 조사라는 것을 하고 움직이는 것일 테니 말입니다."

"음, 그럼 이곳에서 지원이 있어야 한다는 말이군."

"그렇습니다."

"그럼 매 장로에게 사천으로 향하라 하게."

"매향향 장로를 말입니까?"

"그래, 이번 사천에 그자도 오지 않겠는가?"

"오 장로의 목숨을 빼앗은 그자를 말씀하시는 것입니까?"

"그렇지. 아마 재미있는 상황이 벌어질 것이야."

"알겠습니다. 하지만 그자를 매 장로가 상대할 수 있겠습니까?"

"충분하다. 매 장로의 무공을 결코 낮게 평가하지 말아라."

"그렇다면 그리하겠습니다."

"나가보라."

방일원의 축객령에 곡해성이 대전을 벗어났다.

"후후, 재미있겠어."

매향향과 운현과의 대결을 상상하며 방일원은 흥미로운 표정을 지어 보였다.

매향향은 마교의 제삼장로이다. 여인의 몸으로는 유일하게 장로의 자리에 앉아 있는 그녀였다.

그 정도로 그녀의 무공은 다른 사람들에 비해 떨어지지 않았다.

게다가 그녀가 사용하는 무기는 일반적으로 사용하는 권(拳)이나 검(劍), 도(刀)가 아니었다.

흔히 편(鞭)이라고 불리는 채찍을 사용했다.

채찍이라는 무기가 굉장히 넓은 범위를 공격할 수 있는 만큼 그것을 사용하는 기술 역시 굉장히 어려웠다. 어지간한 힘 가지고는 다루기 힘들며, 상대가 근접 거리에 들어왔을 때에도 편으로 적을 제압할 수 있는 기술이 필요했다.

여인의 몸으로는 힘들어 보이지만 그녀의 기술은 다른 사람들로 하여금 그런 말을 하지 못하도록 만들었다.

"장로님."

"들어와라."

매향향의 시비가 서찰 하나를 가지고 그녀의 방으로 들어섰다. 한동안 자신에게 전달된 서찰이 없었기에 매향향은 시비의 손에 들린 서찰을 보고는 의아한 표정을 지었다.

"누가 보낸 것이냐?"

"곡 군사님께서 보내신 것입니다."

"곡 군사가?"

"예."

매향향은 시비로부터 서찰을 건네 받고는 곧 그것을 펼쳐 들었다.

부들부들.

곡해성의 서찰은 짧았다. 하지만 그것을 매향향은 굉장히 오랫동안 읽었다. 그리고는 몸을 떨었다.

기쁨 때문인지 분노 때문인지는 알 수 없었지만 마치 오한에 걸린 것같이 그녀의 몸은 약하게 떨리고 있었다.

"틀림없이 곡 군사가 전한 것이렷다?"

"예, 틀림없습니다."

"알았다. 나가봐라. 그리고 내일 출전해야 할 것 같으니 미리 준비를 해두어라."

"알겠습니다."

시비가 방을 나서고 나자 매향향은 다시금 서찰을 들여다보았다.

이번 사천에 구룡검의 주인 등장 예상. 출전 요망.

간단한 내용. 하지만 그 안에는 많은 것이 포함되어 있었다. 적어도 매향향에게는.

"구룡검의 주인이라……. 반드시 잡아 죽여주마."

복수심에 이를 갈며 몸을 부르르 떠는 매향향이었다.

무당 일행과 함께 출발한 운현은 사천으로 가고 싶은 마음이 없었다. 그저 무당에 남아 조금 더 수련하고 싶은 마음이 컸다.

자신 한 명이 없다 하여도 정파에는 수많은 고수가 있었다. 자신의 실력이 어느 정도 부풀려진 만큼 마교에서 어떤 적이 온다 하여도 상대할 수 있는 사람이 충분했다.

무당에 남으려는 운현을 움직일 수밖에 없도록 만든 말은 단 한 마디였다.

"네가 가야 정파의 사기가 오른다. 어찌 되었든 넌 지금 검제라 불리지 않느냐?"

청현의 그 말에 운현은 고개를 숙일 수밖에 없었다. 왜 자신이 검제인가. 이것도 부담스러운데 그 어울리지 않는 감투 때문에 더욱더 골치가 아팠다.

거기다가 운현의 걱정을 더욱 키운 사람이 바로 정미현이었다.

사천으로 가면 분명 싸움을 피할 수 없다. 최근 초식을 수련하고 있는 그녀이기는 하지만 아직 그 숙련도가 떨어지는 만큼 어떤 위험이 닥칠지 몰랐다.

그런 그녀를 신경 쓰면서 싸우기도 어려운지라 운현은 그녀의 동행이 부담스러웠다.

그런 운현에게 정미현은 절대로 걱정하지 말라고는 했지만 그런 그녀의 말이 운현에게는 더욱 큰 부담으로 다가왔다.

"하, 역시 정 소저는 남았어야 해요."

"걱정하지 말라니까요. 저는 괜찮아요."

"그래도 위험하잖아요. 막상 싸움이 벌어지면 분명 저는 저 혼자 상대하기에 벅찬 상대를 만날 거라고요. 그러면 정 소저를 지켜주기 힘들어요."

"여기에 사람이 운현밖에 없나요? 사람은 많아요. 게다가 전 무공을 모르는 사람이 아니라고요."

"그래도……."

운현이 안심이 안 된다는 듯 중얼거렸다. 그것을 옆에서 보던 운진이 대단하다는 듯 입을 열었다.

"어떻게 무당을 출발해서 지금까지 하루가 멀다 하고 똑같은 말을 해요? 그것도 토씨 하나 안 틀리고요."

"시끄러!"

운진의 말을 운현이 잘랐다. 그에 운진은 입을 삐죽 내밀며 뒤로 물러섰다.

"왜 그래요, 운진한테?"

"저 녀석은 가끔 저래요. 이렇게 안 하면 한도 끝도 없이 기어오르거든요."

"제가 언제요?"

"지금."

"쳇."

운진이 다시 한 번 입을 내밀었다.

"아무튼 너도 이번에는 조심해. 정말 위험할 거다. 지난번 섬서성 싸움 때와 같은 피해를 감수해야 할 거야."

"걱정 마십시오. 저도 그동안 놀고 있지는 않았으니까요."

"안다. 네놈 실력도 많이 늘었다는 건 나도 잘 알아. 그래도 혹시 모르는 일 아니겠냐? 이렇게 많은 사람들끼리 싸울 때에는 언제 등 뒤에서 검이 날아올지 모른단 말이야.”

“알겠습니다.”

“아니, 차라리 너는 여기 정 소저 옆에서 호위를 하는 게 어떻겠냐?”

“사형.”

운현의 말에 운진이 운현을 불렀다. 평소와 조금 분위기가 달라져 있는 것 같았다.

“왜?”

“저를 너무 약자 취급하시는 것 아닙니까?”

“무슨 소리야?”

“저 역시도 밖에 나가면 이름 정도는 알더군요. 그 정도면 저도 중요 전력에 포함되어야 하는 것 아니냐는 말입니다. 물론 정 소저를 보호하는 것도 중요한 일이기는 하지만, 저도 앞에 나서서 조금 더 보탬이 되고 싶다는 말입니다.”

운진의 말에 운현은 고개를 끄덕였다.

“네가 하는 말이 무슨 뜻인지 잘 안다. 하지만 말이지.”

운현이 잠시 말을 끊고 운진을 바라보았다. 그런 운현을 운진은 진지하게 바라보고 있었다.

“나도 몰랐다. 왜 선배님들이 후배들을 보고 이런저런 이야기를 하는지. 난 비록 네 선배는 아니지만 이 정도 위치에 오르고 무공을 익히고 나니까 알겠더라. 그냥 사람을 딱 보았을 때 그 사람이 어느 정도의 몫을 할 수 있을지.”

"그 말은······?"

"그래, 지금의 너에게는 받아들이기 어려운 말일 것이야. 하지만 아직까지 너는 그 정도로 중요한 몫을 할 수 있는 실력이 아니야. 조금 더 실력을 키워라. 네 나이 이제 스물이다. 시간은 많아."

"하지만 사형은!"

운진의 말을 운현이 고개를 저으며 끊었다.

"무슨 말을 하려는지 안다. 하지만 나를 생각하면 안 돼. 나는 흔한 경우가 아니야. 정말 운이 좋아 기연을 얻었지만, 넌 그렇지 않잖아? 결코 내가 잘났다는 말은 아니다."

"알고 있습니다."

운진은 고개를 숙였다. 어렴풋이 느끼고 있었다, 자신이 아직 많이 부족하다는 것을.

운현과 자신의 나이 차이는 세 살이다. 삼 년이라는 시간은 굉장히 큰 차이이기는 하지만 어떻게 보면 별것 아니라고 볼 수도 있었다.

그런데 지금 운현과 자신은 엄청난 실력 차이를 보이고 있었다.

운현을 하늘에 비유하자면 자신은 그런 하늘을 닮고 싶어 하는 인간에 불과했다.

더 이상 운진은 말이 없었다. 그런 운진을 한 번 본 정미현이 운현에게 다가갔다.

“너무 심한 것 아니에요? 그렇게 직설적으로 이야기할 필요는 없잖아요.”

하지만 운현은 고개를 저었다.

“저런 것이 나아요. 운진의 성격상 돌려 이야기하는 것보다는 직접적으로 꼬집어주는 것이 낫죠. 예전에도 이렇게 이야기를 해준 적이 몇 번 있어요. 그리고 그 이후로 운진은 실력이 많이 늘었죠. 이번에도 운진은 성장할 거예요. 그것이 운진의 장점이죠.”

운현의 말에는 운진에 대한 깊은 믿음이 담겨 있었다. 하지만 정미현은 굳은 표정의 운진을 보며 걱정스러운 마음을 지울 수가 없었다.

서둘러 출발한 매향향과 마교 지원군은 벌써 사천에 도착해 있었다. 도착한 첫날부터 이미 사천에 주둔해 있던 마교 무사들을 휘어잡은 그녀는 본격적으로 청성을 지워 버릴 작업에 착수했다.

“현재 청성의 전력은?”

“머릿수만 따지면 백여 명가량입니다. 하지만 떨어진 사기를 생각한다면 청성이라는 이름이 무색하다 할 수 있습니다.”

“그런가?”

원래 이곳 주둔지의 대장으로 있던 수하의 보고를 받은 매향향은 마음이 가벼워짐을 느꼈다.

비록 한 번 크게 당했다고는 하지만 청성이라는 이름이 주는 중압감은 생각보다 큰 것이었기 때문이다.

"준비운동으로는 딱 알맞겠군."

"그렇습니다."

청성을 치는 것을 준비운동이라 하는 그녀의 말에 동의를 하면서도 아무렇지도 않은 표정을 짓는 수하 역시 배포가 상당히 큰 사람이라 할 수 있었다.

"그럼 지금 당장 백 명을 준비시키게."

"백 명이면 됩니까?"

"그래, 그리고 내가 직접 갈 것이다."

"직접 가시겠습니까?"

"나도 몸 좀 풀어야겠어. 그동안 너무 싸움과 멀리 떨어져 있었다."

"알겠습니다. 준비하도록 하겠습니다."

착실하게 명을 이행하는 수하의 모습을 보며 매향향은 만족스런 미소를 지었다.

"청성……. 걸리적거리는 것은 미리미리 치워야겠지."

그렇게 중얼거리며 매향향은 자신의 허리춤에 있는 편의 손잡이를 매만졌다.

청성파의 장문인이 죽고, 임시적으로 청성을 통솔하고 있는 해천자는 고민이었다.

일단 마교의 손에 멸문지화(滅門之禍)까지는 입지 않았지만 거의 봉문 상태나 다름이 없었다.

이런 청성을 어떻게 다시 일으켜야 할지 앞이 보이질 않았기 때문이다. 청성에 대한 애정이 깊은 그이기에 자신의 손으로 청성을 다시 일으키고 싶었지만 아쉽게도 자신에게는 그럴 능력이 없었다.

그렇다고 해서 바로 다음 대의 제자들 중에서 그런 자질을 보이는 사람 또한 없었다.

장문인의 제자인 우량(優良)이 있기는 하지만 그의 그릇 역시 자신과 다를 바 없었다.

'정녕 청성에는 희망이 없단 말인가!'

앉아 참선을 하면서도 해천자는 탄식을 금치 못했다. 그러니 제대로 된 참선이 될 수가 없었다.

"큰일 났습니다!"

"무슨 일이냐?!"

"적들이 올라오고 있습니다!"

"뭐라?!"

더 이상의 공격은 없을 것이라 생각했다. 물론 아직까지 청성이 봉문을 선언한 것은 아니지만 거의 그와 다름없는 상황이었다.

아무리 정도와 사도가 앙숙이고 서로를 경멸하게 되었다

하여도 멸문지화까지는 시키지 않는 것이 보통이다.

그런데 지금 청성을 향해 오르고 있다 함은 청성을 멸문시키겠다는 말과 같았다.

"서둘러 제자들을 소집해라! 절대로 청성이 호락호락한 곳이 아님을 보여야 한다!"

"예!"

속에서 무언가 끓어오르는 해천자였다. 적에게 완벽한 승리를 얻기보다는 끈질기게 저항하여 저들의 힘을 빼놓고자 함이었다.

선두는 매향향이었다.

오십이 넘은 나이였지만 삼십대라 하여도 믿을 정도의 외모를 가진 그녀는 겉으로 보기에는 연약한 여인의 모습이었다.

하지만 마교 무사들을 이끌고 청성으로 성큼성큼 오르는 그녀의 모습에서는 절대로 '연약'이라는 단어를 떠올릴 수가 없었다.

청성산은 오르기 쉬운 산이 아니었다. 화산이나 여타 다른 험하다는 산들에 비할 바는 아니었으나 꽤나 가파르다는 산 중의 하나임이 분명했다.

그럼에도 매향향의 발걸음에는 거침이 없었다. 오히려 전부 남자인 마교 무사들 중 일부가 점점 뒤처지기까지 했다.

그런 상황에서 전혀 힘들지 않은 모습으로 청성산을 오르는 그녀의 모습은 말 그대로 여장부였다.

"이곳이 청성의 산문인가?"

닫혀 있는 문. 봉문이 아닌 이상 닫아놓지는 않지만 이미 청성의 경우에는 봉문이나 다름없는 상황이기에 그러했다.

"부숴라!"

"예!"

매향향의 명령에 무사 몇 명이 달려들어 미리 준비된 도구를 이용하여 문을 부수기 시작했다.

하지만 미리 대비를 하고 안에 무언가를 덧대었는지 쉽게 부서지지 않았다.

"한심한 것들! 비켜라!"

잠시 지켜보고 있던 매향향이 더 이상 참지 못하고 직접 나섰다. 그에 마교 무사들은 고개를 푹 숙이고 뒤로 물러섰다.

남자들인 자신들이 해결하지 못해 장로라고는 하지만 여인의 손에 일을 맡기는 것에 자존심이 상했기 때문이다.

하지만 그것도 잠시, 그들은 그런 마음을 싹 지울 수밖에 없었다.

촤라락!

파바바박! 콰앙!

그녀의 채찍이 한번 휘둘러지는가 싶었다. 힘들이지 않고 살짝 휘두른 것이라 생각되었지만 그 위력은 실로 엄청났다.

채찍에 맞은 거대한 문이 마치 논바닥 갈라지듯 쪼개지더니 폭발음과 함께 터져 나간 것이었다.

"끄아악!"

"으악!"

문 뒤쪽에서 문이 부서지는 것을 온몸으로 막고 있던 청성파 제자들 몇 명이 비명을 질렀다.

부서진 문의 파편이라고는 하지만 원체 문이 컸던 만큼 그 파편 역시 꽤 컸고, 폭발과 함께 날아든 것이라 그 위력 역시 쉽게 피하거나 막을 수 있는 정도가 아니었다.

그 위력적인 한 방에 마교 무사들과 안에서 대기하고 있던 청성파 제자들 모두가 몸이 굳어버렸다.

그 자리에 있던 모두가 처음 보는 매향향의 엄청난 무위에 놀란 것이다.

"생각보다 좁군."

안으로 들어서며 매향향이 중얼거렸다. 그리고는 앞에 검을 빼 들고 서 있는 청성파 제자들을 바라보았다.

움찔.

매향향과 직접 눈이 마주친 몇 명은 움찔거리며 뒤로 한 발짝 물러섰다.

하나같이 겁을 집어먹은 얼굴들. 이미 승리는 매향향의 손에 쥐어져 있었다.

"쓸어버려라."

매향향의 말에 잠시 넋을 놓고 있던 마교 무사들이 일제히 청성파 안으로 몰려 들어갔다.

"막아라! 결코 청성이 호락호락한 곳이 아님을 보여줘라!"

해천자 역시 매향향의 무위에 놀라고 있었지만 그래도 현재 청성을 이끌고 있는 수장답게 가장 먼저 정신을 차리고 외쳤다.

그에 청성파 제자들도 정신을 차리고 자신들을 향해 맹렬하게 달려드는 적을 맞았다.

채채챙!

촤창!

"크헉!"

청성과 마교 무사들이 충돌했다. 처음 부딪치는 일순간은 두 세력이 호각인 듯 보였다.

뒤쪽에 서서 그 장면을 지켜보고 있던 매향향이 의외라는 표정을 지었을 정도이니.

하지만 이변이란 없었다.

일각도 채 지나지 않아 쓰러지는 사람들의 대부분은 청성파 제자들이었으며, 그나마 나머지도 점점 뒤로 밀리고 있었다.

“이이!”

보다못한 해천자가 이를 악물고 앞으로 달려나가 마교 무사들을 향해 검을 휘두르기 시작했다.

비록 스스로가 문파를 이끌어 나가고 다시 일으켜 세울 자질이 부족하다는 마음은 가지고 있었지만, 그 역시 청성파의 장로였다.

결코 무공 실력이 뒤떨어지는 인물이 아니라는 말이었다.

그런 해천자의 검을 일개 무사들이 받아낼 수는 없었다. 그의 일검에 한 명씩 마교 무사들의 머릿수가 줄어들고 있었다.

계속 밀리기만 하던 청성의 기세는 해천자의 가세로 조금 안정이 되었다.

해천자라는 인물의 활약이 다른 청성파 제자들의 운신의 폭을 조금이나마 넓혀주었고, 무엇보다도 그들의 마음에 안정감을 가져다주고 있었다.

잘나가던 기세가 조금 주춤하게 되었지만 매향향은 나서지 않았다.

이미 기울어진 기세가 한 사람이 가세한다고 해서 쉽게 뒤바뀌지 않는다고 생각했기 때문이다.

게다가 해천자와 자신의 무위를 비교해 보았을 때 자신이 직접 그를 상대한다는 것 자체가 맞지 않다고 생각하는 그였다.

“광위(狂蝟).”

“예!”

매향향이 마교 총단에서 데려온 자신의 수하를 불렀다. 그에 그녀의 뒤에서 가만히 전장을 지켜보고 있던 광위가 앞으로 나섰다.

“나가서 상대해 줘.”

“알겠습니다.”

그 말과 동시에 광위가 천천히 앞으로 걸어나갔다. 해천자의 검에 목숨을 잃은 사람이 벌써 열다섯 명을 넘기고 있었지만 여유가 넘치는 모습이었다.

챙!

천천히 걸어가던 광위가 검을 꺼내 들었다. 츠승달처럼 약간 휜 모양의 검. 일반적인 검과는 모습이 조금 달랐다.

휘익!

챙!

“누구냐?!”

“광위다. 죽어라.”

해천자는 자신의 검을 막은 사내를 바라보았다. 무표정한 사내. 목소리 역시 무미건조하기 짝이 없었다.

그것만 빼놓고는 전혀 특이할 것이 없는 상대이지만 해천자는 자신의 앞에 있는 상대가 결코 약자가 아님을 느낄 수 있었다.

"안 그래도 죽을 생각이다!"

해천자가 빠른 속도로 검을 휘둘렀다. 횡으로 베어지는 검. 크게 돌려 휘두른 것이 아닌 가장 짧은 거리로 휘두른 것이었다.

챙!

"큭!"

하지만 쉽게 막혔다. 세로로 세워진 광위의 검, 그리고 그의 눈은 해천자를 바라보고 있었다.

"이익!"

재빨리 검을 거둔 해천자가 광위를 노려보며 앞으로 검을 찔렀다.

휘두르는 공격보다 막기가 더 어려운 찌르기 공격. 그 일격에 엄청난 힘이 담겨져 있다면 그것은 더없이 효과적인 공격이 된다.

꽝!

금속성 대신 작은 폭음이 울렸다. 내력끼리의 충돌. 그럼에도 광위의 얼굴에는 표정 변화가 없었다.

해천자는 인상을 찌푸렸다.

도저히 상대의 얼굴을 보고 심리를 읽을 수가 없었다. 인간이 하는 모든 활동에 심리적인 요소도 굉장히 큰 힘을 발휘한다고 할 때, 상대의 심리를 읽지 못하면 오히려 자신이 위험해질 수도 있었다.

“하압!”

이번에는 검법이었다. 앞에서는 단순한 휘두르기와 찌르기 공격이었다면, 이번에는 청성의 독문 검법으로 공격을 해오고 있었다.

위잉!

촤아악!

더 빠르고 더 강하고 더 날카로운 해천자의 검. 과연 청성의 검이라 할 수 있을 정도로 대단한 검법이었다.

차원이 다른 공격임에도 광위의 얼굴 표정은 변함이 없었다. 다만 한 가지 다른 점이 있다면, 지금까지는 간단하게 막아내었던 그가 준비 동작을 취하고 있다는 것이었다.

기이한 자세. 어떤 검법의 기수식이 그러할까.

해천자로서는 한 번도 본 적이 없는 검법의 것이었다. 하지만 지금은 그것을 따질 때가 아니었다.

휘리릭!

촤아아악!

콰콰쾅!

“크윽!”

“음!”

청성이라는 이름에 걸맞는 위용을 자랑하며 적을 단숨에 꺾어버릴 것 같던 해천자의 검이 이름 모를 광위의 검법에 막혔다.

그리고 해천자는 뒤로 세 걸음 물러섰으며, 광위는 반걸음을 물러섰다.

둘 다 어느 정도 내상을 입은 것 같았지만 물러선 폭으로 보아 해천자가 밀린 것이 분명했다.

'큭! 도대체 이게 무슨 무공이냐?!'

해천자가 내상을 억누르고 올라오는 피를 간신히 참아내며 앞의 광위를 바라보았다.

여전히 무표정. 하지만 안색이 약간 하얗게 변한 것이 내상을 입은 것은 분명해 보였다.

"젠장!"

내상을 잠시 진정시킨 해천자가 다시금 광위에게 달려들었다.

해천자와 광위의 싸움을 바라보고 있는 매향향의 입가에는 미소가 지어져 있었다. 그 모습에서 해천자의 실력으로는 절대 광위를 이길 수 없다는 믿음이 엿보였다.

휘리릭!

촤아아악!

콰콰쾅!

"크윽!"

"음!"

둘의 격돌. 지금까지 중에 가장 강한 격돌이었다. 해천자는 뒤로 두 걸음, 그리고 광위는 뒤로 반걸음을 물러섰다.

매향향은 만족스런 미소를 짓고 있다가 순간 얼굴을 굳혔다. 우위를 보인 것은 광위. 그런데 왜 얼굴을 굳힌 것일까?

'고작 그 정도에 내상을 입는단 말이냐!'

내상을 입은 것 때문이었다.

내력끼리의 충돌에서 내상을 입는 것은 어찌 보면 당연한 일. 그것도 청성파 장로인 해천자의 공격이라면 내상을 입지 않고는 버티기 힘들었다.

"한심한 녀석!"

광위는 순간 움찔했다. 매향향의 전음이 귀를 파고들었기 때문이다.

"힘을 남겨도 될 것이라 생각했느냐?!"

광위는 작게 고개를 저었다. 매향향의 말에 대한 부정이 아닌, 자신의 생각이 잘못되었다는 뜻으로 고개를 저은 것이다.

광위가 조금 더 힘을 내었다면 내상도 입지 않았을 것이다. 그 정도로 광위의 힘은 강했다.

'처음으로 치러보는 실전, 오래 끌어보고 싶었습니다.'

광위에게 실전은 처음이었다. 수련을 마치고 처음 해보는 실전인만큼 자신의 모든 것을 시험해 보고 싶은 마음이 그 무엇보다 컸던 것이다.

"기회는 많다. 어서 끝내라."

그런 광위의 마음을 아는 매향향이 전음을 보냈다. 그에 작게 고개를 끄덕인 광위는 검을 바로잡았다.

"음."

해천자는 광위에게서 무언가 달라진 기도를 느낄 수 있었다.

"끝내겠다."

"누구 마음대로!"

해천자는 느끼고 있었다. 상대가 끝내려 한다면, 자신이 그것을 막을 수 없다는 것을.

하지만 이대로 그냥 물러나기에는 먼저 죽어간 청성의 제자들에게 미안할 따름이었다.

최후의 순간까지 최선을 다하고 긍지 높은 청성인으로 죽음을 맞이해야 그들을 만나 고개를 들 수 있을 것 같았다.

파밧!

"헛!"

그것이 마지막으로 해천자의 입에서 흘러나온 소리였다. 헛바람 소리. 기합도 아니고 고통의 신음도 아닌 헛바람 소리.

'파밧' 하는 소리는 광위가 땅을 박차는 소리였다. 그 한 번의 도약으로 광위는 해천자를 스쳐 지나갔다.

어지간한 내공과 다리의 근력이 없으면 할 수 없는 도약이었다.

그냥 스쳐 지나가기만 한 것이 아니었다. 일반 사람들의 경우 그냥 지나간 것으로 보았겠지만, 그 순간 광위의 검은 검집으로 들어가고 있었다.

왜국(倭國)에서나 볼 수 있는 발도술이었다.

그리고 해천자의 신형은 그대로 무너졌다.

장내는 이미 모든 움직임이 멈춰 있었다. 이미 청성파 제자들은 싸울 의지가 꺾인 지 오래였으며, 해천자가 쓰러지자 간신히 서 있던 모든 의지가 와르르 무너져 버렸다.

"모두 죽여라."

광위가 작게 말했다. 그 말 한마디에 마교 두사들은 살아남은 청성파 제자들을 향해 검을 들고 다가갔다.

"됐다! 놔둬라!"

그 순간 매향향이 마교 무사들을 제지했다. 그에 광위는 왜 그러냐는 듯 매향향을 바라보았다.

"더 이상 저들은 무사가 아니다. 사문의 위기 앞에서 자신의 의지를 꺾는 자들이 무슨 무사이겠느냐. 장렬하게 싸우다가 먼저 죽어간 저들보다 못한 자들이다. 죽여봤자 그 가치가 없는 일이다."

매향향의 말에 마교 무사들은 일제히 자신들의 검을 갈무리했다. 그리고 청성파 제자들을 바라보았다.

목숨을 건진 청성파 제자들은 그들의 눈을 똑바로 바라볼 수가 없었다. 그들이 자신들을 '죽이면 자신들의 검만 더럽혀질 뿐' 이라는 눈빛으로 바라보고 있었기 때문이다.

치욕감이 없었다. 그저 이 상황이 빨리 지나가기만은 바라는, 이 악몽에서 한시라도 빨리 벗어나고 싶은 그런 마음만 가득할 뿐이었다.

그것이 그들의 치명적인 문제점이었다.

"가자!"

매향향이 먼저 청성파의 부서진 문을 밟고 밖으로 나갔다. 그러자 광위를 비롯한 마교 무사들이 그 뒤를 따랐다.

"아."

잠시 발걸음을 떼던 매향향이 무언가를 잊은 듯 뒤로 돌아섰다. 그리고는 자신의 허리춤에 있는 혁편(革鞭)을 집어 들었다.

촤악! 촤악!

빠악!

그녀가 부드럽게 채찍을 두 번 휘둘렀다. 첫 번째 휘두름으로 그녀의 채찍은 산문의 위에 붙어 있던 청성파 현판을 떨어뜨렸고, 두 번째 휘두름은 그 현판이 바닥에 떨어지기도 전에 그것을 두 조각으로 만들어 버렸다.

"가자."

매향향이 다시 몸을 돌려 청성산을 내려가기 시작했다.

잠시 후, 청성파에는 몇 안 남은 청성파의 생존자들만이 말없이 바닥에 주저앉아 있을 뿐이었다.

청성파가 무너진 그 시각, 무당파 일행은 사천성 광원(廣
元)에 모여 있는 다른 문파들과 합류했다.

가장 마지막으로 합류한 무당이었기에 다른 문파 사람들
은 모두 무당의 합류를 바라보고 있었다.

"저 사람이 운현이야?"

"음? 검존?"

"진짜? 아! 구룡검이다!"

운현의 모습을 본 다른 문파 제자들이 경외심이 가득한 눈
빛으로 운현을 바라보며 중얼거렸다.

딴에는 작게 이야기한다고 한 것이겠지만 운현의 귀에는
그 모든 소리들이 하나하나 다 들려왔다.

'하……!'

검존이라는 말에 대한 부담감과 자신을 마치 다른 세상의
사람처럼 바라보는 시선에 대한 거부감으로 운현은 지금의
상황이 거북할 수밖에 없었다.

"이런 상황이 싫었는데……."

중얼거리는 운현. 그리고 그런 운현의 마음을 이해한다는
듯 정미현이 고개를 끄덕이며 그 옆을 걸었다.

뛰어난 미모를 가진 정미현 역시 이곳에 등장하면서부터
뭇 남성들의 시선을 한 몸에 받고 있었다. 아니, 운현과 함께
시선을 나눠 가지고 있었다.

무당에서는 이런 적이 없었기에 별로 느끼지 못했던 일이지만, 이곳에 오니 자신을 향한 그런 시선이 부담스럽고 좋지 않게 느껴졌다.

일반적으로 세상에서 아름답다고 하는 여인들은 남자들이 자신을 바라보며 넋이 나가는 것을 즐겼지만 세상과 떨어져 살았던 정미현에게는 그저 부담스럽기만 할 뿐이었다.

결국 운현과 정미현의 임시 거처는 사람들과 조금 떨어진 곳에 마련되었다.

"어서 와라. 고생이구나."

청산은 무당파 제자들을 이끌고 온 청현을 반갑게 맞았다. 원래 장문인인 청산이 직접 했어야 할 일이었기에 조금 미안한 마음도 있었다.

"아닙니다. 어떻게 되었습니까?"

"이르면 내일, 늦어도 모레에는 출발하게 될 거다."

"생각보다 늦군요."

"당장 저들이 청성을 멸문시키는 일은 없을 테니까."

청현이 고개를 끄덕였다. 멸문을 시킬 것이었으면 진작 시켰을 것이다.

"그래, 운현은?"

"쉬고 있습니다."

"녀석, 이곳에 와서 좀 힘들겠구먼."

"안 그래도 이곳에 도착해서부터 계속 인상을 찌푸리고 있더군요. 쉴 곳도 사람들과 조금 떨어진 곳에 잡았습니다.”

“그 정도인가?”

“그러게 말입니다.”

청산이 고개를 끄덕였다. 충분히 이해가 갔다.

“그래도 그 녀석, 자신의 실력에 대해서 너무 겸손해하고 있어. 그 녀석의 실력이라면 검존까지는 아니더라도 이검의 위치 정도는 넘볼 수 있는 실력인데 말이야.”

“그 정도입니까?”

“물론이지. 녀석에게는 자신감이 너무 부족해.”

“뭐, 깨닫는 날이 오지 않겠습니까?”

“그렇겠지. 하지만 너무 늦는 것도 좋지 않아. 특히 지금과 같이 혼란스러운 시기에는.”

“그것도 그렇겠군요.”

“아무튼 너도 가서 쉬어라.”

“예. 사형도 쉬십시오.”

그렇게 무당을 마지막으로 사천에 정파의 무사들이 모두 집결했다.

第四章
기습

"뭐라?!"

화산파 현양 진인이 놀라 소리쳤다. 소리를 지른 사람은 현양 진인뿐이었지만 그 외에 다른 사람들의 표정 역시 현양의 그것과 별반 다르지 않았다.

"정녕 청성이 무너진 것인가?"

청산이 침착한 어조로 보고를 하러 온 화산파 제자에게 물었다.

"예, 지금 막 들어온 보고입니다."

고개를 끄덕이며 대답하는 제자의 말에 청산과 현양을 비롯한 다른 문파의 장문인들과 장로들의 고개가 숙여졌다.

“도대체 왜 이제 와서 그런 짓을!”

곤륜파 진산이 이해할 수 없다는 듯이 소리쳤다. 하나 답은 나올 수가 없었다. 이 자리에 있는 사람들 모두가 그런 의문을 가지고 있었으니.

“지금은 그런 이야기를 하고 있을 때가 아닌 듯합니다. 일단은 지금의 상황에서 우리가 어떤 행동을 취해야 할지를 결정해야 할 것 같습니다.”

소림 방장인 옥허를 대신하여 지금 이 자리에 와 있는 옥기가 좌중을 둘러보며 말했다.

그에 고조되어 있던 분위기가 조금은 가라앉았다.

“무엇을 어떻게 하다니요? 당연히 적들을 물리쳐야 하지 않겠습니까?”

“하지만 이번 싸움을 한다 한들 우리에게 이득이 되는 것이 있겠습니까?”

“왜 없습니까!”

현양이 소리쳤다. 옥기의 말이 현양에게는 전혀 이해가 되지 않았다.

“청성입니다! 구파의 일원이었던 청성이 멸문지화를 당했습니다! 그런데도 지금 이득을 따집니까? 게다가 얻을 것이 없다고요? 왜 없습니까! 저들의 힘을 줄일 수 있고, 우리는 승리와 기세를 얻을 수 있습니다! 이는 다음 싸움에도 우리에게 커다란 힘을 줄 수 있습니다!”

"현양 진인의 말에 심히 공감합니다."

조근조근 말을 하는 청산이었지만 그 속에서는 화가 끓어오르는지 얼굴이 조금 붉어져 있었다.

"좋습니다. 다들 같은 생각이십니까?"

옥기의 말에 청산과 현양을 비롯한 그 자리에 있는 모든 사람들이 고개를 끄덕였다.

"그렇다면 저들의 전력이 어느 정도 파악되는 대로 세부 전략을 짜고 출전하도록 하겠습니다. 조금 늦어지는 것은 불가피할 것 같습니다."

옥기의 말에 다들 고개를 끄덕였다. 조금 늦어지는 것은 마음에 들지 않았지만 그렇게 해서 적을 철저하게 부숴놓을 수 있다면 좋다는 것이 그들의 생각이었다.

방일원은 모처럼 흥미롭다는 표정을 짓고 있었다. 그 이유는 사천에서 올라온 보고 때문이었다.

"매 장로가 드디어 일을 벌이는군."

청성을 무너뜨린 것 때문만은 아닌 듯했다. 앞으로 있을 일에 대해서 더욱더 많은 기대를 하는 것 같았다.

"교주님, 곡 군사 들었습니다."

"들여라!"

방일원이 자세를 바로 하고는 대전으로 들어오는 곡해성을 바라보았다.

“왔는가?”

“예.”

“사천의 소식은 들었겠지?”

“물론입니다.”

“어떤가? 기대해도 되겠지?”

“그렇습니다. 그런데 교주님께서 기대하시는 것은 다른 곳에 있는 것 같다는 생각도 듭니다만.”

“역시, 눈치 하나는 대단하군.”

방일원이 미소를 지으며 말했다. 방일원의 미소. 쉽게 볼 수 있는 것이 아니었다.

“매 장로에 대한 것은 좀 아나?”

“잘 모릅니다.”

곡해성은 같은 마교의 장로이지만 매향향에 관한 것만은 잘 알지 못했다. 매향향이 여인이기에 더 그랬다.

“매 장로가 오 장로를 흠모했었지. 아니, 지금도 흠모하고 있을 것이야.”

“예?!”

전혀 예상하지 못한 이야기에 곡해성은 놀란 표정으로 방일원을 바라보았다.

“하지만 매 장로는……!”

“무슨 생각을 하는지 아네. 하지만 매 장로는 생각하는 것만큼 어린 사람이 아니야.”

"그렇습니까?"

곡해성은 애써 태연한 척했지만 굉장히 놀란 모습이었다. 그녀의 외모는 많이 봐야 서른 중반. 오 장로의 나이가 쉰을 넘은 나이였다는 것을 생각하면 엄청나게 많은 차이가 나는 것이었다.

"그녀의 나이, 이제 오십을 바라보지."

곡해성의 눈이 믿을 수 없다는 듯 부릅떠졌다.

"믿지 못하겠지만 사실이야. 무공의 특성상 그런 외모를 유지하는 것이지. 뭐, 그것은 그리 중요치 않아. 지금 중한 것은 그녀가 죽은 오 장로를 흠모하고 있었다는 사실이네."

재빨리 냉정을 되찾은 곡해성은 빠르게 머리를 굴렸다.

"그녀는 지금 복수심에 불타고 있겠군요."

"그렇지. 여인이 한을 품으면 오뉴월에도 서리가 내린다고 했던가? 이번 싸움, 볼 만할 거야. 하하하!"

"그렇겠군요. 오 장로를 꺾은 그자를 제압하고 구룡검까지 얻을 수 있는 기회입니다."

"구룡검이라……. 생각하지 않았는데 얻을 수 있게 되겠군."

방일원의 말에 곡해성의 눈이 순간적으로 빛났다. 하지만 그 빛은 이내 사라졌다.

"사천의 상황을 예의 주시하라."

"알겠습니다."

허리를 숙여 인사한 곡해성은 대전을 빠져나갔다.

의욕은 높았다. 하지만 그것뿐이었다.

적과 맞서 싸워야 한다는 것에는 모두가 마음을 모았지만 그 이상의 진척은 힘들었다.

예전처럼 서로가 나서지 않겠다는 것 때문이 아니었다. 오히려 지금은 서로가 앞장서겠다며 나서는 통에 제대로 이야기가 진척되지를 않았다.

"잠시 조용히 해주십시오."

옥기가 좌중을 조용히 시켰다. 그에 서로 떠들던 사람들이 입을 다물었다.

"일단은 홍개의 말씀을 들어보는 것이 어떻겠습니까? 이것저것 조사를 많이 하신 것 같습니다만."

옥기의 말에 사람들의 시선이 한쪽에 조용히 앉아 있는 홍개에게 모아졌다.

"사천에 집결해 있는 마교의 숫자는 우리의 예상을 뛰어넘습니다. 적어도 백 명 이상은 차이가 나지요."

"그 정도는 될 것이라 예상하지 않았습니까? 이 정도 규모의 인원이 움직이면서 저들에게 들키지 않을 수는 없는 일이니까요. 그렇다면 저들도 총단에서 지원 병력이 왔을 것이고 말입니다."

현양의 말에 홍개가 고개를 끄덕였다.

"물론 그 백 명의 머릿수는 문제가 되지 않습니다. 문제는 누가 사천에 와 있느냐 하는 것입니다."

"누군데 그러는 겁니까?"

"마교 제삼장로 매향향입니다."

"매향향?"

홍개의 입에서 나온 매향향이라는 이름에 사람들의 반응은 '도대체 매향향이 누구냐?' 하는 것이었다.

"그게 누구요?"

"말씀드린 그대로입니다. 마교 제삼장로이지요."

"이름도 없는 사람을 우리가 두려워해야 할 이유가 있습니까?"

진산 도장의 물음에 홍개가 고개를 끄덕이며 대답했다.

"저도 많은 정보를 얻지는 못했지만 마교의 장로라는 자리가 실력으로 순서를 매긴다는 점과 여인의 몸으로 삼장로의 자리까지 올랐다는 점을 간과해서는 안 될 것입니다. 게다가 청성까지 올라간 그녀는 싸움을 하지도 않은 것으로 보입니다."

"그것이 무슨 말이오? 아무리 청성 장문인이 목숨을 잃은 상황이라 하지만 해천자의 수준은 결코 무시하지 못했을 텐데?"

"제가 몰래 잠입하여 생존자들을 만나보았습니다. 싸운 것은 매향향이 아닌 그의 부하라고 하더군요. 실력이 상당하다

했습니다.”

“허!”

“이럴 수가!”

홍개의 말에 여기저기서 탄식이 터져 나왔다. 해천자를 이 길 정도의 고수를 수하로 부릴 정도의 사람, 그것도 여인. 이제야 조금씩 그녀의 존재감을 느끼기 시작하는 사람들이었다.

“게다가 그녀의 무기는 채찍이라고 합니다.”

“채찍? 세상에, 채찍을 사용하는 문파나 무공이 있었던가요?”

“먼 과거에는 있었던 것 같습니다. 물론 그 명맥이 제대로 이어져 오지 못하고 있는 것 같지만 말입니다.”

“그렇군요. 채찍이라……. 상당히 까다로운 상대가 될 것 같습니다.”

옥기의 말에 다들 고개를 끄덕였다. 실전에서 채찍을 사용하는 사람들을 찾기 어려운 만큼 그것에 대비한 실전 연습을 한 사람은 없다고 봐야 했다.

“머릿수도 밀리고, 상대 측에도 꽤 강한 고수가 있는 듯하고. 이번 싸움 역시 굉장히 어려운 싸움이 될 것 같군요.”

옥기의 말에 다들 고개를 끄덕였다. 지금껏 생각했던 출혈보다 더 큰 출혈을 감수해야 할 것 같았다.

“우리가 불리한 점이 있다면 그것을 만회해야 하지 않겠습니까?"

"무슨 좋은 방법이라도 있으십니까?"

청산의 말에 옥기가 물었다. 무언가 방법이 있는 것 같은 청산의 표정에 다들 조금은 기대감을 가지고 그를 바라보았다.

"군인들이 전쟁을 치를 때 흔히 써먹는 방법입니다. 지금 우리는 강호의 싸움이 아닌, 어찌 보면 군대의 싸움과 비슷한 것을 하고 있다고 봐도 무방하겠지요. 머릿수가 밀리고 있으니 그것을 비슷하게 맞추면 되지 않겠습니까?"

"물론 그렇지요. 하지만 그것을 어찌합니까?"

"기습입니다."

"기습?"

"그렇습니다."

청산의 말에 다들 고개는 끄덕이면서도 쉽게 받아들이지 못하는 모습을 보였다.

기습을 하면 분명 효과적으로 저들의 머릿수를 줄일 수 있다. 하지만 그곳까지 접근하는 것도 힘들뿐더러 기습을 하여 저들의 머릿수를 백 명 이상 줄이기란 결코 쉬운 일이 아니었다.

"힘들 것 같습니다만."

"기습이라는 전략은 군대식 전략이지만, 그곳까지 잠입하여 머릿수를 줄이는 것은 강호식 싸움이 될 것입니다. 고수한 명이 감당할 수 있는 인원이 몇 명이라 보십니까? 적어도 열 명 이상은 됩니다. 그렇다면 그런 고수 다섯 명만 가도 벌써 오십입니다. 기습을 하여 조용히 처리한다면, 한 사람당 스무 명까지도 가능하지 않겠습니까?"

청산의 말에 다들 고개를 끄덕였다.

"그럼 또 문제가 있습니다. 그런 고수 다섯 명을 우리가 충당할 수 있느냐 하는 것도 문제입니다."

청산도 고개를 끄덕였다. 장문인들과 장로들이 많이 와 있기는 하지만 저마다 하는 일이 많았다. 그런 그들에게 일을 맡기기에는 조금 무리가 있었다.

"일단 우리 무당에서 두 명을 보내도록 하지요. 한 명은 고수라고 부르기에는 조금 무리가 있지만 다른 한 명이 그 몫을 해줄 것이라 봅니다."

"운현을 말씀하시는 것입니까?"

현양의 물음에 청산이 고개를 끄덕였다. 그에 다들 순간적으로 얼굴이 밝아졌다.

새롭게 등장한 청년 고수. 지금 이 자리에 모인 사람들과 싸워도 절대 밀리지 않을 정도의 고수였다. 그런 운현이 나선다면 효과는 꽤 커질 것이다.

"그렇다면 우리 화산에서도 한 명 차출하리다. 매화검수 정도면 큰 문제가 없을 것이라 봅니다."

"매화검수라면 당연하지요."

화산파 매화검수라면 누구나 인정하는 젊은 고수들이었
다. 그런 그들 중 한 명이라면 분명 믿을 수 있는 실력을 가졌
을 것이다.

"그렇다면 세 명은 결정이 되었군요. 그럼 나머지 문파에
서 두 명을 차출해 주시기 바랍니다."

옥기의 말에 곤륜파 진산 도장이 자신의 제자를 보내겠다
고 했고, 홍개 역시 자신의 제자를 보내겠다고 했다.

"좋습니다. 그렇다면 기습 대상자들에게 이 사실을 알리
고, 내일 신시까지 준비를 마치라 해주십시오."

"알겠습니다."

"그리하도록 하지요."

"그럼 서둘러 주십시오. 그리고 그 다섯이 출발하고, 두 시
진 후에 저희 본대도 출발하도록 하겠습니다. 저들의 시선을
조금 분산시킬 필요가 있어 보입니다."

"그렇게 준비를 하지요."

회의가 끝났다. 그리고 그것은 싸움의 시작이었다.

"기습이요?"

"그래, 기습."

"그걸 누가 한다고요?"

"너."

"왜요?"

“왜긴, 그럼 넌 여기에 왜 온 거냐? 유람하러?”

“저야 끌려왔지요.”

“하……!”

청산이 한숨을 내쉬었다. 벌써 한 시진째 안 가겠다고 고집을 피우는 운현을 설득하고 있는 그였다.

운현이 절대로 가지 않겠다고 버티고 있는 중이었기 때문이다.

“다른 사람들 많잖아요. 그런 일을 왜 꼭 제가 해야 합니까?”

“경험이다, 경험!”

“이런 경험은 그다지 필요있어 보이지 않는데요?”

“이 세상에 필요있고 없는 경험이 어디 있더냐!”

“그래도…….”

청산이 언성을 높였지만 운현은 전혀 주눅들지 않았다. 여전히 가기 싫다는 표정이었다.

“다른 사람들은 하고 있는 일이 많다. 이번 싸움은 꼭 이겨야 하는 싸움이다. 그 때문에 위험을 무릅쓰고 기습을 하는 것이고. 조금이라도 더 안전하고 성공률을 높이기 위해서는 너 정도의 고수가 꼭 필요하단 말이다.”

“하!”

이런 식으로 나오는데 운현도 더 이상 버티기가 힘들었다. 머리로는 받아들여야 한다고 생각하지만 마음은 쉽게 그러지 못하고 있었다.

"청성파가 무너졌다."

"……!"

갑자기 웬 청성파 이야기란 말인가. 게다가 무너졌다고?

"청성파가 무너진 것이 하루 이틀 전의 일도 아니고, 왜 그 걸 지금 꺼내십니까?"

"내가 한 말을 진정 이해하지 못한 것이냐? 그냥 무너진 것이 아니라 아예 멸문지화를 당했다는 말이다."

"……!"

처음 듣는 말. 멸문지화!

"언제입니까?"

"어제다."

"그렇군요."

또 하나의 동료가 사라졌다. 구파의 한자리를 당당하게 차지하고 있던 청성파. 아미파에 이어 두 번째다.

"가겠습니다."

"잘 생각했다."

주저없이 대답하는 운현의 모습에 청산은 반갑게 말했다.

'동료들이 하나씩 사라져 가는 이 기분, 다시는 맛보고 싶지 않았는데…….'

운현은 속으로 생각했다. 무당파 감숙지부에서 느꼈던 그 감정이 일 년이 넘었음에도 아직 생생했다.

“그래, 준비해라. 내일 신시에 출발한다.”

“알겠습니다.”

“아, 그리고······.”

자리에서 일어서려던 청산이 다시 앉아 운현을 바라보았다.

“이번에 운진도 간다.”

“안 됩니다!”

운진의 이름이 나오자마자 운현이 반대하고 나섰다.

“왜 그러느냐?”

“이 위험한 일에 운진을 포함시키겠다고요? 아직 안 됩니다! 사부님을 모르시겠습니까?”

“안다. 하지만 어쩔 수 없다. 그래서 너를 함께 보내는 것이다.”

“제가 신(神)입니까? 저에게도 한계가 있는 법입니다. 검존? 웃기지 말라고 하십시오. 저는 아직도 멀었단 말입니다.”

“운현아.”

청산이 낮게 운현을 불렀다. 화가 난 것 같지는 않았지만 무언가 굉장히 진지한 분위기였다.

“네 실력에 한계를 짓지 마라. 그리고 자신감을 가지거라. 너는 내 실력을 어떻게 보느냐?”

“사부는 강하지요.”

“그런 나와 호각을 이루는, 아니, 나보다 더 뛰어난 너는?”

"무슨 말씀입니까? 제가 사부보다 뛰어나다고요?"

"네가 나보다 부족한 것은 경험이다. 그것을 빼고 순수하게 무공만으로 따진다면 넌 나보다 위다."

"하지만!"

"하지만이 아니야. 네 자신을 믿어라. 그리고 네 실력을 믿어. 그리고 네 의지를 믿거라."

청산의 말에 운현은 아무런 말도 하지 못했다. 그런 말을 들었다고 해서 그 순간부터 당장 그렇게 변하는 것은 아니지만 내심 자신의 변화를 스스로 느낄 수가 있었다.

"운진을 부탁한다."

"솔직히 말씀드리면 전 운진을 두들겨 패서 어디 한곳이라도 부러뜨려 놓고 싶은 심정입니다."

"운진도 성장을 해야 한다. 그리고 성장하고 있는 중이며, 지금까지의 성장도 굉장히 빠르고 높다. 운진은 너무 어리게만 보는 것 아니냐?"

"사부, 사부가 그랬지요. 사부보다 제가 더 뛰어나다고. 제가 보기에 운진은 아직도 멀었습니다. 그것은 사부도 알고 있을 것이라 생각하는데요. 일 년 후면 모릅니다. 하지만 지금은 어렵습니다."

"안다. 그렇기에 너에게 부탁하는 것이다. 그만큼 너를 믿으니."

운현은 대답할 수가 없었다. 절대로 안 된다고 말하고 싶었다. 자신은 할 수 없다고, 자신이 없다고.

청산의 그런 믿음이 운현에게는 엄청난 부담으로 다가왔다.

스윽.

곁에서 조용히 듣고만 있던 정미현이 운현의 손을 잡았다. 그리고 그 순간 운현의 상념이 멈추었다.

"마음을 편하게 가져요. 운현은 강한 사람이잖아요."

강한 사람. 단순히 무공이 강하다는 말이 아니었다. 정신과 마음, 육체와 무공 전부를 일컫는 말이었다.

"하지만……."

"왜 자꾸 그런 마음이 드는지 잘 알아요. 지금 이 순간의 운현은 지금까지의 운현의 모습 중에 가장 강한 모습이잖아요? 앞으로도 계속 강해질 것이고. 그렇게 생각해요, 전."

정미현의 말에 운현은 작게 미소를 지었다. 마음이 차분히 가라앉는 것 같은 느낌이었다.

그런 운현의 변화를 눈치 챈 청산은 씁쓸한 미소를 지었다. 이제는 자신의 품에서 벗어나 짝을 찾고 다른 사람을 찾아 떠나는 제자의 모습 때문이었다.

"고맙네."

"아닙니다."

청산이 정미현에게 짧게 인사를 하자 그녀는 미소를 지으며 고개를 저었다.

"그럼 준비해라. 내일 신시다."

"알겠습니다."

고개를 끄덕인 운현의 목소리는 무거웠다. 하지만 운진 때문에 무거운 것이 아닌 자신의 의지와 다른 사람들의 자신에 대한 믿음, 그리고 앞으로의 운명에 대한 무게가 더해진 무거움이었다.

청현으로부터 내일 기습에 참가하게 될 것이라는 말을 들은 운진은 기뻤다. 아무런 일도 하지 않는 것보다는 그렇게 앞에 나서서 무언가 실력을 보이고 남들에게 인정받고 싶은 그의 마음이었다.

그리고 무엇보다도 함께 가는 운현에게 제대로 자신의 실력을 보여줄 수 있는 기회라는 생각에 굉장한 의욕이 생겼다.

"사형, 이번에는 제대로 보여드리지요."

운진은 운현을 굉장히 좋아했다. 그리고 운현은 언제나 동경의 대상이자 마음속의 경쟁자였다.

그에 운진은 운현에게 인정받는 것을 목표로 삼고 수련했으며, 운현에게 그런 자신을 보이고 싶어 했다.

하지만 운현은 운진을 동생처럼 아끼고 좋아하기는 했지만 무공이나 실력에 대한 언급은 피했다. 가끔 조언이라고 하면서 가슴을 난도질하는 말을 하곤 했을 뿐이다. 그 정도로 운현의 평가는 인색했다.

　그렇지만 운진은 결코 그런 것에 좌절하거나 마음에 두지 않았다. 처음에는 분하고 억울하고 화도 났지만 시간이 조금 지나 생각해 보면 운현이 말해준 것들은 어디까지나 자신의 문제점과 부족한 점들이었다.

　그런 것들을 운진은 운현에게 보여주고 인정받기 위해 받아들이고 열심히 수련했지만 아직까지 운현에게서 만족스런 말을 듣지 못했다.

　'이번이 기회야.'

　두 주먹을 불끈 쥐고 굳게 다짐하는 운진이었다.

　다음날 신시, 운현과 운진을 비롯한 다섯 명의 사람이 모두 모였다. 한 명은 운현도 안면이 있는 사람인 화산파 조우량이었고, 다른 사람들은 곤륜파 구효서, 그리고 나머지 한 사람은 개방 홍개의 제자인 양탁이었다.

　"반갑습니다. 무당파 운현이라 합니다."

　운현이 그들을 보고 먼저 인사했다. 포권을 하고 살짝 허리를 굽힌 그의 모습은 절도있고 격식을 제대로 차린 모습이었다.

　그런 그의 모습을 조우량과 운진을 제외한 구효서와 양탁은 감탄의 눈빛으로 바라보았다.

　'저 어린 나이에 무공도 고강하면서 절도있고 예의 바르다!'

구효서와 양탁의 생각이었다. 그들의 눈에 운현은 말 그대로 대협(大俠)의 모습처럼 보이고 있었다.

그런 둘의 눈빛이 변한 것을 알아본 운현은 지금의 상황을 얼른 모면해야겠다는 생각에 자신들을 마중 나온 청현을 바라보았다.

자신을 바라보는 운현의 시선이 무슨 말을 하고 있는 것인지 잘 알고 있는 청현이 살짝 고개를 끄덕이고는 입을 열었다.

"자, 지체할 시간이 없다. 지금 출발해야 그곳에 도착할 때쯤이면 해가 떨어질 것이다. 그러니 서둘러라."

"알겠습니다."

운현과 운진이 동시에 대답했고, 조우량과 구효서, 양탁 등은 고개를 끄덕였다.

"자, 이것들을 받게."

"이것이 뭡니까?"

"보면 모르겠느냐? 복면이다. 설마 기습을 하면서 자신들의 얼굴을 그대로 보여줄 생각은 아니겠지?"

"그건 그렇네요."

운현이 고개를 끄덕이며 대답했다.

"자, 그럼 어서 출발하도록."

"예."

운현을 선두로 운진과 조우량, 구효서와 양탁이 마교 진지가 있는 쪽으로 달려갔다.

'조심해라!'

그런 둘의 뒷모습을 청현이 걱정스런 표정으로 바라보았
다.

날이 저물고 어두워졌다. 청성을 궤멸시키고 돌아온 마교
무사들의 분위기는 한껏 고조되어 있었다.

여기저기서 웃고 떠드는 소리가 계속되었으며, 노래를 부
르며 즐거워하는 모습도 보였다. 그런 그들의 모습을 보고 있
노라면 지금이 싸움을 하고 있는 상황인지 아닌지 헷갈릴 정
도였다.

그래도 싸움 중이라고 술은 마시지 않는 모습이었다. 매향
향의 엄명이 있기도 했지만 자신들 스스로가 술은 입에 대지
도 않고 있었다.

"하! 말을 들어보니까 아직 저들의 움직임은 없다고 하던
데, 이렇게 보초를 서야 한단 말이야?"

"어쩌겠는가. 쳇! 저놈들은 좋겠구나! 웃고 떠들고! 잠도
자고 좀 쉬었으면 좋겠는데."

"그러게 말이야. 젠장! 상관 한 명 잘못 만나서 이게 무슨
고생이야?"

보초를 서고 있는 두 마교 무사가 투덜거렸다. 보초를 서지
않을 수 없다는 사실은 잘 알고 있지만 하필이면 자신들이 보

초를 서는 이 상황이 너무나 짜증난 탓이었다.

“다시 한 번 말해볼래?”

“히익!”

무사 둘은 등 뒤에서 들려온 목소리에 기겁을 하고 돌아섰다. 그곳에는 매향향이 서 있었다.

“장로님을 뵙습니다!”

“장로님을 뵙습니다!”

두 무사가 부동자세를 취하며 외쳤다. 그런 둘의 모습을 잠시 바라보던 매향향이 왼쪽에 서 있는 무사에게 가까이 다가갔다.

“꿀꺽!”

무사는 침을 삼켰다. 매향향의 외모는 아름다웠다. 몸매 역시 나이가 쉰이 다 되어간다고는 믿기지 않을 정도로 잘빠진 몸매였다.

하지만 지금 자신의 얼굴 가까이로 얼굴을 들이미는 그녀의 모습을 보며 아름답다는 생각은 할 수 없었다.

잔뜩 공포에 질린 표정. 그런 무사의 표정을 이해할 수 없을 정도로 매향향의 표정은 매혹적이었다.

“상관이 뭐가 어떻다고?”

“아, 아닙니다!”

겨우겨우 외치는 무사, 그리고 그 옆에 서 있는 무사는 몸을 벌벌 떨고 있었다.

“이봐.”

매향향과 무사의 얼굴 거리가 고작 종이 한 장 차이밖에 나지 않을 정도로 가까워졌다.

매향향의 숨결과 향기가 무사의 코로 빨려 들어갔고, 무사는 정신이 점점 몽롱해지면서도 공포에 질려 온몸을 계속 떨었다.

“죽고 싶나?”

“아, 아닙니다!”

무사가 소리쳤다. 하지만 눈은 점차 풀려가고 있었다.

“이런 식으로 하면…….”

매향향이 자신의 코앞에 있는 무사의 얼굴을 한 번 매만졌다. 부드러운 그녀의 손길에 무사는 공포감과 황홀감이라는 두 가지 감정에 빠져 정신을 잃기 직전이 되었다.

“죽어.”

매향향이 그 무사의 귀에다 대고 중얼거렸다. 그 순간 무사는 그대로 바닥에 주저앉아 버렸다.

옆에 서 있던 무사는 도대체 자신이 어떤 정신으로 그 자리에 서 있는지 알지 못했다. 말 그대로 혼이 빠져나가 버린 것이다.

“계속 수고하도록.”

대답은 나오지 않았다. 그럴 수 있는 상태가 아니라는 것을 그녀 자신이 잘 알기에 매향향은 굳이 뭐라 하지 않고 발걸음을 옮겼다.

"한심한 것들."

매향향은 자신만 보면 벌벌 떠는 남자들이 매우 한심스러웠다.

비단 자신의 위치가 장로라는 것을 제외하고도 남자들이 공포에 떠는 데에는 다 이유가 있었다.

그것은 바로 매향향의 외모와 관련된 소문 때문이었다.

매향향이 그런 외모를 유지하는 데에는 남자들의 양기 때문이라며, 매향향에게 잘못 보이면 그녀와 하룻밤 잠자리를 같이해야 하는데 그 후 목숨은 보장하지 못한다는 것이었다.

그 소문 이외에도 양기를 빨아들이지 않아도 그녀와 하룻밤을 보낸 남자는 살아서 그녀의 침실을 나오지 못한다는 소문도 퍼져 있었다.

왜 그런 소문이 퍼진 것인지는 잘 모르겠지만 매향향은 그런 것을 적절하게 이용하여 무사들의 군기를 잡고 있었다.

"음?"

그때 매향향이 걸음을 멈추고 어딘가를 바라보았다. 하지만 더 이상의 기척은 느껴지지 않았다.

'내가 너무 예민한 것인가?'

그렇게 생각한 매향향은 다시 발걸음을 옮겼다.

탁!

“휴!”

매향향이 사라지고 일각 정도 지난 뒤 그 자리에 나타난 것은 복면을 한 운진이었다. 조용히 접근하던 중 매향향을 보고 급히 멈추었는데 그 와중에 기척을 느낀 것 같았다.

‘큰일 날 뻔했다!’

운진은 떨리는 가슴을 쓸어내리고는 주변을 둘러보았다. 멀리서 웃고 떠드는 소리가 희미하게 들리고 있었고, 근처에서는 별다른 소리가 들리지 않고 있었다.

다들 한자리에 모여 있는 모양이었다.

‘이놈들, 웃고 떠드는 것도 이제 얼마 안 남았다!’

그렇게 생각한 운진은 한 방향을 정하고는 그쪽으로 재빨리 달려갔다.

기척을 뒤로하고 길을 걷던 매향향이 발걸음을 멈추었다.

‘아무래도 중요한 무언가를 놓친 것 같단 말이야.’

매향향은 지금 이 기분 나쁜 감정의 원인이 무엇인지 알아내기 위해 기억을 더듬었다.

투덜거리는 보초 두 명에게 겁을 주고 지금 이 자리까지 오는 과정에서…….

‘그 기척!’

계속 걸리는 것, 바로 그 기척이었다.

“누군지 한번 볼까?”

오랜만에 그녀의 입가에 미소가 지어졌다.

"헉! 헉!"

운진은 달리고 있었다. 방금 전에 죽인 무사까지 해서 벌써 열다섯 명. 운진의 실력으로 더 이상은 무리라 할 수 있었다.

"너는 열다섯이다."

"왜죠? 왜 저는 열다섯입니까? 다들 스무 명이면서!"

"너는 아직 무리야! 내가 스물다섯을 상대한다."

"하지만!"

"운진!"

"……!"

"열다섯을 채우면 곧바로 이곳으로 돌아와라. 이곳에 있는 자들은 위험한 자들이다."

"…알겠습니다."

운현과 약속했던 열다섯을 모두 채웠다. 순간 운진은 망설였다.

'사형, 죄송합니다. 저는 한 사람의 몫을 하고 싶습니다.'

결국 운진은 열여섯 번째 무사를 찾기 위해 발걸음을 옮겼다.

그때 운진은 알지 못했다. 자신을 발견하고 눈을 빛내고 있는 사람이 있다는 사실을.

"더 이상 없나?"

열아홉 명의 무사까지 제거한 운진이 주변을 둘러보았다. 자신이 거쳐 온 곳에서는 적이 나타났다며 요란법석을 떨고 있었다.

'한 명만 더 잡으면!'

"어디를 가시나, 쥐새끼?"

그런 생각으로 발걸음을 옮기려던 운진의 귓가에 한 사람의 목소리가 들려왔다. 여인의 목소리. 순간 운진의 머릿속에 떠오르는 사람이 한 명 있었다.

"매향향?"

"호호호! 너같이 어린 쥐새끼가 함부로 부를 이름이 아니란다."

입은 웃고 있지만 그녀의 눈은 매섭게 운진을 바라보고 있었다.

그런 그녀의 시선에 운진은 몸을 움직일 수가 없었다. 눈빛만으로도 사람을 옥죌 수 있다는 것을 몸으로 깨닫게 된 운진이었다.

사람은 어쩔 수 없이 해야 하는 일이 있다. 먹는 것과 싸는 것, 숨 쉬는 것이 그것이다. 그리고 그것 이외에 한 가지 더 해야만 하는 것이 있는데 바로 눈을 깜빡거리는 것이다.

제아무리 무공이 고강한 사람이라 하여도 눈을 장시간 깜빡이지 않고는 버틸 수가 없다. 그것은 사람으로 태어난 이상 어쩔 수 없는 일이다.

매향향도 인간인 이상 눈을 깜빡일 수밖에 없다. 그리고 그 순간이 운진에게는 실낱같은 희망이었다.

파밧!

매향향이 눈을 한 번 깜빡이는 그 찰나의 순간에 운진은 몸을 날렸다. 힘이 들고 숨이 거칠어진 것은 문제가 되지 않았다.

지금은 오로지 살아야 한다는 생각뿐이었다.

'사형!'

지금 이 순간 운현의 얼굴이 그리워지는 운진이었다.

운현과 조우량, 구효서와 양탁은 약속 장소에 모여 있었다. 이미 각자 스무 명의 적을 제거하고 이 자리에 모인 것이었다.

"이 녀석은 도대체 뭐 하는 것인지!"

운현은 운진이 오지 않자 화가 나서 소리쳤다. 이는 운진 자신뿐만이 아니라 함께 온 사람들 모두를 위험에 빠뜨리는 행동이었다.

'오기만 해봐라!'

멀리서 마교 무사들의 목소리가 들렸다. 그도 그럴 것이, 이 자리에 모인 사람들이 처리한 인원만 해도 여든이 넘는다. 그런데 아직까지 조용하다면 그것이 더 이상한 상황이었다.

‘음?’

갑자기 운현이 어딘가를 향해 고개를 돌렸다. 조우량을 비롯한 다른 사람들은 혹시라도 적이 자신들을 발견할까 걱정이 되어 다른 곳을 보느라 운현의 그런 모습을 보지 못했다.

“세 분은 먼저 출발하시지요.”

“예? 아니, 그것이 무슨 말씀이십니까?”

조우량이 운현을 바라보며 존대로 물었다. 예전 운현이 구룡검을 가지고 사라졌을 때에만 해도 조우량에게 있어서 운현은 자신의 명예를 빼앗아간 원수에 불과했지만 지금은 사정이 달랐다.

“이대로 있다가는 우리 전부가 위험해집니다. 저는 운진이 오는 대로 몸을 빼 쫓아갈 테니 세 분은 먼저 출발하십시오.”

“하지만…….”

이번에는 양탁이다. 그에 답답해진 운현이 목소리를 높였다.

“어서!”

“아, 알겠소.”

운현이 굳은 표정으로 말하자 양탁과 조우량, 구효서는 그 자리에서 일어나 달려나갔다.

그들이 멀리 사라지는 모습을 확인한 운현은 곧바로 마교 진지 안쪽으로 몸을 날렸다. 그런 운현의 몸을 알 수 없는 불길함이 휘감고 있었다.

“헉! 헉!”

숨이 턱밑까지 차올랐다. 더 이상은 숨을 쉴 수 없을 것 같았다. 이미 내력이 바닥을 보인 지 오래. 쉬면서 운기를 하지 않으면 자칫 위험해질 수도 있는 상황이었다.

그것을 모르지 않는 운진이었다. 하지만 운진은 멈출 수가 없었다.

촤라악!

“크윽!”

운진의 등에서 피가 튀었다. 마음먹으면 벌써 운진을 잡고도 남았을 매향향이지만 조금 거리를 두고 운진을 쫓으며 이렇게 채찍질을 가하고 있었다.

화가 나고 고통스럽고 분했지만 운진은 이를 악물고 운현이 있는 쪽으로 달릴 수밖에 없었다.

하지만 하늘은 그것을 원치 않았던 모양이다. 점점 이런 식으로 운진의 뒤를 쫓는 것이 지겨워지는 그녀였다.

“이제 슬슬…….”

매향향이 자신의 편에 내력을 주입하기 시작했다. 빳빳하게 서지는 않았지만 그녀의 채찍 전체에 얇은 편기(鞭氣)가 씌워졌다.

촤아악!

파아앙!

“끄아아악!”

운진이 비명을 지르며 쓰러졌다. 그는 왼쪽 종아리 부근을 부여잡고 있었는데, 그곳은 살과 근육이 파열되고 뜯겨져 나가 엄청난 양의 피가 흘러내리고 있었다.

"으아아악! 으악!"

운진은 차마 눈 뜨고는 못 볼 정도로 심하게 바닥을 뒹굴고 있었다. 하지만 그 정도의 부상이라면 아무리 무공을 익혔다 하여도 고통스러울 수밖에 없었다.

"엄살이 심하구나."

엄살이라니. 이 정도 부상을 입고 이런 모습을 보이지 않을 사람이 어디에 있을까.

"시끄럽다. 이제 그만 가라."

매향향이 자신의 편을 살짝 들어올렸다. 금방이라도 휘두를 것 같은 자세였다.

쒜에에에엑!

"헛!"

갑작스럽게 들리는 공기를 찢는 파공음에 매향향은 채찍을 그쪽으로 휘둘렀다.

까앙!

"크윽!"

무언가가 편에 부딪쳤다. 편의 특성상 충격을 흡수하는 데 탁월한 무기임에도 매향향의 손에 충격이 그대로 전해져 왔다.

"으윽!"

짧은 신음 소리를 낸 매향향은 바로 고개를 돌려 편에 맞고 떨어진 것이 무엇인지 확인했다.

'검집?'

검집이었다. 용이 화려하게 새겨진 검집. 그것을 본 매향향은 그것의 정체를 알 수 있었다.

'구룡검!'

"운진!"

운현이 달려오며 바닥에 쓰러져 있는 운진을 불렀다. 엄청난 고통에 정신을 잃은 모양이었다. 내력도 없이 지쳐 쓰러지기 직전까지 달렸으니 당연한 것이었다.

파파팟!

운현은 서둘러 운진의 상처 부위에 있는 혈들을 짚어 지혈을 했다. 하지만 어디까지나 이것은 임시방편일 뿐 서둘러 의원에게 보여야 했다.

"네가… 구룡검의 주인? 오 장로님을 죽인 원수?"

"그렇소!"

운현이 분노에 찬 목소리로 외쳤다. 운현의 눈에서 불길이 일었다.

"제 발로 기어들어 왔구나! 어디 죽어봐라!"

촤아악!

"헉!"

운현은 기겁을 하며 몸을 빼내었다. 극성의 제운종. 그 속도는 엄청났다.

빠아악!

내력이 실리지 않은 단순한 채찍질이었지만 엄청나게 빠른 속도와 위력을 가지고 있었다. 그 증거로 운현이 서 있던 자리에 제법 깊은 구덩이가 하나 생겼다.

'채찍이라……'

사부인 청산으로부터 매향향이 채찍을 쓴다는 소리를 이미 들었기에 처음 봤을 때 그녀가 매향향인 것은 알고 있었다. 그러나 그녀의 채찍이 이리 매서울 줄은 몰랐다.

특히 처음 상대해 보는 무기인만큼 지금 이 순간을 어찌 상대해야 할지 감이 잡히지를 않았다.

'생각보다 오래 걸릴지도……'

운현은 운진을 바라보았다. 그리고 제발 운진이 버텨주기를 바랐다.

"너나 네 사제 놈이나 쥐새끼 같기는 똑같구나!"

"시끄럽소."

운현이 화를 억누르며 낮게 이야기했다. 그리고 천천히 구룡검에 내력을 주입하기 시작했다.

우우웅!

오랜만에 내력을 머금은 구룡검이 기쁘다는 듯 울음을 토했다. 그리고 점점 황금빛의 검기를 몸에 씌웠다.

황룡기. 오귀문과의 싸움 이후 처음 사용해 보는 황룡기였다.

왜 이리 오랜만이냐며 황룡기가 몸속에서 활발하게 움직였다. 마치 지금까지 심심했던 것을 모두 풀어버리겠다는 듯한 움직임이었다.

"차앗!"

촤라락!

먼저 공격을 감행한 것은 매향향이었다. 일단 운현이 오귀문을 꺾은 강자라는 사실도 있었지만 낮게 우는 구룡검과 그에 씌워진 황금빛 검기가 심상치 않게 느껴졌기 때문이다.

빠르기도 했지만 잘 휘어지는 성질을 가진 무기가 채찍인 만큼 그 변화가 어떤 무기로 펼치는 공격보다도 훨씬 더 변화무쌍했다.

자신의 눈앞에 화려하면서도 어지럽게 펼쳐지는 매향향의 공격에 운현은 순간적으로 당황했다.

어떤 식으로 막아내고, 어떤 식으로 피하고, 어떤 식으로 반격을 해야 할지 알 수가 없었다.

짜악!

"크윽!"

순간적으로 몸을 틀면서 보법을 이용해 움직였지만 운현의 어깨는 순식간에 피로 물들었다. 한 가지 다행스러운 점이라면 왼쪽 어깨라는 점 정도였다.

"꿀꺽."

무기의 낯설음 때문일까. 운현은 침을 삼켰다. 긴장하고 있었다. 왠지 모르게 오귀문보다 눈앞에 있는 매향향이 훨씬 더 강하게 느껴졌다.

'이번 기회에… 성장한다!'

질 것이라는 생각은 하지 않는 운현이었다. 아니, 절대로 져서는 안 되었다. 자신의 뒤에 쓰러져 있는 운진 때문에라도. 그리고 이번 싸움을 승리로 이끌고 한 단계 성장하려는 욕심 때문에도.

파박!

운현의 신형이 흐릿해졌다. 굉장히 빠른 속도. 매향향은 순간적으로 운현의 신형을 찾았다.

'왼쪽!'

매향향이 왼쪽을 향해 채찍을 휘둘렀다. 앞쪽으로 뻗어 있던 채찍이 순간적으로 반원을 그리며 왼쪽으로 휘둘러졌다.

휘이익!

하지만 범위가 너무 넓었다. 운현은 이미 짧은 거리 안으로 들어와 있는 상황이었다.

"흥!"

그런 운현을 보며 매향향이 코웃음을 치며 몸을 뒤로 빼었다.

쒜엑!

순간 운현의 검이 빠르게 허공을 갈랐다. 공기를 찢는 소리. 찢어진 공기의 빈자리를 운현의 황금빛 검기가 화려하게 메우고 있었다.

"헛!"

이번에 헛바람을 들이킨 사람은 매향향이었다. 피하기 했지만 피한 공격이 아니었다.

"거, 검기상인(劍氣傷人)!"

아무리 오귀문을 이겼다고는 하지만 검기상인의 수법까지 사용할 줄은 꿈에도 몰랐다.

그러나 놀라고 있을 수만은 없는 일. 운현의 황금빛 검기가 자신의 허리를 양분할 기세로 날아들고 있었다.

"하압!"

매향향이 순간적으로 자신의 채찍에 내력을 잔뜩 불어넣으며 손을 재빠르게 움직였다.

그와 동시에 내력을 잔뜩 머금은 그녀의 채찍이 어지럽게 움직이며 운현의 황금빛 검기를 마구 난도질하기 시작했다.

"어림없소!"

일단 운현의 조각난 검기는 힘을 잃지 않고 계속해서 앞으로 날아갔다. 허리를 양분할 정도까지는 아니었지만 그래도 맞는다면 외상뿐만 아니라 심각한 내상도 감수해야 할 정도였다.

그리고 또 다른 문제는 그 검기 뒤에 운현이 따르고 있다는 점이었다. 황금빛 검기를 머금은 구룡검을 비껴 든 채로.

둘 중 하나를 선택해야 했다.

날아오는 검기에 살을 내주고 운현의 검을 막느냐, 아니면 날아오는 검기를 피하고 운현의 검에 맞느냐.

둘 중 어느 것도 위험하지 않은 것은 없지만 최선의 선택을 해야만 했다.

‘……!’

흐릿!

매향향이 그 짧은 시간 동안 고민하는 사이에 운현의 신형이 흐릿해졌다. 또다시 어디론가 이동한 것이었다.

“하압!”

그리고 곧바로 오른쪽에서 들리는 운현의 기합 소리. 그와 함께 운현의 검이 춤을 추었다.

태극혜검 제팔초 태극만변(太極萬變)!

위력적인 면에서는 앞의 칠초나 육초에 비하여 떨어지지만, ‘만변(萬變)’ 이라는 이름에서 알 수 있듯이 변화가 상당히 많은 검초였다.

어느 것이 허초이고 어느 것이 실초인지 쉽게 분간하기 어려운 초식이었다.

그런 초식인데 지금과 같은 상황에서 매향향이 그것을 제대로 분간하기란 어려웠다. 제아무리 고수라 할지라도 가까운 거리에서 순식간에 벌어지는 것을 어찌 알아볼까.

좌라라락!

츄츄츄!

운현의 검이 무수히 많은 검을 만들어내었다. 모두가 다 진검인 것 같은 착각을 일으킬 정도였다.

다급해진 매향향은 일단 운현의 반대편 쪽으로 몸을 날렸다.

제대로 된 착지 같은 것은 애초에 신경도 쓰지 않았다. 정면에서는 조각난 검기들이 날아오고, 오른쪽에서는 운현의 검이 자신의 몸을 난자할 것처럼 날아들었다.

이런 상황에서는 체면이고 뭐고 없었다.

우당탕!

"끄윽!"

바닥에 그대로 나뒹구는 매향향. 운현의 검기와 검을 채 피하지 못해 옷의 이곳저곳은 찢어져 있었고, 무수히 많은 상흔이 그녀의 고운 피부에 상처를 내었다.

게다가 바닥의 흙이 그녀의 옷에 잔뜩 묻어 지금 그녀의 모습은 절대로 제삼장로 매향향의 모습이라 볼 수 없을 정도였다.

"더 하시겠소?"

운현이 물었다. 순간적으로 폭발적인 공격을 펼쳤음에도 호흡이 흐트러지지 않은 모습의 운현이었다.

매향향은 운현을 노려보았다.

"적들을 찾아라! 아직 안에 있을 것이다!"

그 순간 들리는 마교 무사들의 목소리. 아직 적진 안에 있다는 사실을 잠시 잊고 있던 운현은 당황스러움을 감추지 못했다.

반면 매향향은 입가에 미소를 지었다. 비록 자신이 지금 패했지만 적어도 눈앞에 있는 적은 살아 나가기 힘들 것이다.

"다음에 봅시다!"

운현이 재빨리 운진을 들쳐 업고 몸을 날렸다. 순식간에 벌어진 일이기도 했지만 힘을 많이 소모한 탓에 매향향은 일어날 생각을 하지 못했다.

'멍청한 자식!'

운진을 들쳐 업고 필사적으로 달리는 운현의 눈가에는 눈물이 맺혀 있었다.

운현은 자책하고 있었다. 자신 때문이라고.

자신이 운진에게 그런 말을 했기 때문이라고.

분명 자신에게 인정받기 위해 조금 더 무리를 하다가 이리 된 것이리라.

자신이 조금 더 좋은 말을 해주었더라면, 칭찬 한마디라도 해주었더라면 지금의 이런 상황은 벌어지지 않았을 것이라 생각하는 운현이었다.

물론 그렇게 되었다 하여도 달라지는 것은 없을 테지만 운현은 운진이 이렇게 된 것을 모두 자신의 탓으로 돌리고 있었다.

운현의 어깨에서 흘러내리는 핏물과 그의 눈에서 흘러내

리는 눈물이 바닥에 하염없이 떨어지고 있었다.

마교 진지에서 빠져나와 먼저 정파연합 쪽으로 향한 조우량과 구효서, 양탁은 출발이 조금 늦어져 이제야 중간 정도쯤 온 그들과 마주칠 수 있었다.

돌아오는 그들을 반갑게 맞던 사람들은 운현과 운진의 모습이 보이지 않자 의아한 표정으로 그들을 바라보았다.

"운 소협이 오지 않아 운 대협이 그곳에 남았습니다. 곧 뒤따라올 것이라 하였는데……."

조우량의 말 중 운 소협은 운진을 뜻하는 말이고, 운 대협은 운현을 뜻하는 말이었다.

그것을 못 알아들을 사람들이 아니었기에 그들은 걱정스런 표정으로 자신들이 향하고 있는 마교 진지 쪽을 바라보았다.

특히 청산과 청현, 정미현 등이 느끼는 걱정은 다른 사람들에 비해 훨씬 더 컸다.

"사형, 서둘러 가봐야 하지 않겠습니까?!"

청현이 흥분하여 소리쳤다.

"운현을 믿어보자꾸나. 그 아이는 우리보다 더 강한 아이야."

청산이 흥분한 청현을 진정시켰다. 하지만 청현은 쉽게 진정하지 못하고 안절부절못하는 모습을 보였다.

“아!”

그러던 중 청현의 입에서 한마디 탄성이 터져 나왔다. 누군가가 엄청나게 빠른 속도로 자신들을 향해 달려오고 있는 까닭이었다.

잠시 후, 운진을 들쳐 업은 운현의 모습이 또렷하게 보였다.

“운현아!”

“운진아!”

청산과 청현이 그 둘을 맞아 달려나갔다.

“사부… 사숙…….”

둘의 모습을 본 운현이 눈물을 보였다. 오는 동안 진정하고 멈추었다 생각한 눈물이 둘의 얼굴을 보자 다시금 흘러내린 것이었다.

“죄송합니다.”

운현이 고개를 숙였다.

“괜찮다. 일단 운진의 상태를 좀 보자.”

청현이 운현의 등에서 조심스럽게 운진을 내렸다. 딱 보아도 가장 심각한 종아리의 상처 때문에 청현의 얼굴이 저절로 구겨졌다.

“서둘러 의원에게 보여야 할 것입니다. 일단 지혈은 해놓았지만 피를 꽤 많이 흘렸습니다.”

운현의 말에 고개를 끄덕인 청현은 자신의 등에 운진을 업고는 지금까지 왔던 길을 되돌아갔다. 원래 정파의 진지가 있던 곳 근처에 마을이 있는 것을 기억해 낸 까닭이었다.

"애썼다."

청산의 말에 운현은 고개를 푹 숙였다. 운진에 대한 미안함
과 죄책감이 다시 고개를 들었기 때문이다.

"자책하지 말아라. 어차피 그 자신이 짊어져야 할 업보고
운명이다. 무량수불."

그렇게 말하는 청산 역시도 마음이 아픈지 도호를 외웠다.
참으로 오랜만에 들어보는 청산의 도호였다.

"가서 쉬어라."

"…예."

대답한 운현은 조금 떨어져서 자신을 바라보고 있는 정미
현이 있는 곳으로 발걸음을 옮겼다.

그곳으로 가야만 편히 쉴 수 있을 것 같았기 때문이다.

"아……."

하지만 그 한마디와 함께 운현의 신형이 그대로 무너졌
다. 어깨의 상처도 생각보다 깊었고, 운진을 들쳐 업은 채 쉬
지 않고 이곳까지 달려온 까닭에 많이 지쳐 있었던 것이다.

"운현!"

자신을 향해 걸어오던 운현이 갑자기 쓰러지자 깜짝 놀란
정미현이 서둘러 그에게 다가갔다.

바닥에 쓰러지기 전에 운현을 부축한 정미현은 그를 자신
의 무릎을 베도록 하고 눕혔다.

"아무래도 좀 쉬어야 할 것 같네. 일단 내가 다른 장문인들께 말씀드려 진군을 멈출 테니 쉴 곳을 정해주게."

청산의 말에 고개를 끄덕인 정미현이 주변을 두리번거렸다. 지금 이곳에서 가장 가까우면서 그나마 편히 쉴 수 있는 곳을 찾기 위함이었다.

그리고 정신을 잃은 운현을 그곳까지 옮겨줄 사람들을 찾기 위함이었다. 아무래도 여인인 그녀의 힘만으로 운현을 혼자 옮기기에는 역부족이었기 때문이다.

다행스럽게도 근처에 좋은 자리가 있었고, 평소 운현을 동경하고 존경하던 사람들이 많았기에 운현을 옮기는 일 또한 쉽게 할 수 있었다.

그 사람들이야 운현을 가까이에서 보고 운현에게 도움이 되었다는 사실 하나만으로도 굉장히 기뻐할 사람들이었다.

진군은 멈추었고, 며칠을 더 쉴 모양인지 중간중간에 막사 같은 것이 세워지기 시작했다. 그리고 운현을 위한 것 역시 만들어졌고, 운현은 그 안으로 옮겨졌다.

'불쌍한 사람…….'

정미현은 정신을 잃고 쓰러진 운현의 얼굴을 쓰다듬으며 안타까운 눈으로 그를 바라보았다.

그렇게 운현 일행의 습격은 비교적 성공적으로 끝낼 수 있었다.

第五章
전투 준비

魔刀神器

"기습으로 인한 사망자 백십삼 명."

방일원이 중얼거렸다. 운현 일행이 기습을 하여 깎아내린 머릿수가 백 명을 넘었다. 비록 열세 명이기는 하지만 한 명이라도 더 줄어든 것이 정파 입장에서는 좋지 않을 리가 없었다.

"곡 군사는?"

"도착했습니다."

"들어오라."

대전의 문이 열리고 곡해성이 안으로 들어섰다. 그 역시도 이번 소식을 들었는지 얼굴이 굳어 있었다.

"소식은 다 들었을 것이고……."

"예. 죄송합니다."

곡해성이 허리를 굽혔다. 설마하니 제대로 싸움도 해보기 전에 이 정도의 피해를 입을 줄은 몰랐던 것이다.

"싸움을 해보기도 전에 입은 백 명의 피해는 전의 싸움에서 입었던 삼백의 피해보다 더 뼈아픈 피해다. 어찌 만회하겠는가?"

"죄송합니다."

"죄송하다는 말만으로는 부족하다. 어찌하겠는가?"

"지금 즉시 지원군을 보내도록 하겠습니다."

"단지 그것뿐?"

"고수가 필요합니다."

"고수라?"

"예, 고수가 필요합니다."

방일원이 곡해성의 정수리를 내려다보았다. 전과 다르게 계속해서 조아리고 있는 곡해성의 모습에 방일원은 왠지 모를 통쾌함을 느끼고 있었다.

"이유는?"

"매 장로가 구룡검의 주인에게 패했습니다."

"뭐라?"

방일원은 믿을 수 없다는 표정으로 곡해성을 바라보았다. 매향향의 무위는 결코 일장로인 오귀문이나 이장로인 후교인(候

矯刃)에게 뒤지지 않았다.

거기에다가 채찍이라는 무기의 특성상 같은 수준이면 매 향향이 어지간해서 지지 않아야 정상이다.

그런데도 운현이 승리했다는 말에 방일원이 놀란 것이었다.

"그자는 어찌 되었는가?"

"보고 내용에는 없습니다. 아마도 매 장로가 자존심 때문에 보고 내용에서 뺀 것 같습니다."

"음……."

방일원이 턱을 매만졌다. 생각보다 운현을 쉽게 생각한 것 같았다.

"몇 명이나 필요하지?"

"많으면 많을수록 좋지만 일단 두 명 정도만 붙여주십시오."

"두 명?"

"예, 두 명입니다."

"어째서? 한 명이면 족하지 않은가? 매 장로 역시 그자에게 패하기는 했지만 굉장한 고수다."

"알고 있습니다. 하지만 저들에게는 이검(二劍)의 한 명인 청산 진인도 있습니다."

"청산 진인이라……."

방일원이 고개를 끄덕였다. 지금껏 운현에게만 신경 쓰느라 청산 진인의 존재를 잊고 있었던 것이다.

"그렇군. 청산 진인도 있었어."

"예."

"그렇다면 이장로 후교인과 사장로인 차상현(遮上倪)을 붙여주겠네."

"감사합니다."

곡해성의 말에 방일원은 만족스런 미소를 지었다.

"좋다. 나가보라. 이번에는 실수없도록 하라."

"알겠습니다."

곡해성이 대전을 나갔다. 그리고 방일원은 연신 자신의 얼굴을 똑바로 바라보지 못하고 고개를 조아리고 있던 곡해성의 모습을 떠올리며 미소를 지었다.

후교인과 차상현은 오랜 친우(親友)다. 예순에 가까운 나이였지만, 후교인이 차상현보다 더 높은 순위의 장로가 되었지만 그들의 우정은 더욱더 깊어만 갔다.

"왔냐?"

"그래, 왔다."

짧은 대화였지만 그렇게 이야기할 수 있는 것은 오직 친한 친구 사이에서만 할 수 있는 것이리라.

"이번에 출전한다며?"

"너도 하잖아."

“그건 그렇지. 이게 얼마 만이냐?”

“그러게 말이다. 드디어 몸 좀 풀 수 있겠어.”

“몸을 풀어? 그러다가 골로 가지나 마라. 네 나이 예순이야, 예순.”

“흥! 네놈이나 골로 가지 마라.”

둘의 대화는 거리낌이 없었다.

“마셔라.”

“뭔 차냐?”

“보위차.”

“음? 그런 것도 가지고 있었냐?”

“나한테 없는 차(茶)는 없다.”

“그렇겠지. 네놈처럼 차 좋아하는 사람도 없을 거다.”

“많이 마셔둬라. 네놈 저승길에 마지막 차가 될지도 모른다.”

“재수없게!”

후교인이 차상현의 말에 발끈해서 소리쳤다. 하지만 차상현은 전혀 표정의 변화 없이 계속해서 말을 이었다.

“그놈 소식은 들었지?”

“누구?”

“오 장로와 매 장로를 박살 냈다는 놈.”

“아~ 그놈?”

운현의 이야기였다.

“그래, 그놈. 확률상 네놈이 붙겠냐, 내가 붙겠냐?”

“끄응!”

후교인이 신음 소리를 내었다. 이길 가능성이 가장 높은 사람은 제이장로인 후교인이었다. 그렇다면 후교인이 운현을 상대해야 한다는 말인데…….

“그 오가 녀석을 골로 보낸 아이를 내가 어찌 감당할꼬!”

“그렇지, 오가 녀석. 나이는 우리보다 어려도 그 무공은…으…….”

차상현이 몸을 부르르 떨었다. 단 한 번 견식했을 뿐이지만 그 공포는 차상현의 온몸에 그대로 남아 있었다.

“하지만 어쩔 수 없는 일 아니겠느냐?”

“그래, 어쩔 수 없는 일이지.”

“듣자 하니 매 장로가 패하기는 했어도 그 녀석에게 부상을 입혔다던데.”

후교인의 말에 차상현이 고개를 끄덕였다.

“그렇기는 하지. 매 장로의 공격에 부상을 입었다면 적어도 살이 한 움큼 이상은 파였을 것이야.”

“그러면 어느 정도 승산은 있겠군.”

“그럴지도. 그런 아이를 상대로 이런 기회를 봐야 한다는 사실이 좀 마음에 걸리기는 하지만.”

“걸리기는 개뿔!”

후교인이 소리쳤다. 행여나 그런 소리 하지도 말라는 눈빛으로 차상현을 바라보면서.

"여기는 무림이야. 나이가 많고 적고는 따질 필요가 없지. 무조건 무공의 고강함이 최고다. 그것으로만 위아래를 따질 뿐이지. 어려도 나보다 무공이 강하다면 난 그 사람에게 허리를 굽힐 수 있다."

"그건 나도 그렇지."

차상현이 후교인의 말에 동의했다. 이곳은 무림, 힘이 곧 서열이고 법인 세상이었다.

"차 다 식었네. 쩝."

후교인이 찻잔을 들어올리며 중얼거렸다. 그런 후교인을 한심스럽다는 눈으로 차상현이 바라보았다.

"무식한 놈."

"뭐야?!"

"보위차는 한열(寒熱)을 가리지 않는다."

"훗!"

후교인이 피식 웃었다. 그에 차상현은 어리둥절한 표정으로 그를 바라보았다.

"내가 완전 무식한 놈인 줄 아냐? 그것도 칠 년 넘어야 한열을 가리지 않는다며! 네놈에게 그런 고급품이 있겠냐?"

"하하하!"

이번에는 차상현이 크게 웃었다. 마치 싸움에서 승리했을 때의 웃음이었다.

“칠 년 넘은 거다.”

“오~!”

칠 년 넘은 것이라는 차상현의 말에 후교인은 재빨리 다시 찻잔을 집어 들었다. 그리고는 다시 입가로 가져가 홀짝홀짝 차를 마시기 시작했다.

“맛 좋구나!”

“으이구!”

차상현이 골치 아프다는 듯 머리를 어루만지며 고개를 저었다.

“더 주면 안 되냐?”

“따라 마셔!”

곧 전투에 나서야 할 두 사람의 대화였다.

정파연합은 벌써 사흘째 움직이지 못하고 있었다. 운현 때문이었다.

돌아오자마자 쓰러진 운현은 벌써 사흘째 일어나지 못하고 있었다. 일단 출혈도 심했고, 쌓인 피로도 꽤 많았던 모양이다.

열이 나거나 고통스러워하거나 하는 것은 아니었고, 그저 그간 못 잔 잠을 자는 것같이 보였다.

그런 운현의 곁에서 정미현은 한시도 떨어지지 않고 간호했다. 그냥 자고 있을 뿐이었지만 운현의 곁에서 손을 잡고 어서 일어나기만을 기원했다.

세상에 이 정도의 지극 정성이 또 있을까 하는 생각이 들 정도였다.

"어서 일어나요."

정미현이 중얼거렸다. 걱정이 가득한 표정을 짓고서.

운현은 꿈속에서 기이한 경험을 하고 있었다. 아니, 한번 경험한 것이라 해야 옳았다.

―다시 만났군.

"그렇군요."

황룡과의 두 번째 조우.

―왜 이러고 있는가?

"예?"

―왜 이 자리에서 나와 만나고 있느냔 말이다.

"그것이 무슨……?"

―이것이 네 의지인가?

"의지?"

운현은 황룡과 처음 만났을 때의 장면을 떠올렸다. 자신의 의지를 보여주겠다고 했던 말, 그 말이 떠올랐다.

"아닌 것 같네요."

―나도 아직 그대의 의지를 보지 못했다.

"솔직히… 어려움을 느낍니다."

―어려워?

황룡은 이해할 수 없다는 듯 운현을 바라보았다. 어려움이라는 것 자체를 이해할 수 없는 능력을 가진 황룡이었다.

"예. 일단 제가 무엇 때문에 지금 이 상황을 맞이하고 있는지 잘 모르겠습니다."

―나와 만나고 있는 상황을 말함인가, 아니면 밖에서 그대가 처한 상황을 말함인가?

"둘 다입니다. 무언가를 잃고 방황하는 것 같은 느낌입니다. 제 의지가 무엇인지, 무엇을 위해서 의지를 보여야 하는지. 어렵습니다."

―…….

황룡은 운현을 말없이 바라보았다. 그리고 운현도 말이 없었다.

―그럼 어찌하겠다는 말인가? 너에게 도움을 주고 있는 난 어찌해야 하는 것이지?

"일단 전 찾을 생각입니다."

―무엇을?

"제 목표와 목적과 의지를 위한 무언가를 말입니다."

―찾을 수 있겠나?

"물론입니다."

―믿겠다.

"감사합니다."

파앗!

갑자기 눈앞이 밝아졌고, 그와 동시에 운현의 의식이 어두
워졌다.

"으음……."

"운현!"

운현의 입에서 신음 소리가 나오자 물끄러미 그를 바라보
고 있던 정미현이 기뻐 소리쳤다.

사흘을 넘어 나흘째 되는 날이었다.

운현이 깨어났다는 소식은 순식간에 정파연합 전체에 퍼
졌다. 이런저런 이유로 그를 걱정하던 사람들은 운현이 깨어
났다는 소식에 환호했다.

무당파 사람들은 사문의 영웅이라 할 수 있는 운현이 깨어
났다는 사실에 기뻐했고, 다른 문파 무사들의 경우에는 자신
들이 살 수 있는 가능성이 조금 더 높아졌기 때문에 환호성을
지른 것이었다.

"며칠 지났어요?"

"나흘이요."

"그렇게 오래 잤어요?"

"네. 그동안 얼마나 걱정했는지 알아요?"

"미안해요."

"됐어요. 이렇게 깨어났으니까."

정미현이 운현을 향해 미소를 지어 보였다.

“깨어났다고?!”

“안 죽었어요.”

운현이 들어오는 청산을 향해 말했다. 방금 전까지 정신을 잃고 있었던 사람답지 않은 입담이었다.

“이 녀석아, 그동안 죽은 줄 알았다.”

“그보다 운진은요?”

운현이 청현을 보고 물었다. 유난히 안색이 어두웠기 때문이다.

“일단 의원에게 보이기는 했다만 완치가 될지는 잘 모르겠다. 워낙 심하게 뜯겨져 나간 살점들이라……. 근육까지 상했다.”

“그렇군요.”

운현의 안색도 어두워졌다. 여전히 운진에 대해서 미안해하고 죄책감을 가지고 있는 그였다.

“너무 걱정하지 마라. 그래도 살아 있다는 것이 어디냐.”

“…예.”

대답하는 운현의 목소리에는 힘이 없었다. 그런 운현을 다들 안쓰럽게 바라보았다.

“우리는 이만 나가보마. 쉬어라.”

“예.”

청산과 청현이 나가자 그대로 다시 눈을 감는 운현이었다. 그런 운현을 뒤로하고 정미현도 자리를 피해주었다.

‘구룡검의 주인이라……’

운현에게 패한 매향향은 여기저기에 붕대를 감고 있었다. 생각보다 상처가 많고 깊었던 까닭이다.

통증이 있을 텐데도 매향향의 눈은 날카롭게 빛나고 있었다. 구룡검의 주인을 만났음에도 오귀문의 원한을 제대로 갚지 못했기 때문이다.

“젠장!”

콰앙!

분한지 매향향은 손을 들어 탁자를 내려쳤다. 부서지지는 않았지만 탁자는 심하게 요동쳤다.

하지만 그것으로 끝이었다. 다시 운현을 만난다면 이번 패배를 만회할 수 있을지 장담할 수가 없었다.

그때 당시에 자신의 전심전력을 쏟아 부은 것은 아니었지만 운현에게는 위중한 운진과 적진에서의 초조함, 기습 이후의 내력 소모라는 불리함이 있었다.

그럼에도 매향향이 입힌 피해는 어깨의 상처뿐이었다. 물론 그리 얕은 상처는 아니었지만.

오귀문을 제압한 만큼 그 실력이 대단하다는 것은 알고 있었다. 하지만 자신이 질 것이라는 생각은 하지 못했다. 일단 무기에서 적을 압도할 수 있다고 생각했다.

하지만 처음에는 당황해하고 자신의 의도대로 궁지에 몰

려가던 운현이 나중에 가서는 역으로 자신을 몰아세우고 승리까지 챙겨가자 너무나도 분한 마음이 들었다.

"광위!"

"예."

매향향의 부름에 광위가 안으로 들어섰다. 무표정. 언제나 그런 표정의 광위였다.

"총단에서는 연락이 없나?"

"아직은 없습니다."

"그래?"

매향향은 답답했다. 연락을 보낸 지 나흘이 되었는데 아직까지 아무런 연락이 없는 것이었다.

게다가 이 정도의 피해를 입었는 데도 불구하고 늑장을 부린다는 것은 있을 수 없는 일이었다.

"장로님!"

"뭐냐!"

광위가 날카롭게 소리쳤다. 그에 총단에서 온 서신을 들고 달려오던 수하 한 명이 움찔하며 멈추어 섰다.

"됐다. 가져와라."

"예, 예."

수하가 더듬거리며 대답하고는 광위의 눈치를 보며 천천히 매향향에게 다가갔다.

"총단에서 온 서신인가?"

“예, 그렇습니다.”

여전히 광위의 눈치를 보는 수하. 그런 수하를 광위는 지그시 바라봐 주었다.

“호호호호호호!”

서실을 펼쳐 본 매향향이 찢어지게 웃기 시작했다. 무엇이 그리 기쁜지 상처가 벌어져 붕대에 피가 배어 나올 정도였다.

“무슨 일입니까?”

“그 아이는 이제 끝이구나.”

“예?”

매향향이 광위에게 서찰을 건네었다. 그것을 받아 든 광위가 천천히 서찰을 읽어 내려갔다.

“되었다. 너는 이만 나가봐라.”

“예.”

서찰을 가져온 수하가 밖으로 나가고 광위가 입을 열었다.

“후 장로님과 차 장로님께서 오시는군요. 지원군 이백과 함께.”

“그렇지. 머릿수도 우리가 많아지게 되고, 고수 역시 늘어난다. 이는 필승(必勝)을 의미하지.”

“하지만…….”

말을 끊고 광위가 매향향을 바라보았다. 무언가 말을 할 듯 하면서도 하지 않는 그를 보며 매향향이 입을 열었다.

“하지만?”

“복수는…….”

“포기한 것이 아니다.”

“예?”

“목숨만 내가 거두면 되는 것 아니겠느냐? 반드시 잡을 것이다. 생포하여 그놈의 몸을 난도질하고, 죽는 순간까지 지옥을 경험하도록 할 것이다!”

매향향의 말에 광위는 안타깝다는 눈빛으로 그녀를 바라보았다.

사랑하는 사람을 잃은 슬픔. 그것이 이제는 조금씩 광기(狂氣)로 변해가고 있었기 때문이다.

“너는 즉시 선발대 오십을 모아라.”

“무슨 일로……?”

“지원군이 오기 전에 저들이 먼저 움직인다면?”

“그렇군요. 하지만 그 구룡검의 주인이 입은 상처 역시 작지 않은 것으로 들었습니다만.”

“그래서?”

“저들에게 그 사람은 주요 전력입니다. 운신이 가능해지고 회복하기 전까지는 움직이지 않을 것이라 생각됩니다.”

“음…….”

맞는 말이었다. 하지만 만약이라는 것이 있었다.

“일단 모아놔. 조금 더 지켜보고 결정하겠다. 날랜 자 몇 명을 추려서 감시를 붙여놓도록.”

“알겠습니다.”

대답한 광위가 밖으로 나갔다. 그리고 매향향은 작게 한숨을 내쉬었다.

정신을 차린 운현은 다음날부터 가부좌를 틀고 앉았다. 어깨 이외에 다른 상처는 없었기에 움직이는 데에는 문제가 없었다.

가부좌를 튼 운현은 운기를 하는 것이 아니었다. 명상이었다. 꿈속에서 황룡과 만난 이후 자신에 대해 가진 의문에 답을 내기 위함이었다.

그러면서 어깨의 상처를 치유할 시간도 벌었다.

‘나는 왜 이 자리에 있는가?

운현이 답을 구하고자 하는 질문이었다. 자신은 왜 이곳에 있는지, 자신은 왜 이 자리에 앉아 있는지, 자신은 왜 어깨에 부상을 당하고 많은 사람들의 기대를 한 몸에 받으며 이 자리에 있어야 하는 것인지에 대해서.

‘명예, 무공의 성취… 무엇 때문인가!’

운현은 자신의 지난날을 떠올렸다. 어려서부터 지금까지의 모든 기억을.

‘아!’

속으로 탄성이 터졌다. 잊고 있었다. 자신이 무엇 때문에 이 자리에 있는지, 무엇 때문에 구룡검을 얻고 황룡기를 익히고, 무엇 때문에 금선도를 찾으려 하는 것인지.

'사숙… 동문들… 그리고 운진.'

죽은 사숙과 동문들, 그리고 다른 문파 사람들의 모습이 떠올랐다. 그리고 자신이 황룡기를 익히기로 결정했던 날 정 노인에게 했던 말도 기억났다.

"더 이상 사숙처럼 제 주변에 있는 사람이 죽어가는 모습을 볼 수 없었습니다."

자신의 주변 사람들이 안전하고 행복하게 살 수 있는 것, 그런 모습들을 자신의 손으로 지켜주고 싶은 마음, 그리고 짧은 생을 누리고 먼저 간 사람들의 넋을 달래기 위해.

그리고 앞으로 더 이상 그런 사람들을 보지 않도록 하기 위해…….

그동안 참 많은 일을 겪으면서, 그리고 무당에 돌아가 자신의 무공에 빠지면서 잊고 지냈던 것이다.

어느새 자신의 무공에 대한 자만심 같은 것이 생기면서 무공만을 생각했지 자신이 왜 무공을 익히고 싸움을 해야 하는지에 대해서는 점차 잊어갔다.

목적을 달성하기 위해 수단을 마련하는 것이 아닌, 어느새 수단이 목적처럼 변해 버린 것이다.

‘내 힘으로 그것을 이룰 수 있다면…….’

번쩍!

운현의 눈이 떠졌다. 순간적으로 그의 눈에서 기광(奇光)이 뻗어 나왔다. 그뿐만 아니라 그의 몸에서 느껴지는 전체적인 기도 역시 달라져 있었다.

“그래. 내 의지, 내 목적, 그것을 잊고 있었어.”

운현의 입가에 미소가 지어졌다.

마교에서 지원군이 오는 데에 걸린 시간은 서신을 받고 단 이틀이 걸렸다.

아무리 사천이 마교 총단과의 거리가 가깝다고는 하지만 며칠 만에 올 수 있는 거리가 아니기에 매향향은 조금 놀라고 있었다.

“두 분 장로님을 뵙습니다.”

“매 장로, 같은 장로끼리 그런 예우는 부담스럽다네.”

후교인이 매향향에게 말했다. 하지만 매향향은 후교인과 차상현을 어려워했다.

특히 차상현은 자신보다 서열이 낮은 장로이기는 하지만 나이가 자신보다 많은 만큼 그에게 조금은 미안한 마음까지도 가지고 있었다.

“아닙니다. 같은 장로를 떠나서 어른을 맞이하는 데 예의 없이 굴 수는 없지요.”

"그런가? 그렇다면 사양하지는 않겠네."

"예."

후교인의 말에 매향향이 고개를 끄덕였다.

"꽤 큰 피해를 입었다고?"

"예, 그렇게 되었습니다."

"음… 백 명이 넘는 피해라……. 꽤 크게 당했어. 다섯 놈에게 당했다 했지?"

"예, 면목이 없습니다."

"아니야. 구룡검의 주인이 있었다면 이야기가 달라지겠지. 그 정도의 고수라면 최소 서른 명 이상의 일반 무사들은 너끈히 상대하고도 남을 것이야."

"그럴 것입니다."

"그가 나서고도 백 명 정도의 피해라면 어찌 보면 적다 할 수도 있네. 그가 조금 더 무리를 했다면 원래 이곳에 있던 인원의 절반이 줄었을 것이야."

차상현의 말에 매향향이 고개를 끄덕였다. 직접 부딪쳐 본 운현의 실력은 그 정도의 일을 벌이기에 충분하다 생각되었기 때문이다.

"상처는 좀 어떠신가?"

"많이 좋아졌습니다. 치명적인 상처가 없었으니 조만간 정상적으로 움직일 수 있을 듯합니다."

"그렇군. 다행이네."

후교인이 고개를 끄덕였다. 그리고는 곧바로 앞으로의 전투에 대해서 이야기를 꺼내기 시작했다.

"그래, 생각해 놓은 계획은 있는가?"

"사실 조금 더 늦으실 것이라 생각하여 지원군이 오기 전까지 그들의 예봉을 꺾으려 하였습니다."

"음… 좋은 계획이기는 하지만 쓸모는 없었을 것이고."

"예. 저들은 아직까지 조금도 움직이지 않고 있습니다."

"그렇겠지. 다른 곳의 상처와 달리 어깨의 상처는 만만하게 볼 게 아니지."

"알고 계셨습니까?"

"아까 오면서 들었다네."

매향향이 고개를 끄덕였다.

"일단 그 아이는 나와 여기 차 장로가 상대하겠네."

"두 분이서 상대하시렵니까?"

"물론이네. 그럼 오가 녀석을 그리 만든 아이를 혼자 상대할 수 있겠는가? 그건 무모한 일이야."

"알겠습니다. 하지만 상대가 한 명 더 있습니다."

"누구?"

"이검 중 한 명인 무당 장문 청산 진인입니다."

"음……."

운현에게만 신경을 쓰느라 청산의 존재는 생각도 하지 못한 후교인과 차상현이었다.

　운현 하나만 상대하는 것도 부담스러운 상황에서 청산의 존재는 그들에게 큰 압박으로 다가왔다.

　"그럼 매 장로와 내가 그 아이를 상대하도록 하고, 차 장로 자네가 청산을 상대하도록 하게."

　"괜찮겠는가?"

　"이봐, 자네는 사장로고 여기 매 장로는 삼장로라네. 자네는 그런 말을 할 처지가 아니야."

　"그렇기는 하군."

　차상현이 멋쩍은 표정으로 대답했다. 그에 매향향이 난감한 듯한 표정을 지었다.

　"그렇게 말씀하시면 제가 고개를 들지 못합니다."

　"아닐세. 어차피 이곳은 강호무림 아니겠는가? 강하면 장땡이지."

　"자네 수하 중에 괜찮은 놈이 있다 들었는데?"

　차상현의 물음에 매향향이 고개를 끄덕였다. 분명 광위를 말하는 것이리라.

　"예, 있습니다."

　"어느 정도인가?"

　"저보다 조금 못합니다."

　"장로 급이라고?"

　"예."

　"어허! 이보게, 자네 자리도 위험하게 생겼네그려."

“이거 늙으면 그냥 집에서 뒹굴어야 하는데 말이야. 하하하!”

후교인과 차상현이 웃으며 대화를 나누었다. 매향향은 감탄하고 있었다. 무인으로서 일신의 무공도 중요하지만 그 자신이 차지하고 있는 자리도 중요하다.

개인의 명예와 자존심이 걸린 문제이기 때문이다. 그런데도 차상현은 그것과 관련된 이야기를 나누면서도 기분 나쁜 모습을 보이지 않았다. 그에 매향향이 탄복한 것이었다.

“출발은 언제쯤 하려는가?”

“지금 막 도착하셨으니 하루 정도는 쉬시는 것이 좋을 것 같습니다.”

“우리는 크게 상관없다네.”

후교인의 말에 매향향이 미소를 지으며 대답했다.

“물론 그러시겠지만 그래도 이곳까지 온 수하들을 생각하셔야 하지 않겠습니까?”

“음, 그것도 그렇군.”

후교인이 고개를 끄덕였다. 그러자 곁에 있던 차상현이 대뜸 입을 열었다.

“그래, 좋다! 내 특별히 오늘은 총단에서 가져온 차를 꺼내도록 하지!”

“여기까지 가져왔냐?”

“어허! 차와 나는 뗄래야 뗄 수 없는 관계야! 이거 왜 이래?”

“호호.”

그런 둘의 모습을 보며 매향향이 작게 웃음을 터뜨렸다.

다음날, 이른 아침부터 마교 측 진지는 분주하게 움직이고 있었다.

출전. 이제 다시 한 번 정파와의 싸움을 하기 위해 떠나야 하기 때문이었다.

각자 자신들의 무기들을 챙기고, 지어놓았던 막사를 치우고, 중간에 잠시 먹을 육포 몇 가지를 챙기는 그들의 손은 굉장히 조심스러웠다.

“무겁군, 무거워. 이런 분위기는 좋지 않아.”

차상현이 중얼거렸다. 역시 그의 손에는 찻잔이 들려 있었다.

“네놈이 이상한 거다. 이런 상황에서 차나 마시고 있는, 네놈이.”

“여유가 없이 굳어 있으면 제대로 된 싸움을 하기 힘들어. 그건 네놈이 했던 말 아니냐?”

“그건 어느 정도 실력이 되는 고수들에게나 해당되는 말이지. 저런 일반 무사들은 지극히 정상적이야.”

“그래도 마음에 안 들어.”

차상현이 못마땅하다는 표정으로 고개를 저었다. 그러면서 다시금 찻잔을 입으로 가져갔다.

“음?”

찻잔을 입으로 가져가던 차상현의 입에서 이상한 소리가 들렸다. 그에 후교인이 그를 바라보고 물었다.

“왜 그래? 뭐 이상한 것이라도 발견했나?”

“아니, 그런 것이 아니라⋯⋯.”

“그럼 뭔데?”

후교인이 궁금하다는 듯 차상현에게 바싹 다가갔다.

“찻잔이 비었어. 좀 따라주지 않겠나?”

“으이구!”

후교인이 못 말리겠다는 듯 고개를 저으며 차상현을 바라보았다.

마교 측 분위기와 마찬가지로 정파연합 측의 분위기 역시 무거웠다.

죽을지도 모른다는 불안감. 이것은 그 누구도 피할 수 없는 것이었다.

차이점이 있다면 어떤 사람은 그것을 의연하게 받아넘길 수 있고, 어떤 사람은 그것에 온몸을 떨며 공포를 느낀다는 점뿐이었다.

“준비는 어느 정도 되었습니까?”

“일단 출전 준비는 모두 끝났습니다.”

“그렇습니까?”

청산 진인의 말에 옥기가 고개를 끄덕였다.

“운현의 상태는 좀 어떻습니까?”

“왼쪽 어깨를 제외하면 이상 없습니다.”

“그 왼쪽 어깨의 상태를 묻는 것입니다.”

“그 역시 많이 좋아진 상태입니다. 큰 무리만 하지 않는다면 괜찮을 것 같습니다.”

“하지만 이번 싸움은 무리하지 않고는 이기기 어렵습니다.”

“저도 알고 있고, 그 아이 역시 알고 있습니다.”

“괜찮으시겠습니까?”

“제가 괜찮고 안 괜찮고를 이야기할 수 있겠습니까? 모든 것은 그 아이가 알아서 해야 할 몫입니다.”

“그렇군요. 정보에 의하면 지원군이 도착했다 합니다.”

“이백이라 하더군요.”

“들으셨습니까?”

“물론이지요. 거기다가…….”

“장로 두 명이 합세했다지요?”

“그렇다고 하더군요. 운현이 매향향을 이긴 것 때문에 그러는 것 같습니다. 매향향 혼자서는 운현을 감당하기 힘들 테니까요.”

“하지만 오귀문까지 이긴 운현을 상대할 수 있는 장로가 마교에 있겠습니까? 교주가 오지 않으면 어렵지 않을까 합니다만.”

“그것도 그럴 수 있겠군요. 하지만 일은 모르는 것 아니겠습니까? 저들은 사파이고 마교입니다.”

“합공도 생각하고 계신다는 말씀입니까?”

옥기의 물음에 청산이 고개를 끄덕였다.

“음…….”

“최악의 상황을 생각하는 것뿐입니다. 막상 전투가 시작되면 어찌 될지는 모르는 것이지요.”

“그렇기는 하지요. 그러면 곧바로 출발해야겠습니다.”

“그리하지요.”

청산이 옥기와 헤어져 무당파 진지 쪽으로 이동했다. 그리고 옥기 역시 진군을 위해 채비를 시작했다.

두 시진 후, 마교 진지에서는 후교인이 무사들을 모아놓고 연설을 하고 있었다.

“알고 있다시피 우리는 지금 전투를 하러 간다! 그간 우리가 보아온 정파 놈들의 위선과 모략은 더 이상 그들을 정파라 부를 수 없다! 이번 싸움을 통해 우리의 힘을 확실하게 보여주고 마교천하를 위한 발판을 마련하자!”

“우오오오!”

“와아아아!”

무사들의 함성 소리가 지축을 울렸다. 그리고 그들의 모습을 후교인과 차상현, 매향향이 흐뭇하게 바라보고 있었다.

같은 시각, 정파연합 진지에서도 옥기가 연설을 시작하고 있었다.

"저 앞에 우리들의 동도를 죽인 원수가 있습니다! 그것도 화가 날 일인데 저들은 우리의 가족들과 보금자리를 해치려 하고 있습니다! 저들을 그냥 두어서야 되겠습니까? 우리가 우리의 힘으로 저들을 몰아내어 먼저 간 동도들의 원한을 갚고, 저들로부터 우리의 가족과 보금자리를 지켜냅시다!"

"와아아아!"

"타도 마교!"

정파연합 측에서도 우레와 같은 함성 소리가 터져 나왔다. 그 다음 순간, 짜기라도 한 듯이 후교인과 옥기의 입에서 같은 말이 터져 나왔다.

"모두 진군!"

사천 전투의 시작이었다.

第六章

사천 전투

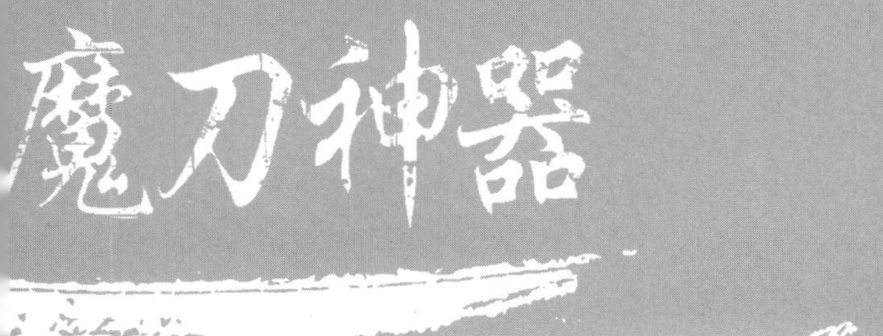

　서로를 향해 진군을 시작한 그들이 마주치는 데에는 그리 오랜 시간이 걸리지 않았다.

　이미 정파연합이 마교 진지 쪽으로 진격을 한 상황이고, 서로가 서로를 향해 다가가고 있는 만큼 그 시간이 줄어든 것이었다.

　정오가 되자 정파연합과 마교는 불과 백여 장을 사이에 두고 마주 보게 되었다.

　"멈추어라!"

　"다들 멈추어라!"

　후교인과 옥기가 각각 진군하고 있는 마교 무사들과 정파연합 측 무사들을 멈추게 했다.

"그곳에 계신 분은 누구시오?"

옥기가 먼저 물었다.

"본인은 마교 제이장로인 후교인이라 하오! 말씀하시는 분은 누구시오?!"

"본인은 소림의 옥기라 하외다!"

후교인과 옥기가 서로 통성명을 했다. 그리고 잠시 동안 아무런 말이 없었다.

"내 한 가지 여쭐 것이 있소이다!"

먼저 입을 연 이는 옥기였다. 그에 후교인이 고개를 끄덕이며 말했다.

"물어보시오!"

"마교천하를 이루면 무엇이 좋을 것이라 생각하시오?"

모든 이들의 예상과는 조금 다른 질문이었다. 그 누구도 옥기의 입에서 '마교천하를 이루면 무엇이 좋냐'는 질문이 나올 줄은 몰랐던 것이다.

"하하하! 옥기 대사께서도 마교천하에 관심이 있으시오? 마교천하를 이루면 적어도 위선을 떠는 정파인들의 역겨운 모습은 보지 않아도 되니 사람들의 마음이 편해지지 않겠소?"

울컥!

비단 옥기뿐만이 아니라 정파연합 측 무사 전부가 속에서 무언가 뜨거운 것이 치밀어 올랐다. 도대체 자신들의 무엇을 보고 위선이라 하는지 그들로서는 알 수 없었고 화만 날 뿐이었다.

"우리의 무엇이 위선이라 하는지는 잘 모르겠으나, 본승의 생각으로 마교천하는 사람들의 마음을 더욱더 고통스럽게 만들 뿐이오!"

"흥! 그것은 어디까지나 정파의 논리일 뿐!"

후교인의 말에 옥기는 화를 간신히 참았다. 자신은 예우를 해주고 있건만 후교인의 말투는 점차 안하무인으로 바뀌어가고 있었다.

"그냥 예전으로 돌아가는 것이 어떻겠소? 마교 역시 원래의 자리로 돌아가고 우리 역시 원래의 자리로 돌아가는 것이오! 어떻소?"

"그것은 내가 결정할 일이 아니오! 교주의 명령은 절대적인 것, 우리는 그것에 따를 뿐이오!"

후교인의 말에 옥기는 어쩔 수 없다는 듯이 고개를 저었다. 그리고는 손을 들어올리며 소리쳤다.

"전투 준비!"

챙!

촤앙!

옥기의 외침에 병장기 뽑히는 소리가 요란하게 들렸다. 그와 함께 정도 측 무사들의 몸에서 무시 못할 투기가 피어오르기 시작했다.

"모두 전투 준비!"

채앵!

촤앙!

후교인의 말에 마교 무사들 역시 일제히 자신들의 병장기를 빼 들었다.

그리고 역시 그들의 몸에서도 무시무시한 투기가 샘솟기 시작했다.

"돌격!"

"진격하라!"

후교인과 옥기의 외침에 마교 무사들과 정파 무사들이 일제히 앞으로 달려나갔다. 서로를 잡아먹을 듯한 눈빛을 하고 각자의 무기를 들고 달려나가는 그들의 모습에서 살벌함을 느낄 수 있었다.

각 문파의 장문인들은 일단 뒤쪽에서 사태를 지켜보았다. 기세가 정파 쪽으로 기운다면 굳이 일찍 나서지 않아도 상관없었다.

저들 쪽에서 장로들이 나서서 전세를 뒤집으려 한다면 모르겠지만.

후교인 등도 역시 마찬가지 생각인지 아직은 나서지 않고 무사들의 싸움을 지켜보고 있었다.

그런 와중에도 매향향은 전장을 아랑곳하지 않고 오로지

구룡검을 들고 있는 운현만을 바라보고 있었다. 그냥 바라보는 것이 아니라 살기를 가득 담아 바라보았다.

거리가 꽤 있었지만 그것을 느꼈는지 운현도 그녀를 바라보았다. 원한이라고 한다면 운현 역시 그녀에게 가지고 있는 것이 있었기에 운현 역시 강한 살기를 담아 그녀를 바라보았다.

"무슨 살기가……!"

운현의 살기에 반응을 보인 것은 비단 매향향뿐만이 아니었다. 그녀의 곁에 있던 후교인과 차상현 등도 운현의 살기를 느꼈다.

"역시 어린놈이 대단하군."

"그러게 말이야. 자네, 고생 좀 하겠어."

"그럴 것 같군."

차상현과 후교인의 대화를 들으며 매향향은 침을 삼켰다. 역시 자신의 힘만으로 운현을 제압해야만 하는 것이다.

'이분들이 오지 않으셨다면…….'

매향향은 고개를 저었다. 후교인과 차상현이 오지 않았다면 광위와 자신의 힘만으로 운현을 제압해야만 하는 것이다. 운현에게 치명상을 입힐 수는 있겠지만 자신 역시도 무사할 것이라 장담할 수 없었다.

운현의 살기가 사라지자 매향향은 그제야 전장으로 눈을 돌렸다.

전장의 전세는 호각이었다.

머릿수는 마교 측이 훨씬 더 많음에도 불구하고 조금 전 후교인의 말에 발끈하여 분노한 정파 무사들이 더욱더 큰 힘을 발휘한 것이다.

하지만 그것은 오래가지 못했다. 정파 무사들의 초반 기세가 생각보다 크자 당황해하던 마교 무사들이 이내 평정을 되찾기 시작했기 때문이다.

그러자 머릿수의 위력이 나타나기 시작했고, 쓰러지는 정파 무사들의 숫자는 점점 늘어만 갔다.

"아무래도……."

옥기가 천천히 입을 열었다. 장문인들의 참여를 말하기 위함이었다.

"본인이 먼저 나가겠습니다."

곤륜파 진산 도장이었다. 그리고는 다른 대답도 듣기 전에 전장으로 훌쩍 몸을 날렸다. 안 그래도 자꾸 곤륜파 제자들이 가장 많이 죽어 나가는 것 같아 눈을 부릅뜨고 지켜보던 그다.

"일단은 지켜보도록 합시다."

옥기의 말에 다른 장문인들이 고개를 끄덕였다. 비록 청산이나 현양, 운현보다는 못하다 할지라도 진산 역시 한 문파의 장문인. 단 한 사람이기는 하지만 적어도 지금의 기세를 바꿀 수 있을 정도의 실력은 되었다.

"음……."

진산이 전장에 뛰어들자 이를 지켜보던 후교인이 인상을 찌푸렸다. 기대했던 운현이나 청산이 아니었기 때문이다.

"광위."

"예."

"나가라."

"알겠습니다."

매향향이 진산의 상대로 광위를 내보내려 하였다. 하지만 후교인이 손을 들어 그를 제지했다.

"아닐세. 내 수하를 보내도록 하지."

"알겠습니다."

진산이 지난번 싸웠던 해천자에 비해 훨씬 더 강하다는 것을 느끼고 흥분해 있던 광위가 아쉬운 듯 뒤로 물러섰다.

"수오(羞惡)!"

"예!"

후교인의 직속 수하 중 한 명인 하수오(何羞惡)가 힘차게 대답하며 앞으로 나왔다.

단단한 근육이 온몸에 박혀 있고 거대한 것이 외공을 익힌 사람 같았다. 어지간한 도검으로는 그의 몸에 생채기 하나 내기도 힘들 것 같았다.

"밟아라."

"알겠습니다."

휘릭!

거대한 몸집에 비해 날랜 움직임으로 전장에 뛰어든 하수오는 땅에 착지하자마자 그대로 진상을 향해 달려갔다.

빠른 속도. 거대한 무언가가 자신을 향해 빠른 속도로 달려들자 진산은 감히 부딪칠 생각조차 못하고 재빨리 몸을 피했다.

극성의 용형보(龍形步). 하지만 그것으로도 겨우겨우 피하는 것이 고작이었다.

"웬 놈이냐!"

진산이 소리쳤다. 그에 진산을 지나쳐 멈춰 선 하수오가 진산을 노려보며 말했다.

"염라대왕에게 물어봐라!"

"이놈!"

진산이 대노(大怒)하여 하수오에게 달려들었다.

그의 손이 움직이며 내력을 잔뜩 불어넣은 운룡십삼검(雲龍十三劍)이 검로를 따라 움직이기 시작했다.

쉬이익!

부웅!

콰아앙!

"크윽!"

진산의 검과 하수오의 거대한 철봉(鐵棒)이 부딪쳐 우렁찬 폭발음을 내었다. 검기를 머금은 검과 부딪치고도 멀쩡한 철

봉을 보며 진산은 경악할 수밖에 없었다.

"하얏!"

하수오의 엄청난 위력에 진산이 잠시 휘청거리자 기회를 보던 하수오가 자신의 봉을 위에서 아래로 있는 힘껏 내려쳤다.

"어림없다!"

막을 생각은 하지 못하고 몸을 뒤로 뺀 진산은 천근추의 수법을 사용하여 바닥에 꽂힌 그의 봉을 밟았다. 그리고는 검을 앞으로 쭉 뻗었다.

"하압!"

"엇!"

공격이 먹혀 들어가는 것처럼 보였다. 하지만 그것은 진산의 오산이었다.

하수오가 한 번 기합을 토해냄과 동시에 진산은 자신의 몸이 공중으로 떠오르고 있다는 느낌을 받았다.

"이, 이런 말도 안 되는!"

진산이 천근추를 이용하여 밟고 있는 봉이 점점 위로 오르고 있었다. 봉을 들어올리는 하수오의 얼굴은 시뻘겋게 달아올랐지만 처음에는 힘겹게 들려 올라오던 봉이 지금은 수월하게 공중으로 치솟았다.

"끄응!"

"으악!"

마지막 기합성과 함께 하수오는 봉을 그대로 자신의 몸 뒤쪽으로 넘겨 버렸다. 순간적으로 당황하여 천근추를 풀지 않고 있던 진산은 하수오의 봉과 함께 그대로 바닥에 꽂히고 말았다.

쿠웅!

엄청난 소리를 내며 진산이 바닥에 처박혔다.

"끄윽!"

온몸에 퍼지는 엄청난 고통에 진산은 신음 소리를 내었지만 그렇게 오래 있을 수가 없었다. 진산의 머리를 으깨놓을 듯한 기세로 하수오의 봉이 머리를 향해 내려쳐지고 있었기 때문이다.

나려타곤(懶驢陀滾)의 수법.

대곤륜파의 장문인이 적의 공격에 목숨을 구하기 위해 땅바닥을 구른 것이다.

겨우겨우 공격을 피해 몸을 일으킨 진산이 하수오를 노려보았다. 온몸에는 흙이 잔뜩 묻어 있었고, 옷뿐만이 아니라 얼굴과 머리에도 흙이 묻어 있었다.

"네 이놈!"

"아직도 이놈인가? 누가 위고 누가 아래인지 아직도 모르겠단 말인가?"

하수오가 비웃음을 보이며 말했다. 그 비웃음에 진산은 그대로 이성이 마비되고 말았다.

멀리서 진산과 하수오의 대결을 보고 있는 옥기와 청산, 현양을 비롯한 다른 장문인들의 눈에는 경악과 안타까움이 동시에 드러나고 있었다.

"아무래도 모두들 나서야 할 것 같습니다."

청산이 먼저 자리에서 일어났다. 한 문파의 수장이 나려타곤의 수법까지 사용하는 것을 보았다. 그런 상황에서 흥분하지 않을 사람은 없었다.

청산이 자리에서 일어나자 다른 장문인들 역시 자리에서 일어났다. 그리고 그런 분위기에 휩쓸려 운현도 자리에서 일어났다.

"빈도가 먼저 나가겠습니다."

청산이 훌쩍 몸을 날렸다. 그러자 그 뒤를 바로 현양이 따라나섰고, 그 다음에 다른 장문인들이 나섰다.

"하……."

운현은 작게 한숨을 쉬었다. 분위기로 보아서는 굳이 자신이 나서지 않아도 될 것처럼 보였는데, 한순간 자신도 나서지 않으면 안 되는 분위기로 바뀌어 버린 것이다.

'내 주변 사람들을 위해서라면…….'

운현은 싸움에 참가하기 전에 다시 한 번 확인했던 자신의 의지를 되새겼다. 그에 황룡기가 화답하듯 작게 떨었다.

"가자."

운현이 누군가에게 말하듯 중얼거리며 앞으로 나섰다. 그리고는 구룡검을 비껴들고 천천히 전장으로 발걸음을 옮겼다.

“나오는군.”

청산이 앞장서서 전장에 모습을 드러내는 것이 보이자 후교인이 입을 열었다. 그에 쪼그리고 앉아 전장을 지켜보고 있던 차상현이 자리에서 일어났다.

“그럼 노부는 무당 도사를 맞으러 가볼까?”

차상현이 먼저 몸을 날리고, 후교인은 잠시 나오는 사람들을 보았다. 자신이 상대할 사람은 오직 한 사람, 운현이기 때문이었다.

후교인과 같이 전장을 보며 운현을 찾는 사람이 더 있었으니 그는 바로 매향향이었다.

‘어디냐? 왜 안 나오는 것이냐?

매향향는 속으로 운현을 부르고 또 불렀다. 적을 부르는 것인데 마치 오랫동안 만나지 못한 그리운 님을 찾는 것처럼 애절했다.

“왔구먼.”

후교인의 한마디에 매향향의 시선이 더 빨라졌다. 곧 그녀의 눈에 스치듯 들어온 한 사람이 있었다.

“구룡검……!”

“가지.”

후교인이 먼저 몸을 날렸다. 그리고 그 뒤를 매향향이 바짝 쫓았다.

운현이 전장에 발을 들여놓자마자 마교 무사들이 운현을 향해 달려들었다.

운현을 아는지 모르는지 일단 적이기에 달려들고 보는 것 같았다. 아니, 그들의 상태는 이미 흥분과 광기에 휩싸여 상대가 누구인지 알아보지 못하는 것 같았다.

적아(敵我)를 구분하는 것이 신기할 정도였다.

휘릭!

“크악!”

쉬익!

“크헉!”

운현의 검이 움직였다. 검기도 머금지 않았고, 그렇다고 특별히 어떤 초식을 사용하는 것도 아니었다.

적 한 명에 단 한 번의 휘두름. 그것으로 끝이었다.

단칼에 적의 목숨을 끊는 운현의 모습은 어찌 보면 잔인하게 보였지만 적어도 적들에게 공포심을 실어주는 데에는 최고의 효과를 보았다.

“으…….”

쉽사리 달려들지 못하고 운현의 눈치를 보는 마교 무사들.

그런 그들의 사이를 운현은 천천히 걸었다.

일제히 달려들면 쉽게 제압할 수 있을 것 같은 모습으로 천천히 걷고 있는 운현이었지만 마교 무사들은 달려들지 못했다.

방금 전 보여준 몇 수에 그들은 자신들의 힘으로 운현을 제압할 수 없다는 것을 깨달았고, 지금 이 순간에도 운현의 몸에서 흘러나오고 있는 기운에 압도되어 있었다.

"대단하군, 대단해!"

그때 나타난 후교인, 이에 마교 무사들이 일제히 길을 터주었다.

"그대가 오가 녀석을 죽인 장본인인가?"

"그렇습니다."

"어린 나이에 대단하군."

"운이 좋았을 뿐입니다."

"그런 운이 아무에게나 오는 것은 아니지."

"그런가요?"

둘의 대화는 부드러웠다. 결코 적의 관계에 있는 사람들끼리 나누는 대화라고는 볼 수 없을 정도였다.

"너희들은 다른 곳으로 가봐라! 이자는 내가 맡는다!"

"예!"

후교인의 명령에 근처에 있던 마교 무사들이 다른 쪽으로 자리를 옮겼다. 그에 운현과 후교인의 주변으로 둘이 싸우기에 적당한 공간이 생겼다.

"할까?"

"하죠."

운현이 구룡검을 비껴들었고, 후교인 역시 자신의 검을 들어올렸다.

"좋은 검 같습니다."

"구룡검에 비하겠는가?"

"그래도 좋은 검은 좋은 검이지요."

"설야(雪夜)라네."

"좋은 이름입니다. 하얀 검신에 딱 맞는 이름이군요."

운현이 미소를 지어 보였다. 그에 후교인은 속으로 감탄하였다.

'어린 나이에 어찌 이런 상황에서 미소를 보일 수 있는 것인가!'

자신의 어린 시절과 비교하면 지금 눈앞에 있는 운현은 실로 엄청난 인재라 할 수 있었다.

'무림의 홍복이기는 하지만……'

"마교의 가장 큰 걸림돌이 될 수 있으니 그냥 죽게."

"그것이 제 마음대로 안 되더군요."

채앵!

그 말과 동시에 둘의 검이 공중에서 부딪쳤다. 운현도 후교인도 둘 다 내력을 사용하지 않고 순수하게 팔의 힘만으로 검을 뻗은 것이었다.

그럼에도 속도와 위력이 똑같았다. 하지만 더 놀란 쪽은 후교인이었다.

"대단하구먼!"

"과찬입니다."

"진짜로 가네!"

후교인의 말에 운현은 대답 대신 고개를 끄덕였다. 후교인의 설야가 잔잔하게 떠는 모습이 눈에 들어왔기 때문이다.

'그렇다면……'

운현 역시 구룡검에 내력을 불어넣었다. 일단은 태극진기만 사용하였다.

은은한 빛깔의 검기가 운현의 검에 씌워졌다.

그리고 백색 검신을 가진 설야에는 붉은색의 검기가 씌워졌다. 안 어울리는 것 같으면서도 절묘하게 어우러지는 설야와 붉은 검기였다.

콰앙!

첫 번째 격돌. 보법이고 뭐고 아무것도 사용하지 않고 그냥 상대를 향해 내지른 공격이었다

콰아아앙!

더 요란한 두 번째 폭음. 이번에는 초식이라는 것을 사용하여 상대를 공격했다.

후교인은 이를 악물었다. 단 두 번의 격돌이지만 그는 등골

이 서늘해짐을 느꼈다.

내상을 입지는 않았지만 내부가 흔들리는 것 같은 충격을 받았다. 티를 내지 않기 위해 이를 악물고 있기는 하지만 자신의 눈에 보이는 운현은 아무렇지도 않은 듯한 모습이다.

'못 이긴다!'

단 두 번의 격돌로 내린 결론. 후교인은 마음의 결심을 하였다.

멀리서 운현과 후교인의 격돌을 지켜보고 있던 매향향은 속이 타 들어가고 있었다.

간간이 자신을 향해 달려드는 정파 무사들을 상대하고는 있었지만 자신의 목적은 어디까지나 운현에게 있었기 때문이다.

그런 그녀가 아직까지 운현을 공격하지 못하고 있는 이유는 후교인의 명령 때문이었다.

"일단 내가 먼저 상대하여 기를 조금 빼놓겠네. 내가 전음을 보내면 그때 들어오게."

그런 후교인의 말에 지금까지 참고 있던 매향향은 두 번의 격돌로 후교인이 약간 밀리는 것 같은 모습을 보이자 점점 조급해졌다.

'후 장로님까지 당하시면?'

더 이상 어찌할 도리가 없다. 그에 매향향은 명령을 어기고서라도 싸움에 끼어들 결심을 하였다.

"내가 공격을 시작하면 들어오게!"

그 순간 매향향의 귓가를 파고드는 전음. 후교인의 목소리였다. 그에 매향향의 입가에 미소가 번졌다.

"하압!"

이를 악물고 있던 후교인이 운현을 향해 달려들었다. 검과 검의 격돌에서 어느 정도 거리를 좁히는 것은 당연한 것이지만 후교인이 접근한 거리는 너무나 가까웠다.

휘익!

파앗!

후교인이 검을 휘두름과 동시에 운현은 재빨리 몸을 뒤로 빼었다. 극성의 제운종.

휘릭!

파밧!

몸을 뒤로 빼어 땅에 발이 닿자마자 운현은 다시금 몸을 좌측으로 빼내었다. 뒤쪽에서 느껴지는 살벌한 기운 때문이었다.

'합격?'

"속임수!"

운현이 외침에 후교인은 능글맞은 미소를 지으며 입을 열었다.

"속임수라니? 전략이라는 좋은 말을 놔두고 말이야."

"이잇!"

운현은 화를 내려 했지만 그럴 수가 없었다. 마치 물 만난 고기처럼 매향향이 계속해서 운현을 공격해 들어왔기 때문이다.

매향향과의 거리는 꽤 되었다. 채찍이라는 무기가 원(遠)거리 무기인만큼 거리를 두고 싸우는 것이 유리했기 때문이다.

그냥 매향향과 일 대 일의 대결이었다면 어떻게 해서든 파고들어 제압을 했겠지만 지금 눈앞에는 후교인도 있었다.

경험이 많은 후교인은 교묘하게 운현이 매향향을 향해 파고드는 것을 방해하고 있었다. 그녀 쪽으로 움직이는 것 같으면 운현과의 거리를 좁혀 그를 공격하고, 운현이 자신에게 반격을 가하도록 만들었다.

그래서 운현이 후교인에게 정신이 쏠리면 뒤쪽이나 옆쪽에서는 어김없이 매향향의 채찍이 날아들었다.

'어떻게 해야 하는 것이냐!'

운현은 필사적으로 머리를 굴리기 시작했다.

"하아! 하아!"

차상현은 거칠게 숨을 내쉬고 있었다. 눈앞에 있는 상대, 청산 진인 때문이었다.

"그렇게 자신만만하게 덤비더니 이게 무슨 꼴이시오?"

청산이 자신의 검을 늘어뜨리고 무심한 눈길로 차상현을
바라보고 있었다.

'강하다. 너무 강해.'

이 정도로 강할 줄은 꿈에도 생각을 못했다. 이검(二劍)의
한 명이라는 것은 알고 있었지만 거품이라 생각했다.

자신 역시 마교 제사장로의 신분. 충분히 승산이 있다고 생
각했다.

하지만 승산이 있을 것이라 생각한 것은 착오였다. 그냥 착
오도 아니고 엄청난 착오였다. 이 정도로 강할 줄 알았다면
섣불리 덤벼들지 않았을 것이다.

"끝이오?"

"아직 아니오!"

차상현이 자신의 묵빛 도를 들어올렸다. 그리고는 천천히
심호흡을 했다.

몇 번의 심호흡이었지만 그로 인해 내력이 온몸 곳곳을 한
바퀴 돈 것 같은 느낌이 들었다. 차분해지면서 조금은 기운이
생기는 것 같았다.

"계산 착오로 무작정 덤벼들었지만 이제부터는 다를 것이
오."

"오시오!"

차상현이 자신의 도에 내력을 불어넣었다. 그에 안 그래도
까만 그의 도신이 점점 더 까맣게 변해갔다.

“흑풍수라도(黑風修羅刀)라 불리는 도법이오.”

“좋은 이름!”

청산이 자신의 검을 고쳐 잡았다. 그리고는 무당의 최고 검법이라 할 수 있는 태극혜검(太極慧劍)의 기수식을 취했다.

“가오!”

차상현의 외침과 함께 묵빛 도기(刀氣)가 청산에게로 쏘아졌다. 도기상인(刀氣傷人)의 수법이었다.

하지만 청산은 당황하지 않았다. 지금까지 이런 경지에 오른 자들과 대결, 비무를 치러본 적이 많은 만큼 대응 방법도 알고 있었다.

“태극혜검은 최고의 공격이자 최선의 방어이다!”

청산의 사부인 풍오(風悟) 진인의 가르침이었다.

‘태극혜검뿐이다!’

청산의 검이 태극혜검의 초식을 따라 움직이기 시작했다.

사부와 제자가 닮아간다는 말이 있다. 비단 성격이나 외모에 국한되는 것이 아닌 것 같다.

태극혜검을 펼치는 청산과 마찬가지로 운현 역시 태극혜검을 펼치기 시작했다.

‘태극혜검은 최고의 공격이자 최선의 방어이다!’

언젠가 자신에게 청산이 했던 말. 불현듯 그 말이 떠오르는 운현이었다.

우우웅!

운현의 검에 씌워져 있던 은은한 빛깔의 검기가 점점 황금색으로 변하기 시작했다. 황룡기와 태극진기가 어우러져 만들어진 멋진 검기였다.

그리고 다음 순간 운현은 태극혜검을 펼치기 시작했다. 화려하게 검로(劍路)를 그리는 검기와 태극혜검이 어우러져 장관을 연출했다.

만약 지금 이 자리가 전장이 아니었다면 넋을 잃고 바라보고만 있었을 것이다.

"태극혜검(太極慧劍) 제일초 태극진혼(太極鎭魂)!"

운현의 입에서 태극혜검 제일초식의 이름이 터져 나왔다. 비무가 아니었지만 운현의 입에서는 서슴없이 태극진혼이라는 이름이 흘러나왔다.

쒜에엑!

빠른 속도로 날아드는 매향향의 검.

촤라락!

그리고 빈틈을 찾아 날아드는 후교인의 검. 그 순간 후교인과 매향향은 공격의 성공을 믿어 의심치 않았다.

쾅!

콰앙!

하지만 놀랍게도 운현의 태극진혼의 초식에 매향향과 후교인의 공격이 모두 막히고 말았다.

절대로 그리 움직일 수 없다 생각했던 위치로 운현의 검이 찾아들었다. 운현을 이겼다 믿어 의심치 않았던 둘로서는 지금 이 상황을 쉽게 받아들이기 어려웠다.

"태극혜검(太極慧劍) 제이초 태극환유(太極換喩)!"

청산의 입에서 태극혜검 두 번째 초식의 이름이 흘러나왔다.

"크흑!"

차상현의 입에서 신음 소리가 흘러나왔다. 청산을 향해 날아가던 묵빛 도기를 산산이 부숴 버리고 청산의 검이 차상현의 앞섶에 상처를 내었다.

만약 도기가 아니었다면 그대로 즉사했을지도 모르는 일이었다.

"꺄악!"

"크헉!"

그와 동시에 매향향과 후교인의 입에서도 비명이 흘러나왔다.

상처를 입은 것은 아니지만 두 번째 초식과의 충돌로 내부가 진탕되는 충격을 받은 것이었다.

울컥!

후교인의 입에서 약간의 선혈이 흘러나왔다. 매향향은 이미 울혈(鬱血)을 쏟아내고 있었다.

그리고 다음 순간 청산과 운현의 입에서 동시에 다음 초식의 이름이 흘러나왔다.

"태극혜검(太極慧劍) 제삼초 태극무환(太極無渙)!"

"태극혜검(太極慧劍) 제삼초 태극무환(太極無渙)!"

지금 이 순간 후교인과 매향향, 차상현은 지옥을 경험하고 있었다.

하수오가 진산 도장을 상대로 선전하고 있고, 광위가 현양 진인과 호각을 다투고 있기는 하지만 최고 전력이라 할 수 있는 후교인과 매향향, 차상현이 운현과 청산에게 밀리는 모습을 보이자 마교 측의 기세는 점점 줄어들어 갔다.

청산은 몰라도 후교인과 매향향의 협공이면 쉽게 운현을 제압할 수 있을 것이라 생각했던 마교 무사들은 운현 한 사람이 두 사람의 장로를 압도하자 벌어진 입을 다물지 못했다.

금방이라도 쓰러질 것만 같은 후교인과 매향향. 그에 마교 무사들의 마음속에는 조금씩 공포가 자리 잡아갔다.

'저런 괴물이 우리에게 검을 휘두른다면?'

'이대로 그냥 죽는 것 아니야?'

'젠장! 아직 장가도 못 갔는데!'

마교 무사들의 마음 가득 자리 잡은 생각들이었다. 공포와 두려움. 그 정도로 운현의 존재 자체가 적에게 굉장히 부담스럽게 인식되고 있었다.

'이럴 수는 없다!'

후교인의 온몸 구석구석에는 상처가 없는 곳이 없었다. 일단 필사적으로 막고 피하고는 있었지만 자상이 생기는 것까지는 막을 수가 없었다.

그나마 매향향은 채찍이라는 무기의 특성상 멀리 떨어져 있어 운현의 검에 입은 상처가 없지만 계속되는 공격에 진기 고갈과 체력 저하를 겪고 있었다.

후교인만큼이나 매향향 역시 당황하는 기색이 역력했다. 후교인과 자신의 힘이라면 운현 정도는 쉽게 제압할 수 있을 것이라 생각했다.

아무리 강하다 하여도 절정고수 두 명의 공격이면 오래 버티지 못할 것이라 생각했던 것이다.

하지만 그런 예상을 산산조각 내는 운현. 매향향으로서는 운현의 진짜 실력을 가늠하기가 어려웠다.

'절정 이상. 초절정인가?'

어린 나이에 초절정의 경지에 올랐다는 것은 실로 대단한 것이라 할 수 있었다.

그것이 무엇에 기인한 것인지는 모르겠지만, 분명한 것은 그 초절정의 경지에 있는 사람이 자신의 적이라는 사실이었다.

“매 장로, 괜찮은가?!”

그때 후교인의 전음이 매향향의 귀를 파고들었다.

“저는 괜찮습니다! 후 장로님은 어떠십니까?”

“그럭저럭 버틸 만하네.”

하지만 매향향의 눈에 들어온 후교인의 상태는 버틸 만한 정도가 아니었다. 그에 매향향은 이를 악물었다.

“태극혜검은 전부 열두 초식으로 이루어진 것으로 알고 있네. 이제 한 초식 남았어.”

“알고 있습니다.”

“이번만 버티면 우리가 이길 수 있네. 그러니 조금 더 힘을 내게! 아무리 강하다 하여도 한계는 있어.”

“알겠습니다!”

후교인의 전음에 억지로 힘을 내는 매향향이었다. 그리고는 마지막 초식을 펼치기 위해 잠시 숨을 고르고 있는 운현을 노려보았다.

‘괴물 같은 자식!’

매향향으로서는 운현을 그저 괴물이라고밖에 말할 수 없었다.

태극혜검 제십일초 태극무극(太極武極)까지 펼친 운현은 잠시 숨을 고르고 있었다.

아무리 운현 자신이 가진 진기의 양이 많고 태극혜검의 성취도가 높다 하여도 마지막 십이초식인 태극무상(太極無想)을 펼치는 데에는 신중을 기해야 했다.

'생각보다 잘 버텼어.'

운현은 십일초식까지 펼치지 않아도 둘 중 한 명은 떨어져 나갈 것이라 생각했다. 그리고 그 사람은 자신과 가장 가까이에서 검을 맞댄 후교인일 것이라고 보았다.

하지만 역시 경험이라는 것의 위력인지는 모르겠지만 후교인은 수많은 상처를 입으면서도 지금까지 버텼다.

정말 대단하다는 말밖에는 나오지 않았다.

"후우……!"

운현이 심호흡을 하고 숨을 내쉬자 후교인과 매향향이 긴장하며 각자 검과 채찍의 손잡이를 꽉 쥐었다.

"흡!"

"으윽!"

그리고 다음 순간, 운현에게서 실로 엄청난 기운이 뿜어져 나왔다. 마지막 모든 것을 다 쏟아 붓는 것인지, 아니면 지금에서야 본모습을 보이는 것인지는 모르겠지만 조금 전까지만 해도 느끼지 못한 엄청난 기운이었다.

"조심하게!"

후교인으로서는 매향향에게 해줄 수 있는 말이 그것밖에는 없었다.

자신 역시도 어떻게 될지 알 수 없었기 때문이다.

“태극혜검(太極慧劍) 제십이초 태극무상(太極無想)!”

쿠르르르!

운현의 손에서 태극혜검의 마지막 초식인 태극무상이 펼쳐졌다. 그와 함께 천지가 진동하는 엄청난 소리가 들렸다.

“하압!”

“하아!”

그런 운현의 초식에 맞서 후교인과 매향향이 자신들의 진기를 모두 짜내어 최고의 초식으로 맞섰다.

하지만 지금 이 순간 후교인과 매향향의 머릿속에 가득 찬 생각은 패배라는 두 글자뿐이었다.

콰아아아앙!

콰드득!

파아아아!

“으아악!”

“피, 피해!”

“우아악!”

운현의 엄청난 진기와 후교인, 매향향의 진기가 부딪쳤다. 초절정고수의 진기와 절정고수 둘의 진기가 부딪친 만큼 그 여파는 엄청났다.

셋이 싸우기에 충분한 공간을 만들어주고 싸우는 마교 무사들과 정파 무사들이었지만 그 누구도 셋이 만들어낸 기파(氣波)의 사정권 안에서 벗어날 수 없었다.

천지가 진동한다는 말은 지금의 상황을 뜻하는 것이리라.

하늘에서는 천둥이 치는 것과 같은 소리가 들렸으며, 땅은 말 그대로 진동했다.

그리고 그 여파로 주변의 나무들은 뽑히거나 부러졌으며, 바닥에 있는 흙과 돌과 작은 돌덩이들은 중력의 힘을 역행하여 하늘로 치솟았다.

특히 나무와 흙과 돌들이 한데 엮여 하늘로 치솟는 모습은 마치 토룡이 하늘로 승천하는 것 같은 착각을 일으킬 정도였다.

콰쾅!

우르르르!

잠시 후, 운현과 매향향, 후교인의 진기 충돌이 멈추었다. 그에 잠시 역천(逆天)을 하였던 나무, 돌, 흙 등이 순리대로 떨어지기 시작했다.

"피해!"

"죽는다!"

"조심해!"

방금 전에는 진기가 만들어낸 기파에 목숨을 잃을 뻔했지만 지금은 하늘에서 떨어져 내리는 나무나 돌에 맞아 죽게 생겼다.

그에 무사들은 싸움이고 뭐고 일단은 몸을 보호하는 데에 온 신경을 집중시켰다.

하늘에서 떨어진 이물질(?)들이 땅 위에 뿌연 먼지를 일으켰다. 안개가 진하게 낀 것처럼 한 치 앞도 볼 수가 없는 상황이었다.

방금 전의 그 현상으로 두 세력 간의 싸움은 비의도적으로 잠시 휴전 상태가 되었다.

일단 주변 환경 자체가 싸우기에 굉장히 좋지 않게 변한 것도 이유였지만, 세 사람의 싸움이 어떻게 결착이 되었는지 너무도 궁금했기 때문이다.

"꿀꺽!"

누군가가 침을 삼켰다. 그 소리가 꽤 멀리까지 퍼져 나갈 정도로 장내는 조용했다. 그리고 엄청난 집중력으로 그들은 먼지 속을 들여다보고 있었다.

스스스!

점점 먼지가 가라앉고 희미하게나마 세 사람의 인영이 보이기 시작했다. 아직까지 또렷하게 보이는 것이 아닌지라 누가 누구인지 정확하게 구분하기가 어려웠다.

기다란 무언가를 들고 있는 사람은 매향향인 것 같았지만 검으로 보이는 무언가를 들고 서 있는 두 사람 중 누가 운현인지 정확하게 분간하기가 어려웠다.

"흐윽!"

조금 더 흙먼지가 가라앉았을 즈음, 매향향이 허물어졌다. 죽은 것 같지는 않았지만 그대로 무릎을 꿇고 더 이상 일어서

지를 못했다.

"크흑!"

이번에는 후교인의 목소리였다. 진탕된 내부를 다스리고 어떻게 해서든 날뛰는 진기를 다스려 보려 하였지만 그것은 결코 쉬운 일이 아니었다.

그렇게 한동안 버티던 후교인은 결국 신음과 함께 쓰러졌다.

"후우……!"

운현이 한숨을 내쉬었다. 운현으로서도 만약 이번 공격이 성공하지 못했다면 어떻게 되었을지 알 수 없었다.

'아직 멀었어.'

마교 장로 두 명을 상대로 승리를 거두어놓고서도 아직도 멀었다고 생각하는 운현이었다.

패한 것도 아니고, 그렇다고 몸에 생채기 하나도 없었다. 그저 옷이 조금 잘리고 힘이 든다는 사실 하나뿐이었다.

저벅저벅.

운현이 주변의 먼지에 인상을 쓰며 정파 쪽 진영이라 생각되는 쪽으로 발걸음을 옮겼다.

흙먼지 바깥쪽에서 지켜보고 있던 사람들은 그 흙먼지 바깥으로 걸어나오는 한 사람을 볼 수 있었다. 처음에는 잘 몰라봤지만 시간이 흐를수록 흙먼지가 가라앉고, 그 사람 역시 바깥으로 걸어나오고 있었기 때문에 금방 얼굴을 확인할 수 있었다.

“운현?!”

“검존이다!”

걸어나오는 사람이 운현이라는 것을 확인한 정파연합 무사들이 기쁨의 환호성을 질렀다. 적의 수장 두 명을 패퇴시켰으니 이 싸움은 끝난 것이라 봐도 되었다.

반면, 마교도들의 얼굴에는 어둠이 짙게 깔렸다. 수장을 잃은 슬픔과 또 한 번 패했다는 패배감, 그리고 자신들의 목숨은 이제 죽은 목숨이라는 사실에서 오는 좌절감 같은 것들 때문이었다.

“만세! 검존 만세!”

‘응?’

누군가가 두 손을 번쩍 들고 외쳤다. 그 외침은 운현도 들었고, 그 자리에 있는 정파 무사들 모두가 들었다.

그 말을 들은 운현은 황당하기 그지없었다. 두 명의 고수를 상대하느라 진기뿐만 아니라 심력도 많이 소진한 상태여서 피곤한 상황이었다.

그런데 그런 운현의 귀로 이상한 소리가 들리니 당연히 황당할 수밖에 없었다.

게다가 운현을 더욱더 당황하게 만드는 일이 벌어졌다.

“검존 만세!”

“영웅 만세!”

검존에 영웅에 최고라 할 수 있는 칭호는 다 나오고 있었다. 한쪽에서는 운현을 ‘천하제일인’이라고까지 칭하고 있었다.

운현은 발걸음을 멈추고 그들을 바라보았다. 그러는 운현의 얼굴에는 도대체 이들이 왜 자신을 검존이고 영웅이고 천하제일인이라 칭하는지 황당하다는 표정이 드러나 있었다.

‘이대로는 안 되겠군.’

그렇게 생각한 운현은 잠시 심호흡을 하곤 크게 외쳤다.

“동도들의 칭찬에 이 몸은 몸 둘 바를 모르겠습니다! 하지만 아직 전투가 끝난 상황이 아니니 지금 이 상황을 수습하는 것이 먼저가 아닐까 합니다!”

운현의 말에 무사들은 그제야 자신들이 전투 중이었다는 것을 깨닫고는 주변을 둘러보았다. 하지만 이미 마교 무사들은 전의를 모두 상실한 상태였다.

“어떻게 하시겠소?”

청산은 지금까지 자신과 일전을 벌인 차상현을 보고 물었다. 하지만 차상현은 듣지 못했는지 운현과 매향향, 후교인이 싸움을 벌인 곳만 바라보고 있을 뿐이었다.

“한 가지 물어보고 싶은 것이 있소!”

차상현이 운현을 향해 소리쳤다. 나이 어린 후배이지만 자신보다 강자이기 때문인지 그의 입에서는 존대가 튀어나왔다.

그에 살짝 인상을 찌푸린 운현은 이내 표정을 풀고는 고개를 끄덕였다.

“물어보십시오.”

“죽었는가?”

매향향과 후교인의 생사를 묻는 것이었다. 그에 운현은 슬쩍 뒤쪽에 미동도 하지 않고 쓰러져 있는 두 사람을 바라보았다.

누가 보아도 죽었다 할 정도로 미동조차 없는 두 사람. 그러니 차상현이 그리 묻는 것도 무리가 아니었다.

“안타깝지만 한 분은 이미……”

운현이 말을 중간에 끊었다. 자신의 입으로 죽었다는 말을 하기가 힘들었던 까닭이다.

“누가 죽었소?”

“검을 드신 분이오.”

“아!”

차상현이 탄식을 터뜨렸다. 어려서부터 지금까지 우정을 쌓아온 친우가 죽은 것이었다.

“그래도 한 사람은 살려주셨다니 감사할 따름이오.”

“목숨을 건졌지만 쉽게 회복되기는 어려울 것입니다. 자칫하면 평생 무인으로서 살아가지 못할 수도 있으니.”

“무인에게 무공보다 중요한 것은 없다고 하지만 그래도 목숨보다 중한 것은 없소. 감사하오.”

차상현이 운현에게 포권을 했다. 비록 적이기는 하지만 대협의 풍모를 보이는 운현에게 예를 다하는 것이었다.

그런 차상현의 행동에 운현은 순간 당황했지만 이내 그런 기색을 지우고 마주 포권했다.

“후 장로님의 시신을 수습하라! 그리고 매 장로의 상태를 살피고 모두 총단으로 복귀한다! 사천은 버린다!”

“예!”

차상현의 명령에 하수오는 재빨리 달려가 후교인의 시신을 수습했다. 치명적인 상처는 없었다. 하지만 그의 내부는 이미 터지고 찢겨 말이 아니었다.

하수오의 얼굴은 눈물과 콧물로 뒤범벅이 되어 있었다. 남들은 뭐라 할지 몰라도 자신에게는 어려서부터 길러주고 많은 것을 가르쳐 준 아버지와 같은 분이었다.

“끄윽! 끄윽!”

하수오가 울면서 조심스럽게 후교인의 시신을 안아 들었다. 가벼운 그의 몸. 이렇게 가벼울 줄은 생각도 못했다.

후교인의 시신을 안고 돌아서는 하수오의 모습을 보면서 운현은 인상을 찌푸렸다. 안 좋아 보여서가 아니라 미안하고 찡한 자신의 마음을 겉으로 드러내 보이지 않기 위함이었다.

“수고했다.”

청산이었다. 그 역시 차상현과의 싸움으로 생각보다 많은 상처를 입었다.

"이 짓도 못할 짓이군요."

"그렇지. 하지만 얻는 것이 있으면 잃는 것도 있는 법이다."

"싫습니다, 그런 것."

"나도 싫다. 하지만 세상이 그런 것을 어찌하겠느냐."

"……."

운현은 아무런 말도 하지 않았다. 머리로는 이해하지만 마음은 그렇지 못했다.

하수오에게 후교인은 소중한 사람이었을 것이다. 그렇지 않았다면 그렇게 오열하지는 않으리라.

운현 자신에게 소중한 사람들이 힘들어하지 않게 하기 위해 비록 적이지만 어떤 이에게 소중하게 여겨지는 사람을 죽이는 일은 못할 짓이라는 생각이었다.

"어쩔 수 없는 일이다. 더 이상 이런 일을 만들지 않으려면 이 싸움을 빨리 끝내고 평화를 가져오면 된다."

청산의 말에 운현이 고개를 끄덕였다. 운현이 생각하기에도 역시 그 수밖에는 없는 것 같았다.

第七章
곡해성, 그리고 음모

쨱! 쨱!

상쾌한 아침. 아침 해는 어둠으로 물들었던 천지를 다시금 환하게 비추고 있었고, 밝아진 세상을 축복이라도 하듯이 새들은 지저귀고 이슬을 머금은 꽃은 아름다운 자태를 뽐내었다.

그런 자연 속을 조금의 거리낌도 없이 거닐고 있는 사람이 한 명 있었다. 바로 마교 군사 곡해성이었다.

그의 모습은 너무나도 태평해 보였다. 바로 어제 사천 전투에서 패했고 후교인이 목숨을 잃었으며, 차상현과 매향향이 중상을 입었다는 보고를 들었음에도 말이다.

"마교로는 안 되는 것인가?"

무엇이 안 된다는 말일까? 의미를 알 수 없는 말을 중얼거린 곡해성은 꽃 한 송이를 꺾어 들었다.

"그럼 버려야지."

푸스스.

곡해성의 손에 있던 꽃이 그대로 시들어 버렸다. 그리고 미소를 짓고 있는 곡해성의 눈빛은 그 어느 때보다도 차가웠다.

운현의 이름은 이제 중원 전체가 다 아는 이름이 되었다.

섬서성 전투에서 실종된 지 일 년 만에 나타나 악귀 오귀문을 쓰러뜨렸고, 이번 사천 전투에서는 후교인과 매향향 두 절정고수의 합공을 이겨내고 승리를 쟁취해 사천 전투를 승리로 이끈 장본인이기에 당연한 것이었다.

그리고 이번 사천 전투를 계기로 운현을 검존으로 완전히 인정하는 분위기였다.

그동안 나이가 어리고 운현의 사부가 청산이라는 점 때문에 그를 검존이라 부르기를 꺼렸던 사람들조차도 이젠 운현을 검존이라 부르는 데 주저하지 않았다.

하지만 정작 운현 본인은 아직까지 그것을 받아들일 수가 없었다.

이번 싸움을 계기로 자신의 실력에 대해 어느 정도 자각하고 거기서 자신감을 얻었지만, 그렇다고 해서 자신이 검존이라는 칭호에 어울릴 만한 사람은 아니라는 것이 운현의 생각이었다.

사천에서의 전투가 다 끝나고 각 문파는 일단 자신들의 본산으로 돌아가 당분간 휴식을 취하기로 결정했다.

이번 싸움으로 마교 측이 입은 피해는 지원군까지 합쳐 사백에 가까운 인원 피해를 입었고, 정파연합은 생각보다 적은 백오십 명의 인명 피해를 입었다.

섬서성의 싸움과는 달리 어느 정도 압도적인 승리였다고 볼 수 있었다.

이러한 승리는 전부 운현의 덕이라고 말하는 사람들이 늘어나고 있었다. 그에 이번 싸움의 승리에 지대한 공헌을 한 몇몇 사람들의 기분이 상했다는 소문도 있었다.

"하아……!"

운현은 홀로 한숨을 쉬었다. 무당파에 마련된 자신의 거처. 원래 자신이 사용하던 조용하고 경내와는 조금 떨어진 곳이 아닌 장문인의 거처와 아주 가까운, 그리고 사람들이 꽤나 많이 왔다 갔다 하는 곳에 자리 잡고 있었다.

"하아……!"

다시 한 번 울리는 운현의 한숨 소리. 그 정도로 운현은 지금의 상황을 답답해하고 있었다.

"젠장! 내가 왜 이런 곳에 갇혀 있어야 하느냐고!"

운현이 소리쳤다. 물론 운현을 누군가가 이곳에 가둬둔 것
은 아니었다. 그 누가 있어 검존을 가둬둘 수 있겠는가?

운현 스스로가 나가지 않고 있을 뿐이었다. 밖으로 나가면
예전보다 더한 동문들의 자신을 바라보는 존경 어린 시선을
보아야 하고, 같은 운 자 항렬의 사제들 역시도 이제는 자신
을 마치 신격화하고 있었다.

그런 것에 질색하는 운현인데 어찌 밖으로 나갈 수가 있으
랴.

끼이익!

"아!"

문이 열리고 등장한 사람은 정미현이었다. 이곳으로 거처
를 옮긴 며칠 동안 계속 식사를 날라다 주고 있는 그녀였다.

"미안해요."

"아니에요. 들어요."

정미현이 식탁 위에 식사를 올려놓자 배가 고팠던 운현은
재빨리 달려들어 음식을 먹기 시작했다.

"언제까지 이렇게 생활할 거예요?"

"예?"

금방 입 안에 있던 음식물을 식도로 넘긴 운현이 정미현을
바라보았다.

"계속 밖에도 안 나가고 이렇게 생활할 거예요?"

"글쎄요. 아직은 거기까지 생각해 보지 못했어요."

운현은 솔직하게 대답했다. 지금은 다른 사람들이 자신을 우러러보고 떠받드는 분위기와 시선이 싫어 그런 것에서 벗어나고 싶다는 생각만으로 이렇게 생활하고 있다.

"운현 스스로가 인정하지 못하는 칭호와 위치이기는 하지만 그것은 어쩔 수 없는 것이잖아요. 다른 사람들이 운현의 마음을 읽고 그렇게 부르지 않고 보지 않는 한 그것은 계속될 것이고, 그렇다면 그건 운현이 가지고 가야 할 짐이 아닌가요?"

"그렇죠."

왠지 모르게 화가 난 것 같은 정미현의 모습이었다. 그에 운현은 조금씩 주눅이 들어갔다.

"운현을 탓하고 질책하는 것이 아니에요. 저는 운현 스스로가 조금 더 당당하고, 조금 더 드러나는 생활을 했으면 좋겠어요."

"하아……."

운현이 작게 한숨을 쉬었다. 그녀의 말을 듣고 보니 지금의 이런 상황도 받아들이고 자신이 짊어져야 할 것이라는 생각이 들었기 때문이다.

"정 소저."

"네?"

정미현이 미소를 지으며 운현을 바라보았다. 운현의 심정 변화를 느꼈기 때문이다.

“산책하러 갈까요?”

“그래요!”

정미현은 환하게 웃으며 운현과 함께 밖으로 나갔다.

제아무리 사파 전체를 아우르는 대문파라고는 하지만 이
번의 피해는 마교에서도 쉽게 감당하기 어려울 정도였다.

두 번의 거대한 싸움으로 잃은 병력이 벌써 칠백에 달하고
있으니 당연한 것이었다.

“생각보다 큰 피해를 입었다.”

“예. 설마하니 후 장로님과 매 장로님이 그렇게 당하실 줄
은 몰랐습니다. 그 운현이라는 자의 실력이 생각보다 훨씬 더
강한 모양입니다.”

“그런 것 같더군.”

“세상에서는 그를 검존이라 부른다 합니다.”

“흥! 하찮은 이름 따위!”

말은 그렇게 하지만 방일원은 불편한 심기를 숨기지 않았
다.

“어찌해야 이 난국을 벗어날 수 있단 말인가! 아니, 도대체
어디서부터 일이 꼬이기 시작한 것이지?”

방일원은 답답한 마음에 혼잣말을 했다. 하지만 그 말이 곡
해성에게 안 들렸을 리 없다.

“다 그자 때문입니다.”

“누구? 운현을 말함이냐?”

“예. 섬서성 전투에서도 그자가 아니었다면 피해는 입었겠지만 승리로 이끌 수 있었을 겁니다. 그렇다면 저희는 구파일방 중 청성과 아미, 화산을 무용지물로 만들 수 있었지요. 그랬다면 순조롭게 종남과 곤륜 등을 차례로 무너뜨릴 수 있었을 것입니다. 하지만 결정적인 순간에 그자가 나타나 오 장로님을 쓰러뜨렸기 때문에 패했지요. 그때부터입니다, 모든 일이 꼬이기 시작한 것은.”

“음……”

방일원이 자신의 턱을 매만졌다. 무표정, 그리고 불타는 눈빛. 그가 분노를 일으키고 있다는 반증이었다.

곡해성은 미소를 지었다.

‘아직… 버리기에는 이른가?

“부담스럽군.”

“무엇이 말입니까? 운현이라는 자의 실력이 부담스러우신 겁니까, 아니면……?”

“그것이 아니다. 운현 한 사람이라면 이길 수 있겠지. 하지만 빌어먹을 정파에는 그 한 사람만 있는 것이 아니다.”

“그렇지요. 당장 운현의 사부라는 청산 진인도 있고, 소림의 방장도 있지요.”

“그렇기에 부담스럽다는 것이다. 한 사람이라면 어찌해 볼 수 있겠지만 한꺼번에 둘 이상은 버거워. 젠장! 무슨 세상에 이런 괴물들이 무더기로 나타난단 말이냐!"

방일원이 소리쳤다.

"그럼 한 사람씩 상대하면 되지 않겠습니까?"

"한 사람씩? 그것이 가능한가?"

"직접 찾아가거나 한 명씩 움직이도록 만들어야지요."

"음, 어떻게?"

"다 방법이 있습니다."

"그런가?"

그 순간 방일원의 표정이 밝아졌다고 느낀 것은 곡해성만의 착각이 아니었다.

방일원과의 대화를 마치고 돌아온 곡해성은 지금껏 보았던 그의 모습 중에서 가장 바쁜 모습을 하고 있었다.

세 명 중 한 명 한 명을 움직이도록 하려면 여러 가지 일을 동시 다발적으로 만들어야 하기 때문이었다.

"음, 아무래도 청산과 운현을 어찌 떨어뜨려 놓아야 하는데……."

소림 방장이야 정파의 운명이 걸린 거대한 싸움을 하는 와중에도 소림사 한구석에 틀어박혀 있었으니 크게 신경 쓸 문제는 아니지만, 문제는 청산과 운현이었다.

어떤 일이 벌어지면 사제지간이라는 이유로 함께 붙어 다닐 것임이 분명했다.

"음, 그 수밖에는 없는 것인가?"

잠시 고민하는 모습을 보이던 곡해성이 무언가 결심한 듯 눈을 번뜩였다.

슥, 스슥, 슥.

그리고는 곧바로 종이에 무언가를 적기 시작했다. 오래 걸리지 않아 내용을 다 적은 곡해성은 그것을 전용 전서응의 다리에 묶고는 하늘로 올려 보냈다.

"이것으로 청산은 끝이다."

곡해성의 얼굴에 웃음이 피어났다.

운남(雲南).

높은 산, 깊은 계곡 등의 복잡한 지형으로 각양각색의 다양한 기후를 보이는 곳이다.

산지가 많은 곳이기에 사람들이 많지는 않지만 여러 가지 약재가 많고, 목축을 하기에도 좋은 곳이라 곳곳에서 사람들이 생활하고 있는 곳이다.

애뇌산(哀牢山).

운남의 수많은 산과 계곡 중에서 단연 으뜸이라 불리는 이 산은 산세는 험악하고 계곡은 깊으며 봉우리는 하늘을 찌를 듯이 높았다.

멀리서 보아도 딱 '절산'이라는 말이 나올 정도로 대단한 산세였다.

이렇게 대단한 산임에도 이곳에는 이름난 문파 하나 없었

다. 이 정도 절경과 기운을 가진 산이라면 문파라도 하나 생
길 법하건만, 그 산세가 험하고 계곡이 너무 깊기 때문인지
문파 같은 것은 찾아볼 수 없었다.

그리고 애뇌산 이외에 이와 같은 산을 다시금 찾아보기 어
렵기 때문인지 운남에는 문파가 없었다.

애뇌산 깊은 산중.

험한 산세들 사이에 생긴 깊고 깊은 계곡. 떨어지면 도저히
살 수 없을 것처럼 보이는, 차라리 절벽이라 해야 옳지 않을
까 하는 생각이 들 정도의 계곡이었다.

푸드득!

그런 계곡 속으로 백색의 매 한 마리가 날아들었다. 둥지가
있음인가? 하지만 깊고 어두운 계곡에 둥지를 만드는 매가 있
다는 말은 들어보지 못했다.

계곡 속으로 들어간 매는 계속해서 내려갔다. 밑바닥이 보
일 때까지.

이럴 수가!

놀랍게도 매가 도착한 곳에는 웅장하고 거대한 건물들이
세워져 있었다.

누가 있어 이런 곳에 건물을 만들고 정착을 한단 말인가?

그리고 그 크기로 보아 일반 사람들이 사는 곳이 아닌 것
같았다. 물론 일반 사람들은 이 밑으로 내려올 수도 없을 것
이다.

거대한 정문. 명문 문파에 가거나 수도의 거대한 귀족의 집에서나 볼 수 있을 정도로 거대한 정문이었다.

그 정문의 위쪽에 현판이 붙어 있었다.

육천룡문(六天龍門).

이곳의 이름인 듯했다. 문파인가? 느껴지는 분위기에서는 무림의 문파와 같은 느낌을 주었다.

"백웅이구나. 정말 오랜만이야."

한 노인이 그곳으로 날아든 매를 향해 팔을 뻗었다. 얼굴의 주름과 하얀 수염으로 보아 노인이 확실해 보였지만 그의 머리카락만큼은 그 어떤 젊은이보다도 검었다.

노인의 매인지 날아든 매는 날카로운 발톱을 가졌음에도 노인의 팔뚝에 상처 하나 내지 않고 사뿐히 내려앉았다.

"그 아이가 보낸 서찰이로구나."

노인이 매의 발에 묶여 있는 서찰을 풀었다. 그리고는 매의 머리를 한 번 쓰다듬어 주고는 서찰을 펼쳤다.

팔에 꽤나 큰 덩치의 매가 앉아 있음에도 별로 힘들어하거나 불편해 보이는 모습이 아니었다.

그리고 매 역시 그 노인의 팔이 편한지 계속 그곳에 앉아 노인과 함께 서찰을 바라보았다. 마치 그 노인과 함께 그것을 읽으려는 것처럼.

“음……..”

무슨 내용이 적혀 있는지는 모르겠지만 흑발노인의 안색이 약간 굳었다. 그리고는 고개를 들었다.

“아무래도 어디 가서 좀 놀다 와야겠구나. 디안하다.”

그 말을 알아들었는지 백웅은 거대한 날개를 펼치더니 이내 하늘로 날아올랐다.

힘찬 날갯짓에 노인의 머리카락이 흩날렸다.

“이 녀석은 어디에 있으려나……..”

누군가를 찾는 듯 노인은 어디론가 발걸음을 옮겼다.

노인이 향한 곳은 겉에서 보이는 거대한 건물들이 아닌 조금 더 깊숙한 곳에 있는 작은 전각이었다.

물론 바깥에 있는 거대한 건물들과 비교하여 상대적으로 작은 것뿐이지 그 전각 역시 결코 작지 않았다.

“창이 안에 있느냐?”

전각으로 들어서면서 노인이 말했다. 이 전각을 사용하는 사람이 그 사람 한 명뿐인지 다른 인기척은 없었다.

“없나?”

노인의 인상이 조금 찌푸려졌다. 무언가 중요한 일이 있는데 사람이 없는 것 같았다.

“사부, 오셨습니까?”

약간의 시간이 지나고 노인이 발길을 돌리려 할 때쯤에야 한 청년이 모습을 드러내었다.

　나이는 이십대 중, 후반 정도로 보이는 사내답게 생긴 청년이었다.

　"사부, 여긴 너무 좁습니다. 좀 큰 곳으로 옮겨줘요."

　"이 녀석아, 이렇게 큰 곳을 혼자 사용하면서 좁다니!"

　"보세요."

　파악!

　순간 청년이 땅을 박차고 뛰어올랐다. 그리고 다음 순간,

　쾅!

　무언가에 부딪치는 소리가 났고, 잠시 후에 청년이 다시 바닥으로 내려왔다. 뛸 때와 달라진 점이 있다면 머리를 매만지고 있다는 점뿐이었다.

　"살.짝.만 뛰어도 이렇게 천장에 머리가 닿는다니까요."

　"시끄럽고, 일단 이 서찰이나 읽어봐라."

　"쳇."

　청년이 툴툴거리며 노인의 손에 들린 서찰을 건네 받았다. 그리고는 천천히 서찰을 읽어 내려갔다.

　"사형이 보낸 서찰입니까?"

　"그래. 녀석, 큰소리치고 나가더니 결국에는 손을 벌리는구나."

　"그러게 말입니다. 마교 따위야 그냥 장악해 버리시라니까."

"생각보다 그 교주라는 사람의 실력이 만만치 않은 것 같더구나."

"엥? 아무리 그래도 사형보다 강하려고요?"

"중원에는 그런 사람들도 가끔 등장하곤 하지. 과거에도 있었고 지금도 있고 말이야."

"정말입니까?"

청년이 눈을 초롱초롱 빛내며 물었다. 마치 강호무림을 동경하는 소년이나 지을 법한 눈초리였다.

"이 녀석아, 징그럽게 그런 눈빛 하지 마라. 어쨌든 이번에 가보게 되었으니 좋겠구나."

"좀 놀다 와도 됩니까?"

"아니, 아직이다. 그냥 사형에게만 잠시 들렀다 오너라."

"쳇! 알겠습니다."

"어서 채비해라. 여기서 좀 먼 곳까지 가야 할 터이니."

"알았다고요. 저도 이제 나이 먹을 만큼 먹은 사람입니다."

"그럼 이런 소리 안 하도록 행동해 봐라. 나도 다 늙어서 다 큰 제자 놈에게 이런 소리 하는 것도 귀찮으니까."

"아, 예. 알아 모시겠습니다."

"저런 말은 또 어디서 배웠는지……!"

못마땅하다는 듯 청년을 바라보던 노인이 밖으로 나갔고 청년은 곧바로 이곳을 떠날 채비를 하기 시작했다.

“조금 시간이 걸릴 것 같습니다.”

“시간이 걸려?”

“예.”

곡해성의 보고를 받는 방일원의 미간에 주름이 잡혔다. 못
마땅하다는 뜻이었다.

“얼마나 걸리나?”

“대략 두 달 정도 걸릴 것 같습니다.”

“한 달 안으로 줄여라.”

“불가능합니다.”

“명령 불복종인가?”

“의견을 말씀드린 것뿐입니다.”

“의견?”

“예, 의견입니다.”

“한 달로 줄여.”

“말씀드렸습니다. 불가능하다고.”

“그대가 지금까지 보여주었던 모습에서는 불가능을 찾아
볼 수가 없는데? 비록 실패는 몇 번 있었지만 말이야.”

“저도 사람입니다.”

“사람이기에 한계가 있다?”

“예.”

“그럼 그 한계를 뛰어넘어 봐. 인간이란 언제나 자신들의

한계를 뛰어넘어 왔으니까."

처음이었다, 말로써 자신이 이렇게 몰려보기는. 하지만 곡해성은 그런 당황스러움을 절대 밖으로 보이지 않았다. 방일원이 보기에는 시종일관 여유로운 표정을 짓고 있는 것처럼 보일 것이다.

"그럼 한 달 보름으로 하지요."

"협상인가?"

"아군끼리 협상도 합니까? 그냥 타협이라고 보시면 됩니다."

"타협이라……. 아군끼리 타협한다는 말은 들어보지 못했는데, 그런 말은 누가 하던가?"

"지금 제가 했습니다."

"유치하군."

"더 이상 시간 끄는 것도 별로 좋지 않습니다."

"무슨 의미?"

"그냥 한시가 급하다는 말입니다. 결정하시죠. 한 달 보름입니까, 아니면 두 달입니까?"

순식간에 방일원이 내뱉었던 한 달은 완전 배제되고 말았다. 그런 곡해성의 능력에 방일원은 못 당하겠다는 듯 고개를 저었다.

"한 달 보름으로 하지."

"탁월한 선택이십니다."

“그러길 바라지.”

“그럴 것입니다.”

“나가보라. 그대 말처럼 한시가 아쉬운 상황이니까.”

“그리하겠습니다.”

곡해성이 허리를 굽히고는 밖으로 나갔다. 그리고는 만면에 미소를 지으며 자신의 거처로 향했다.

“왠지…….”

방일원은 턱을 매만졌다. 그리고는 계속해서 말을 이었다.

“당한 것 같단 말이야?”

사실 한 달이면 모든 준비는 끝날 수 있었다. 곡해성이 개인적으로 꾸미고 있는 일이 있기에 시간을 좀 벌어야 했고, 보름이라는 시간을 벌기 위해 두 달의 시간을 이야기한 것이었다.

그것을 모르는 방일원은 알 수 없는 꺼림칙한 느낌을 받았고, 원하는 결과를 얻어낸 곡해성은 미소를 지을 수밖에 없었다.

“이 녀석은 언제 오려나?”

자신의 거처로 돌아온 곡해성이 중얼거렸다. 누구를 기다리는 것일까? 마교 내에 곡해성이 그렇게 거리낌없이 부를 수 있는 사람이 있는 것일까?

스륵.

“녀석, 아직도 수련이 부족하구나. 기척을 내다니.”

곡해성은 중얼거리면서도 시선은 자신의 책상에 쌓여 있

는 서류에 꽂혀 있었다.

“사형은 여전하시군요.”

창가에 한 사내가 모습을 드러내었다. 운남에서 출발한 창이라 불린 청년이었다.

“뭐가 여전하단 말이냐?”

“그 무공 말입니다. 아무리 쫓아가도 벌어지기만 하는 것 같으니.”

“네 녀석이 게으르기 때문이다.”

“사제가 왔는데 시선 한번 안 주십니까?”

“주려고 했다, 이 녀석아.”

곡해성이 자리에서 일어났다. 그리고 어느새 창 안쪽으로 들어온 청년을 보고는 환하게 미소를 지었다.

곡해성의 이렇게 환한 미소는 본 적이 없었다.

마교 내에서 지금까지 단 한 번도 이런 모습을 보인 적이 없었다.

“오랜만이구나.”

“사제 단창이 사형을 뵙습니다.”

“그딴 격식은 지나가는 개에게나 줘버려라. 이리 와봐라.”

단창이 다가서자 곡해성이 그를 부둥켜안았다. 몇 년 만에 보는 사제의 모습. 헤어지기 전보다 많이 커 있었다.

“그동안 많이 발전했구나.”

“그러면 뭐 합니까, 사형에 비하면 조족지혈(鳥足之血)인데요?"

"욕심도 많구나."

"그런데 무슨 일입니까?"

"네게 부탁할 일이 있어서 그런다."

"그것은 이미 알고 있고요. 재미있는 일입니까?"

"재미?"

"예. 그 어두컴컴한 계곡 속에만 있으려니 심심해 죽겠습니다."

"재미라……."

곡해성이 중얼거렸다. 그리고는 미소를 지으며 단창을 바라보았다.

"재미… 있는 일이지."

곡해성의 말과 미소에 단창은 미소를 지어 보였다. 재미있는 일. 중원에 나오고 나서 처음으로 겪는 일이 재미있는 일이라는데 어찌 기쁘지 않겠는가.

"너는 이 길로 호북성 균현에 있는 무당파로 가라."

"무당파 말입니까? 무당파라면 장삼봉이라는 사람이 세웠다는 그 문파 말입니까?"

"그래, 그곳이다."

"거기에 가서 뭐 합니까?"

"일단 아무도 모르게 잠입해야 한다. 어두울 때 하는 것이 좋겠지."

“그런 다음에는요?”

자꾸 말을 끊는 단창의 행동에 잠시 인상을 찌푸린 곡해성이 단창을 노려보았다.

“자꾸 끊으면 온몸에 피멍 들 줄 알아라.”

끄덕끄덕.

예전에도 한번 맞아본 경험이 있기에 단창은 입을 다물고 고개만 끄덕였다.

“몰래 잠입한 다음 장문인이 기거하는 자소궁을 찾아라. 그런 다음에는 장문인인 청산 진인과 한바탕 하면 되는 거야.”

“한바탕? 싸우라는 말입니까?”

“그래, 싸움이다.”

“우와!”

“쉿!”

크게 소리를 지른 단창은 곡해성의 행동에 재빨리 입을 다물었다.

그리고 곡해성은 한숨을 내쉬었다. 순간적으로 방 전체를 강기로 감싸지 않았다면 소리가 밖으로 새어 나갔으리라.

“죽여도 됩니까?”

“죽여도 되지만 그냥 불구로만 만들어도 될 것 같다.”

“불구로만 만들라고요?”

“그래.”

“그냥 죽일래요.”

“그러든지.”

곡해성이 아무렇지도 않게 대답했다. 사실 그에게 있어서 청산이 죽든 살든 일단 전력에서 제외만 되면 되었다.

“그래, 그럼 무당으로 가라.”

“알겠습니다.”

“아, 그리고.”

“예?”

“조심해라. 무당파 장문인은 강하다.”

“저도 강해요.”

“그럼, 너도 강하지. 하지만 만약이라는 것이 있다.”

“알고 있습니다. 조심할게요.”

“그래, 끝나면 곧바로 운남으로 돌아가라. 사부님께도 안부 전해주고.”

“그렇게 하겠습니다. 그럼.”

나타날 때와 같이 단창은 바람과 같이 사라졌다. 하지만 어디로 사라졌는지 알고 있다는 듯 곡해성은 한쪽을 물끄러미 바라보았다.

하늘엔 달이 밝고 별이 무수히 많은 밤, 운현은 거처에서 나와 있었다. 낮이 아니기에 사람들이 없어 밖에 나오는 데 거리낌이 없었다.

물론 요즘에는 낮에도 바깥을 돌아다니고는 있었지만, 아직까지 동문들의 시선에 심한 부담을 느끼는 운현이었다.

적응을 하려고 노력하고는 있지만 아직까지 쉽게 적응할 수가 없었다.

너무나 빠른 지위의 급상승. 그것이 지금 운현에게 엄청난 부담을 가져다주고 있었다.

평범한 후지기수들처럼 단계를 밟아 나갔다면 지금과 같은 모습은 보이지 않았을 것이다.

"시원하구나."

서늘한 바람이 운현의 얼굴을 스쳐 지나갔다. 너무나도 상쾌한 바람에 운현의 입가에 저절로 미소가 지어졌다.

스스스스.

바람에 흔들리는 나무들의 소리. 음산하게 느껴지는 소리지만 지금 운현에게는 너무나도 정답게 들렸다.

이런 평화로운 분위기를 운현은 오랜 시간 만끽하고 싶었다.

"음?"

그렇게 눈을 감고 상쾌함을 만끽하던 운현이 눈을 떴다. 무언가를 느낀 것 같았다.

스스스스.

하지만 들리는 것은 바람에 스치는 나뭇잎 소리뿐, 무당파 안은 고요하기 그지없었다.

"잘못 들은 건가?"

그렇게 중얼거린 운현은 다시금 눈을 감았다.

운현이 잘못 느낀 것이 아니었다.

고요한 무당파 안에 낯선 손님 한 명이 찾아들었다. 바로 곡해성의 명령을 받고 이곳 무당으로 온 단창이었다.

그 경공법이 얼마나 뛰어난지 이곳까지 오는 데에 고작 여드레밖에 걸리지 않았다.

'어디가 자소궁이야?!'

단창은 속으로 외쳤다.

일단 곡해성의 명령대로 무당파에 도착하기는 했지만 도대체 이 많은 건물들 중 어디가 자소궁인지 알 수가 없었다.

그에 자소궁을 찾기 위해 이곳저곳을 돌아다니던 중 미약하게 흘린 기척이 운현의 감각에 걸린 것이었다.

그것을 의심하지 않고 하던 일을 계속하기로 한 운현이 아니었다면 아마 지금쯤 단창이 생사결(生死決)을 벌여야 될 사람은 청산이 아니라 운현이었을 것이다.

'저긴가?'

한참을 헤매던 단창의 눈이 빛났다. 지금까지 둘러본 무당파 건물들 중 가장 크고 웅장한 곳. 게다가 현판에 '자소궁'이라 적혀 있으니 의심할 필요도 없었다.

탁!

아주 작은 소리였지만 무당파 경내 자체가 고요했기에 굉장히 크게 들렸다.

자신이 착지하면서 들린 소리에 단창은 인상을 찌푸렸다. 가장 자신이 있는 것이 경신법과 경공법, 그리고 보법이라 생각했는데 아직도 수양이 부족한 것 같았다.

"누구시오?"

단창의 귀에 들리는 전음. 그에 단창은 천천히 고개를 들어 위쪽을 바라보았다.

창문가에 서 있는 한 사람. 자신을 바라보고 있었다.

'저자가 청산인가?'

단창은 직감으로 자신을 바라보고 있는 사람이 청산이라는 사실을 알 수 있었다. 그에 단창은 물끄러미 그를 바라보았다.

텁!

단창이 말없이 자신을 쳐다보자 청산이 창문을 넘어 바깥으로 뛰어내렸다.

사뿐.

가볍게 착지하는 청산. 그에 단창의 미간에 또다시 주름이 생겼다. 자신보다 훨씬 더 안정적이고 가벼운 착지였기 때문이다.

'돌아가면 수련이다!'

그렇게 다짐하는 단창이었다.

"어디서 오신 누구시오?"

"어디서 온 것은 말할 수 없고, 그냥 당신을 죽이러 온 적이
라고만 생각하시오."

"허! 대단하오. 감히 무당파에 이렇게 몰래 잠입하다니. 그
실력 또한 대단하오."

"당신의 실력 또한 대단한 것 같소."

스릉.

단창이 자신의 검을 빼 들었다. 그와 동시에 청산도 자신의
검을 빼 들었다.

"무엇을 좀 물어야 하니 죽이지는 않겠소."

청산의 말에 단창이 미소를 지으며 고개를 저었다.

"죽이지 않고 사로잡겠다고? 죽을 사람이 꿈도 야무지군."

"오시오."

청산의 몸에서 기세가 일었다. 그에 단창은 순간적으로 움
찔했다.

'대단한 기세.'

과연 곡해성이 조심하라 이를 만했다.

'하지만……'

"나도 결코 지지 않아."

단창 역시 자신의 몸에 갈무리되어 있던 기운을 일으켰다.

"꿀꺽."

청산이 침을 삼켰다. 강한 상대. 지금까지 만나본 그 누구보다 강한 상대였다.

'쉽지 않겠어.'

그렇게 생각하며 눈앞의 상대를 바라보는 청산이었다.

잠시 바람을 쐰 운현은 이제 자신의 거처로 돌아가려 했다. 아무리 무공의 고수라 하여도 잠은 자야 하는 법. 슬슬 졸음이 몰려오기 시작했기 때문이다.

"하아~!"

크게 하품을 한 번 한 운현은 기지개를 켜며 거처로 걸어갔다.

"음? 사부?"

그때 운현의 감각에 익숙한 기운이 잡혔다. 바로 청산의 기운이었다.

"아니, 이 밤에 뭐 하시나? 달밤에 체조……!"

말을 하던 운현은 중간에 입을 다물었다. 곧바로 뒤이어 일어난 기운은 지금껏 한 번도 느껴보지 못한 낯선 기운이었던 것이다.

'강하다!'

낯선 기운의 사람이 강하다는 것을 느낄 수 있는 운현이었다.

청산과 호각. 그렇다면 굉장히 강한 상대라 할 수 있었다.

“어?”

그렇게 생각하는 도중에 낯선 기운이 점점 더 강해지기 시작했다. 처음 느꼈을 때와 비교하기가 어려울 정도.

움찔!

운현의 중단전에 있는 황룡기가 꿈틀거렸다. 마치 자신이 아는 기운이라는 듯 이끌리고 있는 것 같았다.

“응?!”

그리고 운현의 귀로 작은 진동음이 들렸다. 그에 운현은 그것이 구룡검의 진동 소리라는 것을 본능적으로 알 수 있었다.

“도대체 무슨 일이?”

거처로 향하던 운현은 걸음걸이를 빨리하였다. 아무래도 구룡검을 들고 자소궁으로 빨리 가봐야 할 것 같았기 때문이다.

탁, 탁, 타탁, 타타탁!

처음에는 걷던 운현의 걸음이 점점 빨라지더니 지금은 아예 달리고 있었다. 물론 한 손에는 구룡검을 든 상태였다.

‘도대체 무슨 일이냐? 그리고 누구냐?’

운현은 아까 바람을 쐬면서 잠깐 느꼈던 기척을 생각해 내었다. 왠지 모르게 자꾸 걸리는 그 기척이다.

‘젠장!’

이를 악문 운현은 더 빠르게 달렸다. 자소궁까지 남은 거리는 이제 삼십여 장.

“쿠, 쿨럭!”

피를 한 바가지 쏟는 청산 진인. 그의 꼴은 말이 아니었다. 내상이 굉장히 심각한 상황이었다. 쏟아낸 핏물 사이사이에 작은 조각들이 있는 것으로 보아 내부 장기도 파열된 것 같았다.

짧은 시간의 격돌이었지만 청산 진인은 상대의 강함을 느낄 수 있었다. 자신의 절기를 모조리 쏟아 부어도 상대에게는 제대로 먹혀들지 않았다.

물론 상대 역시 부상을 입기는 했지만 자신에 비하면 아무것도 아닌 상처들이었다.

“노친네, 강하군.”

단창의 입에서 하대가 흘러나왔다. 강하기는 하지만 자신보다 아래라는 의미와 같았다.

그렇게 말을 하는 단창의 꼴도 말이 아니었다. 옷이 누더기가 된 것은 물론이고 복부에는 긴 자상이 하나 있었다.

딱 보아도 굉장히 깊은 상처. 피가 계속해서 흘러나오고 있었다.

그럼에도 단창은 이런 상처쯤은 전혀 상관이 없다는 듯이 청산을 내려다보고 있었다.

“그럼 내뱉은 말은 지켜야겠지.”

단창이 자신의 검을 들어올렸다. 팔에 있는 상처들 때문에

욱신거렸지만 전혀 개의치 않았다.

"쿠, 쿨럭! 누, 누구요?"

청산이 힘겹게 물었다. 무공의 출처는 마교가 아니었다. 마교에 이런 무공이 있다는 것은 듣지도 보지도 못했다.

오로지 청산이 물을 수 있는 것은 눈앞에 있는 적이 누구냐 하는 것이었다.

"염라대왕에게 물어보시오."

그 말을 마지막으로 단창은 들어올린 검을 내려치려 하였다.

"멈춰!"

까앙!

내려쳐지는 검에 정확히 부딪친 것은 돌멩이였다. 그 덕에 단창의 검이 크게 튕겨져 나가며 청산의 목이 아닌 땅에 처박혔다.

"크윽!"

생각보다 강한 돌멩이의 위력에 단창은 손목이 시큰거리는 것을 느꼈다. 그리고 그 때문인지 지금까지 못 느끼고 있던 온몸의 상처에서 오는 통증이 고개를 들었다.

"사부!"

재빨리 달려온 운현이 청산의 상태를 살폈다. 입에서는 계속해서 피가 흘러내리고 있었고, 온몸 구석구석 상처를 입은 것이 상태가 굉장히 위중하다는 것을 알 수 있었다.

“누구냐?!”

운현이 사납게 단창을 노려보며 물었다. 하지만 단창의 시선은 운현의 시선을 무시하고 구룡검에 꽂혀 있었다.

‘구룡검? 그렇다면……?’

단창의 시선이 여전히 자신을 노려보고 있는 운현에게로 향했다.

‘이 사람이 구룡검의 주인?’

단창은 운현을 보고 투기가 끓어올랐다. 구룡검의 주인. 그렇다면 그 역시도 구룡지기 중 하나를 익혔을 터. 싸워보고 싶은 마음이 절로 일었다

눈앞의 사내에게서 투기가 느껴지자 운현 역시 서서히 기운을 끌어올렸다. 다만 사부가 죽을 지경에 처한 모습에 상당히 분노를 느낀 운현은 투기가 아닌 살기를 끌어올렸다.

“누구냐고 물었다!”

“알고 싶은가?”

“장난하자는 것이냐!”

운현의 분노가 극에 달했다. 그와 함께 운현의 장포가 태풍이 몰아치는 것처럼 크게 펄럭이기 시작했다.

그 정도로 강하게 기운을 끌어올리고 있다는 반증이었다.

“큭!”

운현의 어마어마한 기운에 단창은 견디지 못하고 신음 소리를 내었다.

상태가 온전했다면 어떻게든 버텨보겠지만 아쉽게도 지금
은 그렇지가 못했다.

"끄으으!"

"사부!"

운현의 기운을 이기지 못하고 청산이 신음을 내었다. 당장
이라도 죽을 것같이 보이는 그였다.

그에 운현은 순식간에 기운을 거두고는 청산에게 다가갔
다.

"사부!"

운현이 청산을 불렀다. 하지만 청산의 눈과 손에서는 점점
힘이 빠져나가고 있었다.

"일단 목적은 달성했으니……."

말을 중간에 끊은 단창이 바닥에 떨어져 있는 자신의 검을
주워 들었다. 그리고는 천천히 몸을 빼었다.

"어디를 가는 것이냐?! 마교에서 보낸 것이냐?!"

"내가 누구인지는 곧 알게 될 것이다. 하지만 지금은 아닌
것 같군."

단창이 신형을 뒤로 물리면서 말했다. 하지만 그를 쉽게 보
내줄 운현이 아니었다.

"어딜!"

운현의 신형이 쏜살같이 단창을 향해 튀어나갔다. 다른 사
람들 같으면 그 속도만 보고도 입을 다물지 못했을 것이다.

하지만 단창은 그것이 별것 아니라는 듯한 표정이었다. 그
리고는 순식간에 운현과의 거리를 벌리며 몸을 돌렸다.

“내 정체는 후에 알게 될 것이다! 그때 만나자!”

파락!

그 말을 마친 단창은 곧바로 무당파 바깥쪽으로 몸을 날렸
다. 순식간에 멀어지는 그의 신형이었다.

운현은 그 뒤를 따르려 하였지만 청산의 상태가 워낙 심각
하여 쫓을 수가 없었다.

“사부!”

다시 청산에게 다가간 운현은 일단 서둘러 청산을 안아 들
었다. 그리고는 약전주 청운이 있는 약전으로 달려갔다.

다음날, 무당에는 비상이 걸렸다. 간밤에 누군가의 침략이
있었고, 그 때문에 청산의 상태가 위중하다는 이야기가 무당
전체에 퍼진 상태였다.

침입자가 있었다는 사실도 놀라운데 장문인이 위중한 상
태라는 것은 그 침입자가 굉장한 고수라는 말이었다. 청산을
압도할 수 있을 정도로 굉장한.

약전. 무당파 역시 무파인만큼 부상자가 많았다. 그 때문
에 필연적으로 생겨난 곳이기도 했다.

“사부는 어떤가요?”

“생명에는 지장이 없으시다.”

“그 말은?”

“넘겨짚지 마라. 일단 뒤틀린 기혈은 바로잡혔지만 장기가 너무 심하게 손상되었어. 회복하려면 꽤 오랜 시간이 걸릴 것 같다.”

“다행이군요.”

운현은 청산이 다시는 무공을 사용하지 못할 정도가 되었을까 봐 크게 걱정하고 있었다.

“어제 침입한 자가 누구더냐?”

“잘 모르겠습니다. 물어도 대답을 안 해주더군요.”

“마교일까?”

“아닐 겁니다. 마교에는 그 정도 되는 고수가 있을 수 없습니다.”

“그렇기도 하겠군. 그 교주가 직접 나선 것이 아니라면야.”

청운의 말에 운현은 고개를 끄덕였다. 그리고는 생각에 잠겼다.

‘마교가 아니라면 도대체 누구인가? 새로운 적이 등장한 것인가?

머리가 복잡한 듯 운현은 눈을 질끈 감았다. 일단 지금은 청산의 회복이 우선이었다.

“일단 돌아가 있겠습니다. 사부님께서 깨어나시면 바로 기별을 넣어주십시오.”

“그러마.”

운현이 청운에게 인사를 하고는 약전을 나섰다. 그리고 일각 후, 청산이 눈을 떴다.

“정말 괜찮겠습니까, 사형?”

청운이 걱정스런 표정으로 청산을 바라보았다.

“괜찮다. 그리고 이 기회에 저 녀석도 내 그늘에서 벗어나 봐야지.”

“하지만…….”

“내가 무공을 잃은 것도 아니지 않느냐. 그저 회복하는 데 시간이 오래 걸릴 뿐이야. 원래 늙으면 회복도 더디다고 네가 말하지 않았더냐?”

“사형…….”

몇 달 가지고는 회복이 안 될 것이다. 최소한 일 년 이상은 회복에 전념하고 그 이후에도 약해진 몸을 추스르기 위해 장기간의 요양이 필요할 정도였다.

그 정도로 청산의 상태는 심각했다.

“잘할 것이야.”

청산이 운현이 나간 약전의 문을 바라보며 중얼거렸다.

마교 곡해성의 거처. 그곳은 요즘 사람들이 통제되고 있었다.

곡해성이 앞으로의 일에 대한 계획과 전략을 짜는 데 집중하기 위하여 사람들의 출입을 금했기 때문이다. 그뿐만 아니라 교주인 방일원 역시 그런 곡해성의 말을 존중해 주었다.

하지만 그것은 핑계에 불과했다. 갑자기 불쑥 찾아온 손님 때문이었다.

곡해성의 침상에 누워 있는 인물, 바로 단창이었다.

청산과 싸움을 하고 운현을 피해 무당을 빠져나온 단창은 기본적인 응급처치만 하고 곧바로 곡해성에게로 달려온 것이었다.

그 때문에 혹시 모를 흔적이나 단서를 없애기 위해 곡해성이 땀 좀 흘리고 다녔을 정도이다.

"청산 진인이 이 정도로 강했던 것이냐, 아니면 네놈이 수련을 게을리 하여 이 지경이 된 것이냐?"

곡해성이 침상에 누워 있는 단창을 보고 물었다.

"그 늙은이가 강한 거요."

"그래?"

사실 곡해성으로서는 청산의 실력을 직접 목도한 적이 없기 때문에 뭐라 말을 할 수가 없었다.

하지만 차상현이 청산으로부터 목숨을 건져 교로 돌아왔고 단창과 차상현의 실력을 비교해 보았을 때, 단창이 이런 모습으로 돌아오는 것은 이해하기 어려운 것이었다.

"설마하니 그사이에 기연이 있었을 리도 없고……."

곡해성이 다시금 의심이 가득 담긴 눈초리로 단창을 바라보았다.

“아무튼 쉬고 있어라. 나는 교주님께 다녀와야겠다.”

“알겠습니다. 어차피 아픈 몸인데 어디 가겠습니까?”

끄덕.

단창의 말에 고개를 한 번 끄덕인 곡해성은 곧바로 자신의 거처에서 빠져나와 대전으로 향했다.

“교주님.”

“들어와라.”

방일원의 말에 곡해성이 대전 안으로 들어섰다. 방일원은 평소와 다르게 의자에 똑바로 앉아 있었다.

“벌써? 아직 닷새나 남았는데 말이야.”

“골치 아팠던 일이 해결되었습니다. 그래서 조금 일찍 왔습니다.”

“그래? 골치 아픈 일이라……. 일단 들어보기로 하지.”

“예.”

대답을 한 곡해성이 침을 한 번 삼키고는 다시 입을 열었다.

“앞으로 청산은 움직이기 어려울 것입니다.”

“뭐라? 어떻게?”

“제가 손을 좀 썼습니다.”

“그러니까 어떤 식으로 손을 썼느냔 말이다?!”

“청산은 지금 치명상을 입어 자리보전을 하고 있는 상황입니다. 이제 무서울 것은 운현과 소림 방장 둘뿐입니다."

"청산이 자리보전을? 그 팔팔하던 사람이 어떻게? 어떻게 한 것이지?"

"말씀드리기 곤란합니다."

"곤란하다?"

"예, 죄송합니다."

방일원이 의심 가득한 눈초리로 곡해성을 바라보았다.

"후에 다 말씀드리겠습니다. 지금 어떻게 청산을 죽였느냐보다는 마교천하가 우선 아니겠습니까? 정파는 지금 기둥 하나를 잃은 상황입니다. 이제 교주님께서 운현만 꺾으시면 저들로서는 더 이상의 패가 없습니다."

"그렇겠군."

방일원이 고개를 끄덕였다. 아직 마음속에 곡해성이 어떻게 청산을 처리했는지에 대한 의문이 남아 있기는 하지만 곡해성의 말처럼 그것은 후에 생각할 일이었다.

"어떻게 해야겠는가?"

"일단 저들로서는 사천 싸움에서 큰 승리를 거두었습니다. 지금이 기회라고 생각하겠지요. 그러니 이제 총단을 치려 할 것입니다."

"앉아서 기다리자?"

방일원이 약간 인상을 찌푸리며 물었다. 아무리 그렇다 해도 총단이 정파 사람들의 발에 짓밟히는 꼴은 볼 수 없었기 때문이다.

"그것이 아닙니다."

"그럼?"

"저들이 쉽게 이곳에 오도록 만들 수야 있겠습니까?"

"계책이 있군?"

"당연합니다. 저들도 개고생을 한번 해보라고 해야겠지요."

"좋다. 빠른 시일 내에 준비토록 하라!"

"알겠습니다!"

곡해성이 크게 대답했다. 자신의 계책을 들어보지 않고 준비하라 명하는 방일원. 그만큼 자신에 대한 믿음이 있다는 뜻이리라.

그에 곡해성은 지금 이 순간만큼은 방일원에게 진심으로 충성하기로 마음먹었다.

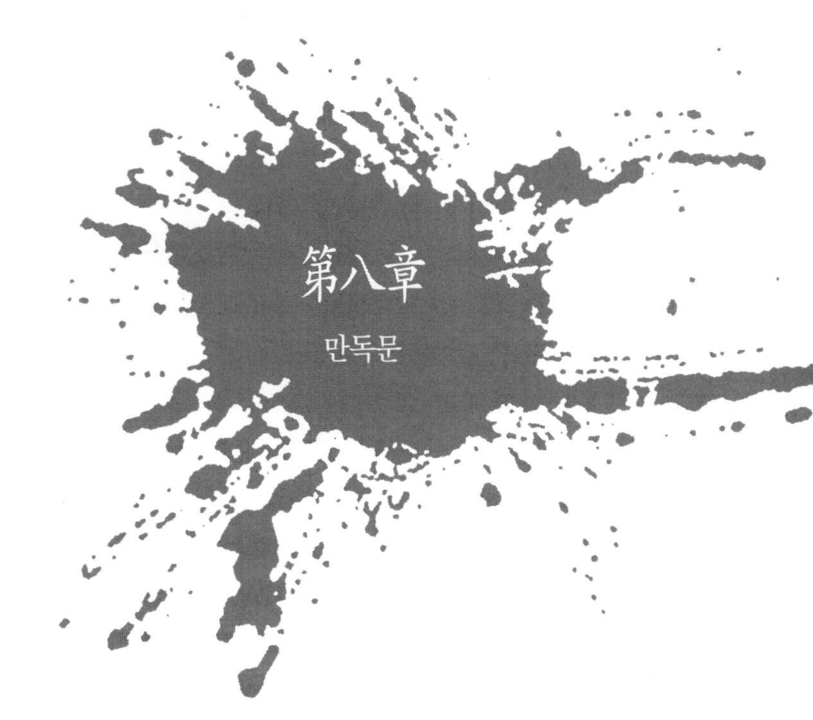
第八章
만독문

차도살인지계(借刀殺人之計).

다른 사람의 손을 빌어 살인을 하는 계략이라는 뜻이다. 곡해성이 생각한 것이 바로 그것이었다.

비록 정파를 완전히 잡을 수는 없겠지만 적어도 그들을 혼란스럽게 만들고 힘을 빼놓을 수는 있을 것이다.

지금 자신들이 입은 피해를 정파 쪽에 고스란히 전해주려는 계략이었다. 단, 마교엔 어떠한 피해도 없이.

'어떤 세력을 움직인다?'

마교의 힘으로 움직일 수 있으면서도 충분히 정파가 위기의식을 느끼고, 또 그들에게 큰 피해를 입힐 수 있는 세력을 찾기란 쉬운 일이 아니었다.

마교 한 문파가 사파 전체를 아우르는 강한 문파가 된 것의 첫 번째 폐해라 할 수 있었다.

"녹림밖에는 없나? 수로연맹이야 어차피 육지에서는 힘을 못 쓸 것이고. 만독문?"

녹림과 수로연맹, 그리고 만독문. 하나같이 이름만 들어도 결코 무시할 수 없는 곳들이었다.

녹림과 수로연맹은 정과 사, 그 어느 쪽에도 속하지 않고 중립적인 입장을 고수해 왔다. 그러나 마교보다 정파 쪽을 훨씬 더 싫어하는 경향이 있어 정도 측에서는 그들을 사파로 분류하기도 했다.

만독문의 경우, 과거 사파 내에서 마교와 양대산맥이라 불릴 정도로 거대한 문파였다.

그러나 과거 정사대전에서 마교보다 훨씬 더 큰 공을 세우려는 전대 만독문주 상우관(塽禑官)의 욕심 때문에 그 세를 잃고 말았다.

하지만 아직도 그들의 독혈인(毒血人)이나 기타 여러 가지 위력적인 독들, 그리고 독강시(毒殭屍) 등은 다른 문파들에게 공포의 대상이었다.

"일단 만독문, 그리고 다음은 녹림이다."

거대한 세력의 녹림과 비록 세는 작지만 강한 만독문. 둘 중 한 곳을 결정하기란 쉽지 않았지만 곡해성은 일단 만독문을 이용해 보기로 마음먹었다.

　절강성 백운산(白雲山).
　만독문이 자리 잡은 곳이다.
　과거에는 절강성을 넘어 강남의 반을 아우를 정도로 굉장
히 강대한 세력이었지만 지금은 백운산을 벗어나면 그저 그
런 문파일 뿐이었다.
　현 만독문주 상기욱(墇祁郁)은 하루하루를 복수의 칼날을
갈며 살아오고 있었다.
　비록 지금은 세가 이렇게 작아졌지만 언젠가는 다시 세상
에 나가 만독문의 위력을 만천하에 떨치는 것이 그의 목표였
다.
　그러나 그의 노력에도 불구하고 아직까지 만독문의 세력
은 백운산이 전부였다.
　"문주님."
　"무슨 일이냐?"
　"서찰이 왔습니다."
　"서찰?"
　상기욱은 의아한 표정을 지었다. 서찰? 자신이 문주를 맡
은 이후로 한 번도 받아보지 못한 서찰이었다.
　이미 자신들의 만독문은 잊혀진 지 오래라 생각했기에 서
찰을 받지 못하는 것은 당연한 것이라 생각해 오고 있었다.

상기욱 자신이 문주 자리에 오른 지 어언 육 년이 지나고 있었다. 그 기간 동안 처음 받는 서찰. 상기욱은 가슴이 뛰는 것을 느꼈다.

"어디서 보내온 것이냐?"

"마교입니다."

"마교?!"

서찰을 받으며 마교라는 말을 들은 상기욱은 눈을 부릅뜨고 손을 떨었다.

정파에도 원한이 있었지만 마교에도 원한이 깊기 때문이었다.

만독문이 지금처럼 세를 잃은 데에는 마교가 자신들을 돕지 않았기 때문이라는 생각을 가지고 있는 상기욱이었다.

"이제 와서 무엇 때문에 서찰을 보낸단 말인가?!"

상기욱의 언성이 높아졌다.

"진정하시고 일단 서찰을 읽어보십시오."

"크흑!"

분을 다 삭이지 못한 상기욱이 손을 부들부들 떨며 서찰을 펼쳤다.

만독문의 문주님께 보냅니다.

저는 마교의 군사 곡해성이라고 합니다.

과거의 일로 힘든 나날을 겪고 계시리라 생각됩니다. 그때의 일로 저희 마교에도 깊은 원한을 가지고 계실 것입니다.

그때의 일에 대해서는 교주님과 마교의 동도들을 대신하여 이 곡 모가 고개 숙여 사과를 드리는 바입니다.

물론 이렇게 서찰로 드리는 사과로는 절대 용서가 되지 않으시겠지요. 그래서 그 증거로 선물을 보냅니다.

여기까지 읽은 상기욱은 수하가 들고 온 작은 목갑을 힐끔 바라보았다. 비록 크기는 작았지만 마교 군사가 보내는 것인 만큼 귀한 무언가가 들어 있을 것이다.

상기욱은 다시금 서찰로 시선을 돌렸다.

제가 이렇게 서찰을 보내는 것은 사과를 드리기 위한 것도 있지만 한 가지 알려드릴 사실이 있기 때문입니다.

저희는 지금 정파와 싸움을 하고 있습니다. 그에 적진에 첩자도 심어놓았지요. 그런데 최근에 들어온 소식에 의하면 저희들과의 싸움 중에 만독문에 대한 이야기도 나오고 있는 것으로 알려졌습니다.

마교 역시 이렇게 일어섰는데 만독문이라고 그동안 세를 키우지 않았을 것이라 장담하기 힘들다는 것이지요.

그에 만독문을 공격해야 한다는 이야기가 나오고 있는 것으로 알고 있습니다.

제가 이런 사실을 문주님께 알려드리는 것은 과거의 일도 사과를 드리고, 마교와 만독문이 원수가 아닌 다시금 친구가 되었으면 하는 바람에서입니다.

마교와 만독문이 친구가 되어 정파 놈들을 몰아낸다면 사파가 세상을 잡는 것은 시간문제라 생각됩니다.

문주님께서는 빠른 시일 내에 결정을 내리시어 답변을 주셨으면 합니다.

좋은 소식을 기다리겠습니다.

마교 군사 곡해성.

곡해성의 서찰을 읽은 상기욱은 고민에 빠졌다. 마교에 대한 원한과 정파에 대한 원한. 물론 원한의 깊이로 따진다면야 정파에 대한 원한이 훨씬 더 깊겠지만 그렇다고 해서 마교에 가지고 있는 원한을 쉽게 버릴 수도 없었다.

하지만 마교 측에서 먼저 이런 식으로 나오는데 계속 원한만 가지고 칼을 갈 수도 없는 노릇이었다.

어디까지나 지금 자신들은 마교에 비하면 약자이니 자칫 잘못하다간 지금의 이 세력마저 무너질 위험이 있었다.

"열어봐라."

"예."

상기욱이 수하가 들고 있는 목갑을 바라보며 말했다. 그에 수하가 조심스럽게 목갑을 열었다.

무엇이 들어 있을지 모르기 때문이었다.

"이, 이것은?!"

목갑 안에는 묵빛의 작은 환약 하나가 들어 있었다. 영약인 듯 보이는 그것을 보는 상기욱의 얼굴에는 놀람과 희열이 섞여 있었다.

"이것이 무엇입니까?"

궁금함을 참지 못하고 수하가 물었다. 그에 수하의 손에서 조심스럽게 목갑을 빼앗으며 상기욱이 입을 열었다.

"구명즉사독환(九命卽死毒丸)."

"이것이?!"

상기욱의 입에서 나온 환약의 이름에 수하 역시 놀라는 표정을 지었다.

구명즉사독환.

말 그대로 아홉 명의 목숨을 그대로 앗아갈 수 있는 극독의 결정체였다.

이것은 원래 만독문에만 내려오는 비전의 결정체였다. 이 약만 있으면 독혈인을 만드는 것이 훨씬 쉬워지고, 그것이 아니더라도 몰래 적을 죽이는 것도 가능했다.

이 귀중한 보물은 지난 정사대전 이후 만독문이 세를 잃으면서 사라져 버렸다.

다시 만들어보고자 했지만 만독문에 남아 있는 자료로는 완벽한 구명즉사독환을 만들 수가 없었다.

그런데 이것이 마교의 손을 거쳐 다시금 만독문으로 돌아온 것이었다.

"하지만 이것이 진짜 구명즉사독환이라 믿을 수 있겠습니까?"

"너는 모를 것이다. 아직까지 이 독환에서 나오는 독기를 느낄 수 없을 것이야."

상기욱이 상기된 표정으로 말했다. 독기. 환약에서 독기가 나온다는 말인가?

영물의 내단에서 엄청난 기운이 흘러나오듯 구명즉사독환에서는 독기가 흘러나왔다.

하지만 인공적으로 만들어낸 환약이기 때문에 아주 극소량의 기운이었다.

이 기운은 독공을 어느 경지 이상 익히면 느낄 수 있는데, 현재 만독문에서 그 기운을 느낄 수 있는 사람은 만독문주 상기욱과 네 명의 장로가 전부였다.

"장로들을 소집하라!"

"예, 알겠습니다!"

상기욱의 명령에 수하는 서둘러 방을 나섰다. 장로 소집. 실로 오랜만에 있는 일이었다.

운현이 변했다.

언제나 부드럽고 나서는 것을 싫어했으며 주목받는 것을 싫어했던 운현이지만, 지금은 그는 표정과 행동이 예민하고 날카로워져 있었으며 다른 사람들의 시선에도 아랑곳하지 않고 무당파 안을 돌아다녔다.

아니, 정확히 말하면 아예 시선 자체를 무시하고 있었다.

청산이 쓰러진 이후 운현에게 생긴 변화였다.

'벌써 여드레가 지났다. 다시 올 생각은 없는 것인가? 사부가 살아 있다는 것을 알고 있을 텐데.'

운현은 감각을 예민하게 세워놓고 있었다. 주변의 아주 작은 기척이라도 잡아내어 절대로 그냥 넘어가지 않았다.

작은 동물들의 움직임이라 하여도 꼭 가까이 가서 확인을 해봐야 했다.

자신이 그때 그 기척을 의심하고 쫓았다면 지금의 상황이 없었을 것이라 여기는 운현이었다.

'운진, 그리고 사부.'

벌써 두 명. 이런 일이 없게 하기 위해 수련을 하고 황룡기를 익혔건만 자신이 다시 돌아오고 나서 벌써 두 명이나 그런 일을 당했다.

운현에게는 지금이 스스로에게 변화를 줄 수 있는 시간이 되고 있었다.

그런 운현을 바라보는 정미현의 시선에는 안타까움이 가득했다.

물론 그런 변화가 운현에게 꼭 필요한 것이라고 생각은 하고 있었지만 그 과정에서 운현은 억지로 슬픔과 아픔을 참고 있었기 때문이다.

남들의 눈에는 어떻게 보일지 모르겠지만 정미현의 눈에
는 그것이 전부 다 들어오고 있었다.

"운현."

"왔어요?"

말 자체는 부드럽지만 말투와 목소리는 전혀 그렇지 않았
다. 잔뜩 경계심이 들어간 목소리. 그것이 정미현은 안타까웠
다.

"이것 좀 먹어요."

"안 되오."

"운현."

정미현이 운현을 바라보았다. 점심도 거른 운현이었다. 그
런 그를 생각해서 만두 몇 개를 가지고 왔건만 운현은 그것마
저도 거부하고 있었다.

"그만 하면 안 되나요?"

"안 되오. 이제 더 이상은 이런 일을 만들 수 없어요."

"운현."

정미현이 운현의 눈을 똑바로 바라보았다. 운현 역시 정미
현의 눈을 바라보았지만 이내 시선을 돌렸다.

"나를 봐요."

정미현의 말에 운현이 다시 정미현을 바라보았다.

"운현이 이런다고 해서 바뀌는 것은 없어요."

“바뀌는 것은 없지만 더 이상 이런 일은 없겠죠.”

“어린애인가요?”

“뭐라고요?”

“지금 운현의 모습은 할 수 없는 것을 하겠다고 고집 피우는 어린애 같다고요.”

운현은 정미현을 물끄러미 바라보았다.

“운진의 일이나 사부님의 일, 어쩔 수 없는 일 아니었나요? 지금은 정사대전 중이에요. 싸움을 하다 보면 생길 수 있는 일 아니었던가요? 더 이상 이런 일이 벌어지지 않게 하려면 어서 이 싸움을 끝내야 한다고요.”

정미현의 말에 운현의 눈동자가 흔들렸다. 자신도 알고 있었다. 하지만 이렇게라도 하지 않으면 견딜 수가 없을 것 같았다.

“나는 도대체 운현에게 어떤 존재죠?”

“정 소저.”

“말해봐요. 난 어떤 존재예요?”

운현은 대답하지 못하고 그녀를 바라보았다. 그런 운현을 정미현은 어서 대답해 보라는 듯 바라보았다.

“그, 그러니까…….”

아까의 날카롭고 긴장되어 있던 모습은 온데간데없이 사라지고 당황스러워하는 운현의 모습만이 있을 뿐이었다.

“저에게 운현은 힘들 때 기댈 수 있고, 기쁘고 슬플 때 함께 나눌 수 있는 그런 존재예요. 운현은 그렇지 않은가요?"

"저도 그래요."

"아닌 것 같은데요?"

정미현이 의심의 눈초리로 운현을 바라보았다. 그에 운현은 고개를 저었다.

"맞아요."

"그런데 왜 그러죠?"

"네?"

"왜 그러지 않느냐고요."

"뭐가요?"

"힘들면 저에게 기댈 수도 있잖아요. 슬프면 저에게 이야기할 수도 있잖아요. 함께 나눠도 되잖아요. 왜 혼자 모든 것을 다 담아두고 있으려고 해요? 옆에서 보는 저도 힘들다고요."

정미현의 고개가 숙여졌다. 말을 하다 보니 그간 혼자 속앓이를 한 것 때문에 감정이 복받치는 모양이었다.

"정 소저……."

운현이 정미현에게 한 발 다가갔다. 그리고는 조심스럽게 그녀의 어깨를 잡고 자신의 품으로 끌어당겼다.

운현의 품에 안기는 정미현. 그래서인지 조금 더 소리를 내어 우는 그녀였다.

운현은 아무런 말도 하지 않았다. 자신을 그렇게 생각하고 걱정하며 지켜봐 주는 그녀의 마음 때문에 코끝이 찡해졌기 때문이다.

그렇게 잠시 동안의 시간이 흘렀다. 조금 진정된 정미현이 운현의 품에서 나왔다. 얼굴을 붉힌 채로.

"미안해요. 위로해 주려고, 기대라고, 힘내라고 했던 말인데 내가 울어버렸네요."

정미현의 말에 운현이 고개를 저었다.

"아니에요. 정 소저가 미안할 것이 뭐 있어요. 힘들고 슬플 때에는 기댈 수도 있는 거지. 오히려 내가 미안해요."

운현의 말에 정미현이 미소를 지었다. 그리고 그녀를 바라보는 운현의 얼굴에도 한줄기 미소가 어려 있었다.

만독문주 상기욱의 방. 문주인 상기욱과 함께 만독문의 네 장로가 한자리에 모였다.

각각이 가끔 만나 이야기를 나눈 적은 있었지만 이렇게 다섯이 한꺼번에 모인 것은 이번이 처음이었다.

"이렇게 오시라고 한 것은 다름이 아닙니다."

네 명의 장로가 자신의 부친이었던 상우관 때부터 만독문을 이끌어온 사람들이기에 상기욱은 그들에게 존대를 썼다.

"무슨 일이 있는 것입니까?"

일장로인 관대승(官大昇)이 물었다.

"예, 마교에서 이러한 서찰이 왔습니다."

상기욱이 식탁의 한가운데에 서찰을 펼쳐 놓았다. 약간 꼬깃꼬깃했지만 글귀를 읽는 데에는 별 지장이 없었다.

"우리에게 도움을 청하는 것이군요?"

서찰을 다 읽고 난 이장로 우단사(優斷捨)가 입을 열었다. 그에 상기욱이 고개를 끄덕였다.

"예. 그래서 어찌해야 할지를 의논드리기 위해 이렇게 오시라 한 것입니다."

"저들이 보내온 것은 무엇입니까?"

관대승의 물음에 상기욱은 구명즉사독환이 들어 있는 목갑을 식탁 위에 올려놓았다.

"이것입니까?"

"열어보십시오."

상기욱의 말에 관대승이 목갑을 열었다.

"앗!"

"이것은!"

"구명즉사독환!"

"오오!"

장로들의 반응도 상기욱과 크게 다르지 않았다. 구명즉사독환에서 나오는 독기를 느낀 것이다.

"이것을 어떻게?!"

"그것은 알 수 없지요. 어째서 그것이 마교에서 나왔는지는. 지금 중요한 것은 저들의 말대로 해줄 것이냐, 아니냐입니다."

"정파가 정말로 우리를 치려 하고 있단 말입니까? 그것도
사실인지 아닌지가 의심스럽군요."

우단사의 말에 나머지 장로들이 고개를 끄덕였다. 상기욱
역시 그런 생각을 하고 있었기에 함께 고개를 끄덕였다.

"그럼 일단 조사를 해보도록 하지요. 그들의 말이 사실인
지 아닌지 말입니다."

상기욱의 말에 이번에는 사장로인 한무록(韓無祿)이 제동
을 걸고 나섰다.

"하지만 그들의 말이 사실이라면 조사를 하고 움직이기에
는 시간이 부족합니다."

"음……."

틀린 말이 아니기에 다들 고민에 빠졌다.

선택의 시간. 장로들이 있기는 하지만 결정은 어디까지나
문주인 상기욱의 몫. 장로들은 그를 바라보았다.

하지만 상기욱의 표정은 여전히 고민이 가득했다.

"현재 독혈인이 몇 구나 있죠?"

"열 구라네."

상기욱은 고개를 끄덕였다. 만약 우단사의 말을 정파 쪽에
서 들었다면 기겁했을 것이다.

과거 정사대전에서도 정파를 끝까지 괴롭히고 괴멸 직전
까지 몰고 갔던 만독문의 비밀 병기가 바로 독혈인이었기 때

문이다.

정사대전 이후 만독문의 문도 숫자는 현저하게 줄었다. 지금 있는 문도들을 합해봐야 백오십 명이 조금 넘는 인원이었다.

가히 최강이라 불리던 문파의 모습과는 거리가 멀었지만 그들은 부족한 병력을 독혈인의 숫자로 만회하기 위해 보다 강력한 독혈인을 만드는 데 심혈을 기울였다.

"독강시 역시 스무 구가 있다네."

이어진 우단사의 말에 상기욱이 결심한 듯 고개를 끄덕이고는 장로들을 바라보았다.

"우리는 과거 최강이라는 칭호가 부끄럽지 않을 정도로 강력한 문파였습니다. 하지만 지금 이 모습은 그 최강이라는 칭호에 부끄럽지요. 그러나 우리는 약하지 않습니다. 다시 한번 우리들의 힘을 저들에게 보여줍시다."

크게 소리치지는 않았지만 그의 목소리에는 힘이 있었다. 문주다운 기개를 보이는 상기욱이었다.

"문주의 명을 받듭니다!"

"문주의 명을 받듭니다!"

"문주의 명을 받듭니다!"

"문주의 명을 받듭니다!"

네 명의 장로가 크게 외쳤다. 비록 다섯이서 모여 펼치는 모습이지만 보는 이가 있었으면 감탄을 금치 못할 장면이었다.

"서둘러 준비를 해주십시오. 출전합니다."
"예!"
네 장로의 얼굴이 밝아졌다.

곡해성의 계략은 여기서 끝난 것이 아니었다. 단순히 만독문에만 거짓 정보를 흘리면 금방 거짓이라는 것이 탄로날 가능성이 있기 때문이었다.
그래서 당연히 정파 쪽에도 정보를 흘렸다. 만독문이 움직일 것이라고.
만독문이 자신의 말을 믿지 않고 싸움에 참여하지 않으려 한다 하여도 정파 쪽에서는 만독문으로 진격할 것이기에 만독문으로서는 싸움을 할 수밖에 없는 입장이 되어버리는 것이다.

소문. 소문이라 하면 대부분은 거짓이 많다고 생각한다. 실제로 거짓이 많아왔고, 허황된 이야기들이 많기 때문이다.
하지만 때로는 거짓이지만 실제인 것 같아 중원 전체에 큰 혼란을 가져온 것도 있었고, 어떤 것은 거짓이 아닌 사실인 소문도 있었다.
특히 강호무림에서는 소문에 의해 어떤 사건이 벌어지는 경우가 다반사였기에 각별히 소문에 귀를 기울이기도 했다.
"방장님."

옥기가 방장실을 찾았다. 요즘 들어 숭산 밑에서 이상한 소문이 돌고 있었기 때문이다.

말도 안 되는 이야기로 치부하고 넘어가기에는 너무나도 그럴듯한 소문이기에 옥기는 서둘러 방장실을 찾은 것이었다.

“무슨 일이더냐?”

문이 열리고 옥허가 모습을 드러냈다. 들어오라고 할 법도 하건만 옥허의 입에서는 그런 말이 나오지 않았고, 옥기 역시도 밖이 편한 듯 보였다.

“숭산 밑에서 이상한 소문이 들려오고 있습니다.”

“소문?”

“예. 만독문이 움직인다는 소문입니다.”

“만독문이?”

옥허 역시 과거 정사대전을 겪은 사람으로서 만독문의 이름이 주는 무시무시함은 잘 알고 있었다. 하지만 그의 표정이나 태도에서는 전혀 놀라는 기색을 찾아볼 수가 없었다.

“소문은 소문일 뿐 아니겠는가?”

“하지만 지금과 같은 시기에 들리는 소문이라면 그냥 소문이라 넘길 수가 없을 것 같습니다.”

“그것도 그렇지. 하지만 과거 멸문 직전까지 갔던 만독문이다. 그 이후 흐른 시간이 짧은 시간은 아니라 하지만, 그들이 다시 모습을 드러낼 정도로 세력을 회복할 시간은 아니라 보이는구나.”

"그래도 조사는 해봐야 하지 않겠습니까?"

"그것은 그렇지. 아이들을 보내 조사를 해보도록 하게. 그리고 다른 문파들은 그런 소문을 들은 적이 없는지 알아보고."

"예."

드르륵.

방장실의 문이 닫혔다. 그리고 옥기는 서둘러 그 자리를 떠났다. 옥허는 어찌 생각할지 몰라도 자신이 생각하기에는 굉장히 큰일이라 여겨졌기 때문이다.

'만독문이라……'

옥기를 보내고 방장실 안으로 들어간 옥허는 정좌를 하고 앉아 눈을 감았다.

똑똑히 목도한 과거 만독문의 위력. 그들이 움직인다 하여도 과거와 같은 위력은 보이지 못할 것이다.

하지만 지금은 마교와 일전을 벌이고 있는 상황. 비록 최근에 벌어진 싸움에서 연승을 거두기는 했지만 그간 입은 피해가 만만치 않기 때문에 아무리 과거보다 약한 만독문이라 하여도 부담이 될 수밖에 없었다.

'아니길 빌어야겠지.'

그리고 참선에 드는 옥허였다.

곡해성이 소문을 퍼뜨린 것은 비단 소림 근처뿐만이 아니었다. 각 문파 근처마다 소문을 퍼뜨렸으며, 그 소문은 삽시간에 중원 전체로 퍼져 나갔다.

이 소문을 만독문에서 들었다면 이상하게 생각하고 조사를 해보았겠지만 이미 출전하기로 결정을 한 상태인 데다가 준비를 하느라 소문에 귀를 기울일 수가 없었다.

운현이 바뀌었다. 언제나 날이 서 있는 보검 같던 모습이 지금은 많이 사라져 있었다. 그렇다고 해서 완전히 그전으로 돌아간 것은 아니었다.

아직도 병석에 누워 있는 운진과 청산을 떠올리며 어느 정도 자신의 위치를 받아들이고 책임감을 보이는 운현이었다.

그런 운현의 변화를 안 청현은 그런 이야기를 청산에게 가서 해주었다.

"그렇지. 그 아이는 잘해낼 것이야. 비록 내가 이렇게 되었지만 그 아이에게 변화를 줄 수 있었다면, 그것으로도 난 무림에 크나큰 일조를 한 것이지."

기뻐하는 청산이었다. 자신보다 제자가 더 잘되는 모습을 보며 흐뭇해하는 모습은 그가 무당파 장문인이기 전에 운현의 사부라는 것을 보여주는 대목이었다.

"그나저나 빨리 쾌차하십시오. 사형 대신에 업무 보느라 몸이 열 개라도 모자랄 지경입니다."

"내가 낫고 싶지 않아서 안 낫는다고 하더냐? 그자는 굉장히 강했단 말이다."

그걸 누가 모르겠는가. 청산을 그 짧은 시간에 이 지경으로 만들 정도의 실력을 가진 사람. 그런 사람은 무림에 흔치 않았다.

"백방으로 찾고 있습니다. 그러니 찾을 수 있겠지요."

청현의 말에 청산이 고개를 저었다. 그리고는 혼잣말을 하듯 중얼거렸다.

"우리가 알고 있는 무공이 아니었다. 찾기 어려울 것이야."

혼잣말처럼 중얼거렸다고는 하지만 바로 옆에 있는 청현이 그것을 못 들었을 리 없었다.

마교가 아닌 다른 세력. 왠지 불길함을 느끼는 청현이었다.

창산의 병실에서 나와 다시 업무를 보기 위해 발걸음을 옮기던 그에게 운유가 다가왔다.

"사백!"

"무슨 일이더냐?"

"잠깐 일이 있어 산밑으로 내려갔다가 이상한 소문을 들었습니다!"

"소문? 무슨 소문인데 이렇게 허겁지겁 달려온 것이냐?"

"그것이… 만독문이 다시금 모습을 드러낸다는 소문입니다."

"만독문?!"

옥허와는 달리 청현은 깜짝 놀라는 모습을 보였다.

"벌써 세를 회복했단 말인가?!"

"그것까지는 모르겠지만 아무튼 그런 소문이 돌고는 있습
니다."

"알았다. 고맙구나."

"아닙니다."

"너는 즉시 가서 운현을 데려오너라. 알겠느냐?"

"예!"

청현의 말에 운유는 재빨리 운현이 있는 곳으로 달려갔다.
그의 목소리에서 사태의 심각성이 느껴졌기 때문이다.

'제발 아니길!'

자신의 거처로 돌아가는 청현의 발걸음이 빨라졌다.

"사형!"

"응? 운유?"

오랜만에 정미현의 검법 수련을 도와주고 있던 운현은 멀
리서 자신을 부르며 달려오는 운유를 보고 의아함을 감추지
못했다.

조금 아까도 봐놓고는 무엇이 급해서 저리 달려오는지 알
수가 없었기 때문이다.

"이 녀석아, 경내에서는 뛰는 것이 금지되어 있는 것도 모

른단 말이냐?!"

운현의 목소리를 들었음에도 운유는 계속해서 달려왔다. 곧 운현의 앞에 도달한 운유는 숨을 헐떡였다.

"헉! 헉!"

"뭐가 그리 급해서 경공을 사용한 것도 아니고 그렇게 생으로 달려?"

"사백이 찾으세요!"

"누구? 사부가?"

"아니요! 청현 사백이요! 급한 일이에요."

"급한 일?"

급한 일이라는 운유의 말에 운현은 고개를 갸웃거렸다. 분명 사천에서 입은 피해라면 마교가 벌써 움직일 일은 없을 것이기 때문이었다.

'한동안은 잠잠할 것이라 생각했는데… 잘못 생각했나?'

"알았다. 조금 쉬었다가 돌아가거라."

"예."

"다녀올게요."

"그래요."

정미현에게 인사를 한 운현은 서둘러 청현의 거처로 향했다. 운유처럼 달리는 것은 아니었지만 걷는 듯하면서도 벌써 저 멀리 가 있을 정도로 상승의 경공을 펼치고 있었다.

"와아!"

힘들어하면서도 그런 운현의 모습을 보며 운유는 감탄사를 내뱉었다.

"사숙."
"들어오너라."
운현은 청현의 목소리에서 다급함을 느꼈다. 무언가 심각한 일이 생긴 것이 확실했다.
"무슨 일이십니까?"
"큰일 났다."
"음, 벌써 마교가 움직이나요?"
"아니, 그것이 아니야!"
"그럼요?"
마교가 아니라는 청현의 말에 운현은 눈을 동그랗게 뜨고 청현을 바라보았다.
"아니, 그럼 요즘에 마교가 아니면 또 다른 큰일이 뭐가 있습니까?"
"만독문이다."
"예?"
"만독문!"
운현도 벌어진 입을 다물지 못했다. 자신 역시도 직접 그들을 겪어본 적은 없지만 청산으로부터 수없이 들었던 문파가 바로 만독문이었다.

과거의 힘이 어땠으며, 그들이 어떻게 해서 세를 잃었는지, 그리고 지금은 어떠한지까지.

"그들이 벌써 움직일 수 있을 정도가 되었단 말입니까?"

"글쎄다. 정확히는 아직 파악이 안 되고 있구나."

"예? 그것이 무슨 말씀이십니까? 말이 안 되잖아요?"

만독문이 움직인다는 사실은 알면서 그들의 힘이 어느 정도인지 알지 못한다는 것은 말이 안 되는 것이었다.

"일단은 소문이다. 만독문이 움직일 것이라는."

"소문이요?"

"그래, 소문. 그래서 일단 은자각에 조사를 해보라고 일러두었다. 하지만 불길해."

"소문이라……."

아무리 강호무림이 작은 소문도 무시하지 못할 곳이기는 하지만 확인된 사실이 없는 소문에 청현이 너무 앞서간다고 생각하는 운현이었다.

"너무 앞서가는 것은 아닌가요?"

"조심해서 나쁠 것은 없지 않느냐?"

"그건 그렇지만……."

"혹시 모르는 일이니 준비는 하고 있어라. 만독문이라면 아무리 세가 약하다 해도 만만하게 볼 수 있는 상대가 아니야. 그 독혈인들만 해도……."

"독혈인들이 그렇게 강한가요?"

물론 청산에게 독혈인에 대한 이야기도 들었지만 실감이
나지 않던 운현이다.

"물론이다. 독혈인 한 명을 잡으려고 수십 명의 무사가 목
숨을 잃었어. 정상적인 인간이 아니기에 죽였다 생각해도 죽
인 것이 아니었지. 게다가 혈액 자체가 독으로 되어 있어서
튀기만 해도 살이 타 들어간다."

"그렇군요."

운현으로서는 앞으로 자신이 상대해야 할지도 모르는 독
혈인에 대한 정보를 제대로 모아놓아야 했다. 경험이 없으면
그만큼 불리하기 마련이니까.

만독문에 대한 소문이 점차 사실로 굳어지면서 정파무림
은 다시금 비상에 걸렸다. 마교에 만독문까지. 마치 과거의
정사대전을 현재로 옮겨온 것 같았다.

그 정도로 만독문이라는 이름이 주는 공포는 구파일방에
있어서 굉장히 큰 것이었다.

이러한 정파의 동요를 전해 들은 곡해성은 만면에 미소를
띠었다. 자신이 계획한 대로 일이 착착 진행되고 있었기 때문
이다.

"교주도 좋아하겠군."

보고를 하기 위해 자리에서 일어선 곡해성은 대전을 향해
발걸음을 옮겼다.

“교주님.”

“들어오라!”

왠지 모르게 오늘은 방일원의 목소리가 밝게 느껴졌다. 아마도 대략적인 보고는 받았으리라.

“왔는가?”

“예.”

“잘 처리했더군.”

“약간의 모험이 있었지만 만독문이 제 생각대로 움직여 주었습니다.”

“그렇군. 그럼 이대로 정파와 만독문이 부딪쳐 만독문이 무너지도록 놔두겠는가?”

“아니지요. 만독문의 세가 약하다 하여도 그들의 존재는 우리에게 큰 이득입니다. 그렇게 쉽게 무너지도록 놔둘 수야 없지요.”

“그럼 다시 출전?”

“그것도 아닙니다.”

곡해성의 대답에 방일원의 눈이 약간 빛났다.

“무슨 다른 생각이 있는가?”

“이왕 손 안 대고 코 풀 생각을 했으면 제대로 해야 하지 않겠습니까?”

“그렇다면?”

"만독문이 아닌 다른 쪽으로도 시선을 분산시켜야겠지요."

"녹림인가?"

"그렇습니다."

곡해성의 대답에 방일원이 약간 안색을 굳히며 입을 열었다.

"녹림은 사파가 아니다. 우리에게 좋은 감정도 가지고 있지 않지. 우리의 뜻에 순순히 따라주지 않을 것이야."

"물론이지요. 그러니 이 세상에 설득과 포섭이라는 단어가 존재하는 것 아니겠습니까?"

"설득과 포섭? 내가 아는 녹림맹의 맹주 임호명(林虎鳴)은 쉽게 설득당하고 포섭당할 인물이 아니야."

"저도 알고 있습니다. 하지만 그는 야욕이 많은 사람입니다. 미끼만 잘 던져 준다면 물지 않고는 못 배길 겁니다."

"미끼라……"

"예. 이번 싸움이 끝나고 정파를 몰락시킨다면 그들의 활동 영역을 넓혀주겠다고 하면 될 겁니다. 극단적으로 조건을 제시하는 것도 좋겠지요. 예를 들어, 강남을 넘겨주겠다든지 한다면……"

"불가(不可)!"

"끝까지 이야기를 들어주십시오. 저도 녹림의 무리 따위에게 중원의 반을 내줄 생각은 추호도 없습니다."

곡해성의 말에 잠시 노기(怒氣)를 띠었던 방일원이 화를 가라앉혔다.

"과거 마교가 큰 피해를 입지 않고 정사대전을 끝낼 수 있었던 것은 전대 교주님의 협상도 있었지만 화살받이가 있었기 때문입니다."

"그렇다면 만독문과 녹림을 화살받이로 쓰자?"

"예, 그렇습니다."

"마음에 안 들어."

"안 들어도 마교천하를 이루어야 하는 것 아니겠습니까?"

방일원이 인상을 찌푸렸다. 마교가 만독문과 녹림의 뒤에서 기회를 보다가 앞으로 나서는 것은 치욕이라는 생각이 들었기 때문이다.

"좋다! 허락한다!"

"감사합니다!"

한참을 고민하던 방일원의 입에서 허락이 떨어졌다. 그에 곡해성이 크게 허리를 굽히며 인사를 했다.

"단, 실패는 허락지 않는다! 반드시 임호명을 포섭하고 정파의 힘을 빼놓도록!"

"물론입니다!"

곡해성의 얼굴에는 자신감이 가득 담겨 있었다.

출전을 결정하고 닷새가 지났다. 사실 그전에 준비가 끝날 수 있었으나 독강시가 문제가 되어 조금 늦어진 감이 없지 않아 있었다.

시간이 조금 늦기는 했지만 출전 준비를 모두 마친 만독문의 문도들은 결의에 찬 표정으로 도열해 있었다.

"우리 만독문은 그간 서럽게 살아왔다! 동료에게 배신당하고 적들의 발에 짓밟혀 하늘을 찌르던 만독문의 위명이 길바닥에 치이는 돌멩이만도 못한 꼴이 되었다! 과거의 영광을 되찾기 위해 오늘이 오기까지 우리가 얼마나 절치부심(切齒腐心) 노력했는가? 이제 저들에게 우리 만독문의 힘을 보여주자! 후회없이 싸우자!"

"우와아아!"

"우오오오!"

"와아아아!"

만독문도들의 함성 소리가 백운산 전체를 울렸다. 과거 중원 전체를 공포에 몰아넣었던 만독문이 곡해성의 계략에 빠져 중원에 다시 모습을 드러내는 순간이었다.

第九章
녹림도 움직이고

만독문의 움직임이 실제로 포착되었다!

이 소문은 다시 입에서 입을 거쳐 중원 전체로 퍼졌다. 반신반의했던 사람들, 그리고 별다른 걱정을 하지 않던 사람들도 실제 만독문의 움직임에 긴장하지 않을 수 없었다.

하지만 그들의 인원수가 그다지 많지 않은 것을 확인하고는 예전처럼 그렇게 공포에 떨지는 않았다.

제아무리 만독문이라 하여도 과거만큼 세력을 키우지 못했다면 정파의 상대가 되지 않을 것이란 생각 때문이었다.

특히 지금 정파에는 새롭게 급부상한 신진고수인 검존 운현이 있기에 사람들은 크게 걱정하지 않았다.

하지만 세상 사람들이 모르는 것이 하나 있었다.

만독문도들의 숫자가 별로 없어 보이지만 그들 사이에는 독혈인이 끼어 있다는 점이고, 그 독혈인의 숫자가 열 명이라는 사실이었다.

열 명의 독혈인. 만약 이것을 알고 있다면 사람들은 또다시 과거 만독문에게서 느꼈던 공포를 느껴야 할 것이다.

어찌 보면 사람들이 만독문의 독혈인에 대해서 알지 못하는 것이 다행이랄 수도 있었다.

구파일방 중 절강성에 있는 만독문과 가장 가까운 곳은 무당이다. 소림과 더불어 중원무림의 양대산맥이라 불리는 무당이기에 사람들은 무당이 만독문을 쉽게 이겨줄 것이라 믿었다.

특히 무당에는 운현이 있지 않은가.

하지만 지금의 무당은 그다지 좋은 상황이 아니었다. 마교와의 싸움에서 화산과 더불어 가장 많은 피해를 입은 곳이 바로 무당이었다.

그에 만독문이 움직임을 보이는데 아직까지 무당에서 움직이지 못하고 있었다.

"사숙, 어떻게 해야 하죠?"

"일단 개방과 소림에 지원을 요청했다. 그곳이 우리 무당과 가장 가까운 곳에 있는 만큼 지원을 해줄 것이야.”

“그렇군요.”

운현이 걱정스런 표정으로 고개를 끄덕였다.

“저들의 인원이 백 명 조금 넘는다 하였던가요?”

“그렇다고 하더구나. 그중에는 분명 독혈인도 있을 것이야.”

“독혈인…….”

운현은 궁금했다. 독혈인의 위력이 어느 정도인지, 그리고 자신이 과연 그들을 감당하고 이겨낼 수 있을지가 궁금했다.

“저들이 어느 정도까지 왔을까요?”

“아직 절강성을 넘지 못한 모양이다. 시간은 좀 있어.”

“알겠습니다. 그럼 그사이에 준비를 해두도록 하지요.”

“어떻게 하려고?”

“뭐, 다른 것이 있겠습니까. 그냥 수련하고 마음을 다잡고 있으면 되는 것이죠. 아!”

“음?”

“사제들과 사질들을 불러다가 함께 수련해도 되겠지요?”

“무, 물론이지!”

청현이 기쁜 표정으로 운현에게 말했다. 운현 정도의 고수와 함께 수련을 하게 되면 직접적으로 가르침을 받지 않는다 하여도 크게 도움이 될 것이다.

“그럼 전 나가볼게요.”

“그래.”

“그리고 만독문의 움직임은 수시로 저에게 알려주세요.”

“알았다.”

그 말을 마지막으로 운현이 밖으로 나갔다.

‘녀석.’

청현은 흐뭇한 표정으로 운현이 나간 문을 바라보았다. 예전과는 다르게 지금은 무언가 주도적으로 일을 하려는 모습을 보였다.

점점 강함과 지위를 가진 사람으로서의 몸가짐과 마음가짐이 잡히고 있는 것이다.

“좋은 일이지.”

그렇게 중얼거린 청현은 다시금 자신의 책상을 바라보았다. 그곳에는 밀린 일거리가 가득 쌓여 있었다.

호남성 형산(衡山).

중원오악(中原五嶽) 중 남악(南嶽)이라 불리는 산이다. 과거 형산파라는 문파가 자리 잡았을 정도로 그 기운이 범상치 않았다.

지금은 형산파가 사라졌지만 그 산에는 다른 주인이 들어앉아 있었다.

녹림맹(綠林盟).

처음에는 녹림십팔채(綠林十八寨)라 하여 녹림의 대표적인

산채 열여덟 개가 있었다. 이들을 통틀어 녹림십팔채라 불렀
으나 이들은 각각 독립적인 산채들일 뿐 아무런 연관이 없었
다.

그 열여덟 개의 산채 중 형산에 자리 잡은 용호채(龍虎寨)
의 채주인 임호명이 다른 열일곱 개의 산채를 통합하여 맹을
만들었다.

그것이 바로 녹림맹이다.

임호명은 녹림을 단순한 산도적이 아닌 의적(義賊)이라 칭
했다.

결코 양민들을 탈취하지 않으며, 의를 숭상하고 협을 지향
하는 녹림이 되고자 했다.

그렇다고 해서 정파를 좋아하는 것은 아니었다. 녹림의 입
장에서 보면 정파의 문파들이라 해도 근처 마을에서 보호비
를 받고 상인들로부터 얼마의 상납을 받는 도적으로밖에 보
이지 않았다.

그에 임호명은 특히 강호 문파들을 별로 좋아하지 않았으
며 정과 사 어느 쪽에도 치우치지 않는 중립적인 입장에 서
있었다.

그런 임호명이 채주로 있는 용호채가 있는 형산을 오르는
사람이 있었다.

형산이 중원오악에 꼽히는 데에는 그 기운이나 풍경 등도
있지만 그 산세 역시도 한몫을 하였다.

어지간해서는 오르기 쉽지 않은 형산이지만 사내는 조금도 힘들지 않은 표정으로 산을 오르고 있었다.

그렇다고 해서 비교적 잘 닦인 길로 다니는 것이 아닌 그냥 숲을 타고 산을 오르는 사내였다.

사내는 바로 마교 군사 곡해성이었다.

녹림의 임호명을 설득하고 포섭하기 위해서는 자신이 직접 나서야 할 것 같다고 판단했기 때문이다.

"이쯤 되면 나와야 할 것인데."

곡해성이 인상을 찌푸렸다. 벌써 형산의 중반부까지 올랐음에도 녹림은커녕 사이비 산도적도 만나지 못한 그다.

"조금 더 올라가야 하나?"

그렇게 중얼거린 곡해성은 주저하지 않고 발을 옮겼다.

그렇게 반 시진 정도를 더 올랐다. 정상은 거의 다 가까워지는데 사람은 물론이고 산채 하나 발견하지 못하고 있었다.

"음……."

잠시 생각을 하던 곡해성이 자신의 내력을 끌어올려 전신의 감각을 최고조로 끌어올렸다.

스스스.

짹! 짹!

나뭇잎 흔들리는 소리와 산새들 소리, 그리고 그 이외에 작은 산짐승들이 움직이는 소리와 감각까지 곡해성에게 느껴졌다.

"저쪽인가?"

인기척으로 판단되는 기척을 느낀 곡해성은 그쪽으로 발걸음을 돌렸다.

"저기로군."

곡해성은 멀리 보이는 산채를 보며 중얼거렸다. 거대한 크기. 과연 녹림맹의 맹주인 임호명이 있는 산채다운 규모였다.

'여기 하나만으로도 어지간한 문파보다는 크겠군.'

곡해성이 이렇게 생각할 정도로 거대한 크기였다. 형산이 아무리 크다 하지만 이 정도 크기의 산채를 만들 수 있을까 하는 생각이 들 정도였다.

"어디서 오신 손님이신가?"

"그것을 꼭 이 자리에서 들어야 하겠습니까?"

갑자기 들려온 목소리에 곡해성은 아무렇지도 않게 대답했다. 일반 사람들은 갑자기 어디선가 목소리가 들려오면 겁에 질려 몸을 움츠리기 마련이건만 곡해성은 그러지 않았다.

"쳇! 재미없군."

곡해성의 앞에 임호명이 떨어져 내렸다. 곡해성은 임호명이 뛰어내린 나무를 올려다보았다.

한참을 올려다보아야 그 끝을 볼 수 있을 정도로 높은 나무. 그곳에서 뛰어내렸음에도 임호명은 흔들림이 없었으며 소리 하나 나지 않았다.

'대단하군.'

진정한 감탄이었다. 녹림맹의 맹주이기는 하지만 어디까지나 녹림이라 생각했던 곡해성은 자신의 생각 중 일부를 수정해야 했다.

"어디서 오신 누구시라고? 아! 여기서 말고 다른 곳에서 이야기하자고 했던가?"

"예."

"그럼 들어가지. 내 거처가 조용하고 아주 좋다네."

임호명이 몸을 돌려 먼저 산채 안으로 걸어 들어갔다. 처음 보는 외인임에도 서슴없이 자신의 거처로 데리고 들어가는 임호명의 모습에서 곡해성은 진짜 사나이의 모습을 발견할 수 있었다.

"자, 이곳이 내 거처라네."

임호명이 자신의 거처 안으로 곡해성을 안내해 들어갔다. 녹림맹의 맹주라면 그래도 조금은 화려한 곳에서 생활할 줄 알았는데 그것이 아니었다. 초라하지는 않았지만 맹주의 거처치고는 너무 평범했다.

"아담하고 아늑하지 않은가?"

"그렇군요."

곡해성이 거처 안을 둘러보며 자리에 앉았다.

"그래, 이제 본격적으로 이야기를 시작해 볼까? 어디서 오신 누구신가?"

임호명의 물음에 곡해성이 포권을 취해 보이며 예를 갖추었다.

"마교 군사 곡해성이 임호명 녹림맹 맹주님을 뵙습니다."

"마교?"

마교라는 말에 임호명은 일단 인상부터 찌푸렸다. 마교 자체에 별로 좋은 감정이 없기 때문이었다.

"마교에서 어쩐 일로 오신 것인가? 거기다가 군사라면 낮지 않은 지위를 가지고 계신 분께서 직접 말이야."

"도움을 청하고자 하여 이곳에 왔습니다."

"도움? 하! 천하의 마교가 고작 산도적 무리인 녹림에 도움을 청해? 지나가던 개가 웃을 일이군!"

임호명이 스스로를 산도적이라 칭하며 곡해성의 말을 비꼬았다. 그 정도로 마교에는 좋은 감정이 없었다.

"이런 반응을 보이실 줄 알았습니다."

"알았다? 그런데도 찾아와?"

"절실하기 때문입니다."

"절실하다? 하긴, 정파와의 싸움에서 연패를 하고 있으니 그럴 법도 하겠지. 이대로라면 거창하게 내건 마교천하가 완전히 물거품이 될 위기가 아닌가?"

“제대로 보셨습니다. 그 때문에 도움을 청하러 왔습니다.”

“짐작이 가는군. 차도살인지계, 그것이겠지. 우리보고 정파와 싸움을 벌여 그들의 힘을 빼놓으라?”

찰나의 순간이지만 곡해성의 눈빛이 흔들렸다. 생각보다 임호명이 만만치 않을 것 같다는 생각이 들었기 때문이다.

“생각보다 눈치가 빠르시군요.”

“눈치가 빠르지 않아도 이 자리에 앉아 있다 보면 하는 일이 없으니 이것저것 생각이 많아지더이다.”

임호명의 말에 고개를 끄덕인 곡해성이 입을 열었다.

“그럼 어떻게 하시겠습니까?”

“이미 들통이 났다, 이건가?”

“다 알고 계시는데 이리저리 말을 돌리고 거짓으로 꾸며봤자 무엇 하겠습니까?”

곡해성의 말에 임호명이 고개를 끄덕였다. 맞는 말. 거짓이나 말 돌리기는 무의미한 상황이었다.

“비록 우리 녹림맹이 의와 협을 숭상한다고는 하지만 어디까지나 도적이지. 따라서 우리는 절대로 손해 보는 일은 하지 않는다네.”

“그럴 생각이었다면 이곳에 오지도 않았겠지요.”

“오호~! 자신감이 넘치는군 그래. 꽤 큰 미끼를 가져온 모양이지?”

자심감이 가득 담긴 목소리로 말을 하는 곡해성을 보며 임호명이 대단하다는 듯 그를 바라보았다.

"강남이면 되겠습니까?"

"강남? 강남이라 했나?"

"예. 어떻습니까?"

곡해성은 그 정도면 충분할 것이라 생각했다. 강남. 쉽게 이야기했지만 강남이 어디 좁은 땅덩어리던가? 중원의 반이다.

"자네 지금 장난하나?"

"강남도 적다는 말씀입니까?!"

임호명의 말에 곡해성이 약간 흥분하여 소리쳤다. 임호명의 말은 강남으로도 부족하다는 말처럼 들렸기 때문이다.

"우리는 녹림일세. 녹림은 한곳에 있지 않아. 맹이라는 글자에서 알 수 있듯이 녹림은 중원 어느 곳에도 있어. 개방 거지들? 그들 역시도 많지. 하지만 그들만큼이나 많은 것이 바로 우리일세."

임호명의 말을 곡해성은 묵묵히 듣고만 있었다. 처음에 생각했던 것과는 말이 조금 다른 것 같아 약간은 안심도 되었다.

"강남을 우리에게 주겠다? 그렇다면 지금 강북에 있는 녹림 동도들은 전부 강남으로 이주해야 한다는 말이 아닌가. 녹림십팔채 중 열 개의 산채가 강북에 있지. 게다가 그 외에 작은 산채도 무수히 많아. 그들이 전부 강남으로 이주하려면 들어가는 돈도 장난이 아니네.”

“그렇다면 원하시는 것이 무엇입니까?”

곡해성의 말에 임호명이 미소를 지었다.

“사람 참 빠르고 시원시원하구먼. 그렇게 급할 것 없어. 시간은 많으니까. 안 그런가? 당분간은 우리 녹림이 아니어도 만독문이 시간을 끌어줄 것 아닌가. 하하하!”

‘이, 이 사람!’

설마하니 자신들이 만독문을 끌어들인 사실까지 알고 있을 줄은 몰랐다.

“알겠습니다. 그렇게 하지요.”

“잘 생각했네.”

이미 주도권을 완전히 빼앗겨 버린 곡해성이었다. 교주와의 대화에서도 주도권을 빼앗기지 않은 곡해성인데 그런 곡해성으로부터 대화의 주도권을 쥐고 있는 임호명이야말로 대단한 사람이라 아니할 수 없었다.

운현은 대부분의 시간을 수련을 하며 보냈다. 다른 일들이야 청현이 거의 다 알아서 처리를 하고 있으니 자신이 신경 쓸 일은 없었다.

하지만 지금까지와는 조금 달라진 것은 자신의 수련을 하면서 운 자, 풍 자 항렬의 사질들과 함께 수련을 한다는 점이었다.

딱히 무언가를 가르쳐 주고자 하는 것은 아니지만 간혹 함께 검도 섞어보고, 잘못된 점을 지적해 주면서 함께 수련했다.

그동안의 싸움으로 많은 피해가 있었던 만큼 짧은 시간이지만 개개인의 실력을 어느 정도 끌어올리는 것이 중요하다고 생각했기 때문이다.

무당파의 제자가 될 정도라면 그들의 자질은 굉장히 좋은 것이라 할 수 있었다.

그런 그들이기에 운현이 수련하는 모습을 보거나 함께 수련하면서 느낀 점을 자신의 것으로 만들고, 그것을 통해 실력을 키우는 데에는 그리 오랜 시간이 걸리지 않았다.

오늘로 닷새째. 하지만 이 닷새는 다섯 달 이상의 효과를 가져다주었다.

무언가 조금씩 정체되어 있던 그들의 깨달음이 운현의 수련과 경지, 그리고 그의 입에서 흘러나오는 사소한 말들을 통해서 뚫리고 있었고, 그로 인해 그들은 스스로의 실력이 늘어가고 있다는 사실에 흥분을 감추지 못했다.

처음에는 운현과 함께 수련을 할 수 있다는 사실 때문에 제대로 집중하지 못하고 효과가 없는 듯했다.

하지만 운현 스스로가 굉장히 진지하고 열심히 수련을 하자 그보다 배분이 낮은 사제들과 사질들이 감히 그 앞에서 설렁설렁하게 수련할 수는 없었다.

결국 운현 스스로가 사제들과 사질들에게 모범을 보인 것이라 할 수 있었다.

'음, 확실히 조금씩 성장하고 있다.'

운현이 사제들과 사질들을 보며 속으로 생각했다. 겉으로 남의 칭찬을 잘 못하는 성격이기에 내색은 하지 않았지만 속으로는 굉장히 흐뭇해하고 있었다.

"정 소저."

운현이 한쪽에서 개인 수련에 열중하고 있는 정미현을 불렀다. 그에 정미현이 이마에 흐르는 땀을 닦으며 운현에게 다가왔다.

"왜요?"

"혼자 수련하려니 심심하지 않아요?"

"그런 것 없어요. 하나하나가 재미있는걸요?"

"하지만 때로는 상대가 있어서 시험을 해보고 싶다는 생각도 해봤을 것 아니에요."

"음, 그랬죠."

"그럼 한번 해볼래요?"

"정말요?"

운현의 말에 눈을 빛내는 그녀였다.

"음, 누가 좋을까……."

운현이 수련에 열중하고 있는 사제와 사질들을 바라보았다. 사질들은 아직 나이가 어리기 때문에 어려울 것이고, 사제들을 중점적으로 바라보았다.

“아! 운광(雲光)!”

“예, 사형!”

운광은 운현보다 두 살이 많은 사제였다. 일대제자치고 운현의 나이는 조금 적은 편에 속했다. 따라서 운현보다 나이가 많은 사제들도 많았는데 운광이 그에 속했다.

운현보다 나이가 많은 사제들은 자신보다 나이가 어린 운현이 자신들의 대사형이라는 사실에 불만을 가지고 있었다. 따라서 인사를 할 때에도 건성건성 하는 경우가 많았고, 될 수 있으면 운현과 마주치지 않으려고 하는 이들도 있었다.

물론 지금은 그런 현상이 완전히 사라졌지만 운광은 예전부터 자신에게 사형 대접을 제대로 해주었던 사제 중 한 명이었다.

“여기 정 소저와 대련 한번 해봐라.”

“대련 말입니까? 비무가 아니고?”

“그래, 대련. 비무까지는 아직 무리고.”

“알겠습니다.”

“정 소저, 한번 해봐요.”

“알았어요.”

정미현이 고개를 끄덕였다. 많이 긴장되는 모양이었다. 처음 상대를 두고 하는 연습이니 당연할 수밖에.

“일단 적응이 될 때까지 운광은 방어만 해보도록. 내가 보고 반격을 해도 되겠다 싶으면 전음을 보내마.”

"알겠습니다!"

정미현은 다른 반응을 보이지 않고 수련용 목검을 들고 있었다. 신나는 모양이었다.

"자, 나머지 사람들도 구경하고 싶으면 해도 좋아!"

운현이 슬쩍 이쪽을 바라보는 사질들과 사제들에게 소리쳤다. 그에 내심 이쪽 일이 궁금했던 풍 자 항렬 사질들과 운 자 항렬 사제들이 한꺼번에 몰려들었다.

"경험이라는 것은 직접 몸으로 부딪치는 것이 제일 좋지만 보는 것도 도움이 되거든. 자, 그럼 시작!"

운현의 말과 함께 운광은 방어 태세를 취했고, 정미현은 공세를 취했다.

"하압!"

가늘지만 힘찬 목소리로 기합을 넣은 정미현은 오행검법(五行劍法)을 펼쳤다.

오행의 진리를 담아 만든 검법.

비록 태극혜검에 비하면 위력이 떨어지지만 그렇다고 해서 무시할 수 있는 성질의 검법이 아니었다.

츠츠츠!

정미현의 목검이 위력적인 소리를 내며 운광을 향해 날아갔다.

전반적으로 부드럽지만 그 부드러움 속에 담긴 위력은 비록 목검으로 펼쳤다 하지만 굉장한 힘을 가지고 있었다.

“꿀꺽!”

풍 자 항렬 제자 중 누군가가 침을 삼켰다. 정미현의 그 검법을 운광이 막기 어려울 것 같아 보였기 때문이다.

씨익.

다른 사람들은 대련에 집중하느라 못 들었지만 그 침 넘어가는 소리를 들은 운현은 미소를 지었다. 자신도 그런 모습을 보였던 시절이 있었기 때문이다.

그 풍 자 항렬 제자의 생각처럼 운광이 호락호락한 사람이 아니었다.

운광 역시 무당의 일대제자. 그 실력이 낮다고는 볼 수 없었다.

정미현이 펼친 검법의 위력이 생각보다 뛰어나 당황하는 모습을 보이기는 했지만 그 방어 동작은 군더더기 하나 없이 뛰어났다.

팟!

빡!

한 발 움직이며 앞으로 검을 뻗는 운광. 그 한 수에 정미현의 공격이 막혔다.

하지만 정미현은 전혀 당황하지 않았다. 공격이 막힐 것도 예상하고 있었는지 재빨리 손목을 틀어 검의 궤도를 바꾸었다.

“엇!”

그런 식으로 궤도가 변화할 줄은 몰랐던 운광이 입 밖으로 소리를 내었다. 그 정도로 놀란 것이다.

'대단하다! 벌써 저 정도라니. 마치 오랜 시간 수련을 하고 경험을 쌓은 사람 같다.'

운현은 정미현의 실력에 진심으로 감탄하였다. 비록 운광이 방어만 하고 있었지만 일대제자인 그를 계속 몰아붙이고 있었기 때문이다.

'하지만.'

"운광! 반격해라!"

운현의 이 전음이 들려오기만을 기다리고 있던 운광은 곧바로 반격을 개시했다.

그러자 운광을 몰아붙여 가던 정미현이 점점 밀리는 양상을 보였다.

수련을 한 시간에 비하면, 그리고 상대와 대련을 하는 것이 처음이라는 것을 생각하면 굉장히 뛰어난 실력을 보이는 정미현이지만 경험 미숙은 어쩔 수 없었다.

"그만!"

정미현이 운광의 반격에 방어하기도 힘들어하는 모습을 보이자 운현이 대련을 멈추게 하였다.

그에 운광도 정미현도 거친 숨을 몰아쉬며 검을 바로 했다.

"어땠어요?"

"재미있네요. 어렵기도 하고."

"운광은 대련과 비무에 익숙한 사제예요. 실전도 치러봤
죠. 반면 정 소저는 그런 것이 전무하고요. 이것은 경험에서
오는 차이에요. 경험을 쌓으면 실력이 확 늘 것 같네요."

"고마워요."

정미현의 말에 미소를 지은 운현은 이번에는 운광을 향해
시선을 돌렸다.

"방어도 좋았고, 상대의 변화에 적절히 대응하는 것도 좋
고 다 좋았다. 그런데 말이지, 어떤 싸움이든 시작하기 전에
상대를 평가하지 말아라. 그것은 선입견이다. 그것은 아주 무
서운 결과를 만들어낼 수도 있다. 만약 정 소저의 실력이 네
가 생각했던 것보다 훨씬 더 뛰어났다면, 경험적으로 너보다
더 뛰어난 상대였다면 너는 네 생각이 틀렸다는 것을 깨닫기
전에 이미 목숨을 잃을 수도 있다."

"알겠습니다."

"자, 그럼 다들 다시 수련하도록 해! 잘 쉬었지? 정 소저와
운광은 조금 쉬도록 하고."

"예."

"알았어요."

사제들과 사질들이 다시 수련을 하러 가고, 운현은 몸을 돌
렸다. 그것을 본 정미현이 운현을 불렀다.

"운현, 어디 가요?"

"아, 사숙한테 가요. 무엇 좀 여쭤보려고요."

"알았어요!"

그리고 운현은 청현이 있는 곳으로 발길을 돌렸다.

곡해성은 잔뜩 인상을 찌푸리고 있었다. 이곳 용호채에 온 것도 벌써 닷새가 지나고 있었기 때문이다.

이곳에서의 생활이 불편한 것은 아니었다. 편안한 잠자리에 매일같이 진수성찬이 나왔으며, 임호명 역시 자신을 적이 아닌 친우처럼 대해주었으니.

하지만 정작 곡해성이 인상을 찌푸리고 있는 이유는 다른 곳에 있었다.

이곳에 있는 동안 바깥의 소식과 완전히 단절되어 버렸기 때문이다.

만독문은 어떻게 되었는지, 정파의 움직임은 어떻게 변해가고 있는지 도저히 알 수 있는 방법이 없었다. 잠자리 주고 먹을 것 다 주는 옥사에 갇혀 있는 것이나 다름없는 생활이었다.

"왜 그렇게 인상을 쓰고 계신가? 이곳 생활이 마음에 안 드시나?"

임호명이 곡해성에게 내준 거처 안으로 들어오며 물었다. 그에 곡해성이 인상을 풀고 입을 열었다.

"그런 것이 아닙니다. 그저 바깥이 어떻게 돌아가는지 알 길이 없어 답답해 그런 것뿐입니다."

"그런가? 난 또 이곳 생활이 불편해서 그런 줄 알았지. 만약 그렇다면 내 어찌 마교 교주로부터 뒷감당을 하겠는가?"

임호명의 말에 곡해성은 쓴웃음을 지었다. 그의 목소리에서 결코 그가 교주를 무서워하지 않는다는 것을 느낄 수 있었기 때문이다.

'생각보다 더 대단한 사람이군.'

"그럼 저에게 바깥의 소식을 전해주실 수 있겠습니까?"

"글쎄… 어떻게 해야 할까?"

"그럴 마음이 없으신 것 같습니다. 그럼 저는 이대로 용호채에서 나가는 수밖에 없겠군요."

곡해성으로서는 일종의 모험과도 같았다. 임호명은 지금 자신들로부터 조금이라도 더 큰 무언가를 뜯어내기 위해 이런 일을 벌이고 있는 것이니 이쯤에서 자신이 발을 빼려 한다면 잡을 것이라 생각한 것이다.

"이보게."

'됐나?'

자신을 부르는 임호명의 말에 곡해성은 속으로 회심의 미소를 지었다. 먹힌 것이라 생각한 것이다.

"이곳엔 마음대로 들어올 수는 있어도 나가는 것은 쉽지 않다네."

미묘한 말. 자신을 붙잡는 말인 듯하면서도 아직 임호명 자신이 우위에 있다는 의미를 풍기고 있었다.

'젠장.'

그렇게 생각한 곡해성은 다시금 자리에 앉았다.

"강서성으로 들어왔다. 느린 행보다."

"그렇군요. 소림과 개방에서는 어찌 대답했나요?"

"도움을 주겠다는 연락은 왔지만 아직까지 어쩌고 있는지는 확인이 안 되고 있구나. 개방이야 어느 곳에나 있는 것이 개방 거지들이니 크게 문제가 되지 않는다지만."

청현의 말에 운현은 고개를 끄덕였다.

"일단은 조금 더 주시를 해봐야겠습니다. 호북성으로 진입하면 상대를 해보도록 하지요. 그리고… 잠시 소림에 좀 다녀오겠습니다."

"소림에? 네가 무슨 일로?"

"도움을 구해봐야지요. 소림은 언제나 그런 식 아니었습니까."

"음……."

청현도 그렇게 생각하고 있었다. 하지만 감히 소림을 누가 그런 식으로 말하겠는가. 그저 생각으로만 그럴 뿐이지.

"하지만 네가 간다고 한들 방장이 만나주기나 하겠느냐?"

"가봐야지요. 게다가 저도 이제 무림에서 무시 못할 위치에 있지 않습니까? 검존이라고 하잖아요."

"대단한 녀석이다, 너는."

"예?"

“그렇지 않더냐? 얼마 전까지만 해도 자신은 검존이 아니네 어쩌네 하더니 지금은 그것을 이용하려 하지 않느냐?”

“자리가 사람을 만든다고 하더라고요.”

“누가?”

“글쎄요. 어디서 들었는데 잘 기억이 나질 않습니다.”

“아무튼 소림에 다녀오는 것은 좋지만 시일을 맞춰야지.”

“걱정 마십시오. 저들이 호북성으로 진입하기 전에 다녀오겠습니다.”

“뭐? 강서성과 호북성은 지척이다. 저들이 아무리 느려도 이십 일이면 호북성에 당도할 것이야.”

“걱정 마십시오. 빨리 다녀오겠습니다.”

“말을 타도 이십 일 안에 못 온단 말이다, 이 녀석아.”

“말보다 빠르니 걱정 마세요. 그럼 다녀올 동안 녀석들 수련이나 좀 봐주세요.”

“이 녀석아, 산더미처럼 쌓인 일이 보이지 않느냐? 그런 것까지 부탁해?”

“그럼 다른 사숙들에게 전해주세요. 되도록 빨리 다녀오겠습니다.”

“알았다, 이 녀석아! 그리고 정 소저한테도 말하고 가!”

“알았어요!”

“뭐라고요?”

운현의 말을 들은 정미현이 운현을 바라보았다.

"소림에 다녀와야 한다고요."

"갑자기 소림에는 왜?"

"방장을 만나뵈어야 하거든요."

"저도 가요. 한번 가보고 싶은 곳이예요."

"안 되오."

단호하게 말하는 운현. 지금까지 정미현이 하는 부탁을 거절하지 못하고 들어주었을 때와는 또 다른 모습이었다.

"치."

정미현이 삐친 듯 고개를 돌렸다. 하지만 이것도 오늘의 운현에게는 통하지 않았다.

"정 소저, 소림에 이십 일 안에 다녀와야 해요. 그럼 지난번 섬서성에서 달렸을 때보다 훨씬 더 빠른 속도로 달려야 해요. 혼자 가는 것이 좋아요."

"이십 일? 왜 이십 일이죠?"

"이십 일이 지나면 만독문이 호북성으로 들어오거든요."

"적인가요?"

"적이지요, 그것도 아주 무서운."

"휴……."

정미현이 작게 한숨을 쉬었다. 알 것 같았다. 무서운 적들로부터 사람들을 지키기 위한 마음을. 그 때문에 서둘러 혼자 가겠다고 하는 것이리라.

“어쩔 수 없네요. 다녀와요.”

“알았어요. 저 없는 동안에도 수련 잘하고 있고요.”

“그럼요. 걱정 말아요.”

“그럼.”

스슥!

굉장히 바쁜지 ‘그럼’ 이라는 말을 마지막으로 운현은 그 자리에서 사라졌다. ‘증발’ 이라는 단어는 지금 같은 상황에 가장 적합할 것이라고 생각하는 정미현이었다.

이틀이 더 지났다. 곡해성의 신변에는 변화가 없었다. 여전히 자신의 거처에서 가져다주는 음식을 먹으며 자고, 임호명과 이번 일이 아닌 다른 이런저런 이야기만 나누며 생활할 뿐이었다.

곡해성은 슬슬 화가 나기 시작했다. 자신이 도움을 요청해야 하는 상황이기 때문에 처음부터 저자세로 나갔지만 이것은 아니었다.

자신이 죄인인가?

더구나 녹림과 척을 진 사람도 아니다.

그리고 자신이 그들, 아니, 정확하게 이야기하면 임호명의 심기를 거스른 것도 아니었다.

도대체 무엇 때문에 이러는 것인지 곡해성으로서는 도저히 알 수가 없었다.

벌떡!

곡해성이 자리에서 일어났다. 임호명과 담판을 지으려 함이었다.

끼이익!

“어디를 가시려는가?”

“임 맹주님을 만나러 가려는 참이었습니다.”

“오호~! 이제야 무언가 이야기할 마음이 생긴 모양이지?”

임호명의 말에 곡해성은 너무나도 어이가 없었다. 지금까지 자신이 이야기를 계속할 마음이 없어서 이러고 있었던 것인가?

천만의 말씀이었다.

“지금 나를 가지고 장난하시는 것이오?”

곡해성의 목소리에 살기가 담겼다. 그럼에도 임호명의 얼굴에는 여유가 넘쳤다.

“그러지 말고 앉지? 이야기를 계속해 보세나.”

임호명이 먼저 자리에 앉았다. 그에 곡해성은 잠시 그를 노려보고는 그의 맞은편에 앉았다.

“원하는 것이 무엇입니까?”

“오호! 역시!”

“제 인내심이 바닥을 드러내기 직전입니다.”

“그런가? 바닥을 드러내면 어찌 되는지 보고 싶구먼.”

꿈틀!

곡해성의 눈썹이 순간적으로 꿈틀했다. 그리고 점차 그는 몸속에 숨겨져 있던 기운을 밖으로 흘리기 시작했다.

"오! 이런 기운을 숨기고 있었군?"

너무나도 여유로운 모습이었다. 그것도 그럴 것이, 이미 그의 몸에서도 무시 못할 기운이 흘러나와 곡해성의 기운을 밀어내고 있었기 때문이다.

'이 사람, 굉장히 강하다.'

비록 지금까지 기운을 바깥으로 드러내 보인 적은 없지만 자신의 기운을 이렇게 쉽게 흘리는 사람은 본 적이 없다. 심지어 청산을 패하게 만든 자신의 사제조차도 자신의 기운을 쉽게 흘리지는 못했다.

'역시 중원이라는 것인가?'

"이야기 안 할 것인가?"

"먼저 말씀하시지요. 원하는 것을 말씀해 보십시오."

"음, 솔직히 자네가 지난번에 이야기한 것이 부족한 것은 아니네만, 현실적으로 어려운 점이 많아서 말이야."

"그렇다면……?"

"강남 대신 지금 현재 녹림맹에 속한 지역의 사 할을 우리에게 넘겨주게. 즉, 우리 용호채가 있는 이곳 호남성의 사 할을 우리가 알아서 하겠다는 말일세."

임호명의 말에 곡해성은 살짝 인상을 찌푸렸다. 임호명의 말을 생각해 보면 강남보다 훨씬 더 넓은 세력을 원하는 것이라 할 수 있었다.

　잠시의 고민. 하지만 지금은 일단 녹림을 움직이는 것이 중요했다.

　정파와 싸움을 벌이면 당연히 그 힘도 줄어들 터. 그렇게 되면 더 바랄 것이 없었다.

　“좋습니다. 그렇다면 그렇게 하지요. 대신 확실하게 일을 처리해 주셔야 합니다.”

　“나, 임호명은 지키지 못할 약속은 하지 않지.”

　“그럼 이야기는 끝났군요.”

　“얼추 그런 것 같구먼.”

　“그럼 전 이만 가보겠습니다.”

　곡해성이 자리에서 일어섰다. 이제 모든 것이 끝나 속이 후련하다는 표정을 지은 채로.

　하지만 그런 곡해성을 하늘은 가만히 놔두지 않았다. 아니, 정확히는 임호명이 놔두지 않았다.

　“벌써 가려고? 이제 이야기는 다 끝났으니 본격적으로 놀아봐야 하지 않겠는가?”

　“……!”

　아무렇지도 않게 말을 하는 임호명을 보며 곡해성은 학을 떼었다.

　결국 용호채에서 이틀을 더 보낸 곡해성은 자신이 펼칠 수 있는 최고 속도의 경공을 펼쳐 총단으로 향할 수밖에 없었다.

第十章
담판을 짓다

정미현을 무당에 남겨두고 운현은 최대한 빨리 달렸다. 쉬는 것은 잠시 요기를 할 때뿐이었고, 오로지 달리기만 했다.

그것을 가능하게 해준 것은 예전보다 훨씬 더 늘어난 태극진기와 그 끝을 알 수 없는 중단전의 황룡기 덕분이었다.

황룡기와는 달리 태극진기는 어느 정도 한계가 있기 때문에 소진되면 운기조식을 통해서 보충해야만 한다. 하지만 운현은 숭산으로 향하면서 운기조식은 한 번도 한 적이 없었다.

태극진기의 부족한 부분을 황룡기가 알아서 메워주고 있

었으며, 황룡기는 끊임없이 샘솟고 있었다.

그렇게 달려 운현은 닷새 만에 하남성에 들어설 수 있었다.

숭산 초입, 운현은 잠시 멈춰 서서 산을 올려다보았다. 중원오악 중 중악(中嶽)인 숭산을 보면 다른 사람들은 감탄을 하겠지만 지금 운현은 그런 마음이 들지 않았다.

중요한 사안 때문에 마음이 무거웠기에.

'올라가자.'

잠시 발걸음을 멈추었던 운현은 다시 소실봉(少室峰) 북쪽 기슭을 향해 오르기 시작했다.

지금까지 빨리 달려왔던 운현은 천천히 숭산을 올랐다. 아무리 급하다 하여도 소림이 있는 이곳 숭산에서는 절대 뛰어서는 안 될 것 같았다.

무당파가 있는 무당산을 오르거나 내려올 때에도 뛰지 않는 것과 같은 마음이었다. 물론 이번에는 경공을 펼쳐 뛰어 내려오기는 했지만.

"시주께서는 어디서 오신 누구신지요?"

중턱쯤 올라가자 승려 둘이 운현을 막았다. 소림의 사람 중 운현을 만나본 사람은 옥기 대사 한 명뿐이니 당연한 것이었다.

"소림의 옥허 대사님을 뵙고자 합니다."

"누구신데 방장님을 만나려 하시지요?"

"무당파 운현이라 합니다."

운현이 신분을 밝히자 두 승려의 얼굴이 변했다.

"검존!"

"구룡검!"

얼굴은 몰라도 이름은 아는 모양이었다.

너무 놀라 소리친 두 사람은 운현이 자신들을 바라보고 있다는 사실을 자각하고는 서둘러 입을 다물었다.

"저를 따라오십시오. 속히 모시겠습니다. 자네는 서둘러 올라가 이 사실을 알리도록 하게!"

"알겠네!"

한 승려가 먼저 소림사로 달려 올라갔고, 다른 한 사람은 운현을 안내하기 위해 남았다. 남은 승려의 표정에는 '영광'이라는 두 글자가 쓰여 있었다.

"자, 저를 따라오시지요."

"감사합니다."

운현이 작게 고개를 숙여 보이고는 그 승려의 뒤를 따라 나머지 길을 올랐다.

"사형."

"무슨 일이더냐?"

방장실 문이 열리며 옥허가 모습을 드러냈다.

“손님이 찾아오셨습니다.”

“손님이라?”

“예.”

옥기의 말에 옥허의 표정이 살짝 변했다. 꽤 오랜 세월 자신을 찾아온 손님이 없었기 때문이다.

“누구라 하던가?”

“무당파 운현이라고 합니다. 무당의 신성이지요.”

“검존이라 불리는 자를 신성이라 할 수 있겠는가? 신성이라는 호칭으로는 담을 수 없는 그릇이지.”

“그렇지요.”

“어디쯤 올라왔다고?”

“거의 다 도착했을 것입니다. 만나보시겠습니까?”

“오랜만에 찾아온 손님이니 만나봐야지. 게다가 검존이라 하지 않는가.”

“알겠습니다. 산문에 도착하는 즉시 이곳으로 데려오겠습니다.”

“부탁하지. 난 서둘러 차라도 끓여야겠어.”

옥허의 말에 고개를 끄덕인 옥기가 몸을 돌렸다. 그의 표정에는 운현이 무슨 일로 옥허를 찾는 것인가에 대한 의문이 가득했다.

“오랜만입니다.”

“그렇군. 잘 지냈는가?”

“물론입니다.”

“장문인께서는 잘 계신가?”

“얼마 전에 부상을 당하셔서 자리보전을 하고 계십니다.”

운현의 말에 옥기는 너무 놀라 발걸음을 멈추었다. 청산이 부상을 당했다고?

“자세한 이야기는 나중에 해드리겠습니다. 지금은 방장님을 만나 뵙는 것이 더 급합니다.”

“아, 알았네.”

놀라 잠시 발걸음을 멈추었던 옥기가 다시 앞장서서 방장실로 향했다. 그리고 그 뒤를 무거운 표정의 운현이 뒤따랐다.

“허허! 어서 오시게. 이렇게 검존을 다 보는구면.”

옥허 대사가 운현을 처음 보고 한 말이었다. 운현은 자신의 이름 대신 검존이라 부르자 민망한 듯 고개를 숙였다.

“검존이라 부르시니 부담스럽습니다. 그냥 운현이라 불러주십시오.”

“허허! 이거 너무 순박한 친구로군. 검존이라는 칭호로 불린다면 그간 이룬 공적과 실력이 있다는 반증일세. 자신에 대해서 자신감을 가지게나.”

“그렇기는 하지만 아직 적응이 잘 되지 않는군요.”

“그런가? 허허.”

연신 허허거리는 옥허 대사. 운현은 옥허를 만나기 전에 가졌던 그에 대한 인상을 대폭 수정해야 했다.

“그나저나 옥기에게 잠깐 들어보니 장문인께서 부상을 당하셨다고?”

“예. 며칠 되셨습니다.”

“아니, 어쩌다가?”

“정체 모를 괴한의 습격이 있었습니다.”

“괴한? 아니, 어떤 사람이기에 감히 무당파를 습격한단 말인가? 게다가 장문인을 그렇게 만들 정도라면 굉장한 실력이 아닌가?”

“그렇습니다. 하지만 그자 역시 큰 부상을 입었습니다. 사부님의 상태가 위중하지만 않았다면 제가 끝까지 쫓았을 텐데, 그만 놓치고 말았습니다.”

“마교는 아닌가?”

“사부님의 말씀으로는 아니라고 합니다. 제가 느끼기에도 마교는 아닌 듯 보였습니다.”

“음.”

옥허가 심각한 표정을 지으며 고개를 끄덕였다.

“큰일이군. 눈앞의 마교나 만독문도 버거울 텐데 새로운 세력이라니.”

옥허 대사의 말에 운현이 고개를 끄덕였다.

“그나저나 검존께서 이리 찾아오신 까닭이 무엇인가?”

“도움을 청하고자 왔습니다.”

“도움?”

“예, 이제 곧 만독문이 호북성에 들어설 것입니다. 하나 저희 무당의 힘만으로는 버거울 듯 보입니다. 섬서성과 사천에서 가장 많은 피해를 입은 곳이 바로 무당이니까요. 솔직히 봉문을 안 한 것이 신기할 정도입니다.”

“그 점은 잘 알고 있네.”

“일단 개방에서는 도움을 주기로 했지만 소림의 확답을 듣지 못해 이렇게 직접 찾아왔습니다.”

“확답이라…….”

옥허가 옥기를 바라보았다. 방장의 자리에는 앉아 있지만 소림의 대소사는 옥기가 다 알아서 처리하고 있는 까닭이었다.

옥허의 시선에 옥기가 당황스러워하는 표정을 지었다.

“험! 험! 분명 무당으로 서신이 갔을 것인데? 자네가 그 소식을 못 들은 모양이구먼.”

옥기의 말에 운현이 옥기를 바라보지 않고 입을 열었다.

“아닙니다. 들었습니다. 하지만 이곳 소림에서 무당파까지 걸리는 시간이 빠르면 열흘입니다. 많은 인원이 움직이면 더 걸리겠지요. 그런데 아직까지 움직이지 않고 계시는군요. 그 말은 저희 무당이 멸문 직전까지 몰려서야 도움을 주시겠다는 말씀이십니까?"

"말이 지나치네!"

옥기가 소리쳤다. 분명 지금 운현의 발언은 소림을 질타하는 발언. 그것은 용납할 수 없는 일이었다.

"방장께서는 어떻게 생각하십니까?"

"미안하게 되었네."

옥허의 말에 운현의 눈썹이 살짝 꿈틀거렸다. 그의 말을 도움을 주지 않겠다는 뜻으로 받아들였기 때문이다.

"내가 허울뿐인 방장의 자리에 앉아 있다 보니 이런 일이 발생한 것 같군 그래. 내 오늘 밤에라도 인원을 차출하여 보내주겠네."

옥허의 말에 운현의 표정이 밝아졌고, 그와 반대로 옥기의 얼굴은 살짝 굳어졌다.

"감사합니다. 그렇게 말씀하신다면 저는 더 이상 이곳에 있을 필요가 없군요."

"벌써 가려는가?"

"그래야지요. 무당에서 만독문과의 싸움에 앞장설 수 있는 사람은 저뿐입니다."

"그렇겠구먼. 장문인이 그리 되었으니. 그럼 서두르게나."

"감사합니다. 그럼 저는 이만."

운현이 자리에서 일어나 방장실을 나섰다. 그리고는 곧바로 소림을 벗어나 숭산을 내려갔다.

운현이 나가고 잠시 후, 옥기가 옥허를 바라보고 입을 열었다.

"사형!"

"왜 그러느냐? 도움을 허락한 것 때문에 그러느냐?"

"아직은 나설 때가 아닙니다! 굳이 우리 소림의 힘이 없더라도 충분히 이길 수 있습니다!"

"그것이 잘못되었다."

옥허가 옥기를 바라보았다. 아무런 감정도 느껴지지 않는 눈빛, 아니, 공허함이 느껴지는 눈빛이었다. 무엇이든 담을 수 있는 그런 공허함이.

"언제까지 소림은 뒤에 있어야 하느냐?"

"그건!"

"과거에는 소림이 뒤에 있는 것을 당연하게 생각했었지. 하지만 지금은 아니야. 사람들은 뒤에 있는 우리 소림이 아니라 앞장서서 희생하면서도 끝까지 살아남는 그런 영웅을 원하고 있다. 무당이 그렇지. 무당과 소림은 도문(道門)과 불문(佛門)의 상징이야. 어느 한곳이 위에 있다 생각할 수 없지. 하지만 소림은 점점 잊혀져 가고 무당은 날로 성행한다. 그것이 왜인지 아느냐?"

"그것은 무당은 도문이면서도 세속적인 무파(武派)의 길을 걷고 있지만 저희 소림은 불문으로서 부처님의 가르침을 항상 따르려는……."

옥기의 말을 옥허는 고개를 저음으로써 잘랐다.

"부처님의 가르침이란 무엇이냐? 가엾은 중생을 구원하는 것 아니더냐? 올바른 부처님의 말씀을 전파하여 그들을 극락 왕생하도록 해주는 것이 부처님의 가르침이 아니더냐?"

"중생을 구원하고 부처님의 말씀을 전파하는 것과 이 문제와는 상관이 없을 것 같습니다."

"그러니 잘못되었다는 것이다."

옥기는 옥허의 말을 이해할 수 없었다.

"불가(佛家)의 오계(五戒)가 무엇이더냐?"

"불살생(不殺生), 불투도(不偸盜), 불사음(不邪淫), 불망어(不妄語), 불음주(不飮酒)입니다."

"맞다. 강호의 일과 가장 큰 연관이 있는 것이 불살생이겠지. 네가 반대를 하는 이유 역시 그것 때문일 것이고."

"물론입니다."

옥허의 말에 옥기가 당연하다는 듯 고개를 끄덕이며 말했다. 물론 여러 가지 이유가 있겠지만 가장 들기 쉬운 이유가 바로 오계 중 불살생이었다.

"불살생은 살생을 하지 말라는 말이다. 그러나 이는 무조건 살생을 하지 말라는 말이 아니다. 세상에는 악한 사람도 있고 선한 사람도 있다. 물론 살아 있는 생명은 다 소중한 것이지만 악한 사람 때문에 수많은 선한 사람이 고통을 받는다면, 응당 그의 목숨을 거두어 지옥을 경험하여 내세에서는 결코 그런 삶을 살지 않도록 해주어야 할 것이다. 죽은 자는 다시 윤회(輪回)하여 새 삶을 살게 하고 살아 있는 사람은 부처님의 자비 속에서 편안하게 생활하도록 하는 것, 그것이야말로 부처님의 말씀을 제대로 실천하는 것 아니겠느냐? 안 그러느냐?"

"맞습니다."

옥허의 말에 옥기가 고개를 끄덕이며 대답했다.

"우리가 잊혀지고 있는 것은 부처님의 말씀을 제대로 따라서가 아니다. 오히려 부처님의 말씀을 잘못 알고 제대로 실행하지 못하기 때문이다. 중생은 우매하지 않다. 우매한 것은 오히려 우리였다."

옥허의 말에 옥기는 아무런 말도 하지 못했다. 자신의 어리석음을 한탄하고 무당에 미안한 마음뿐이었으며 커다란 죄를 지은 것 같았다.

"그렇게 자책할 필요 없다. 지금도 늦지 않았으니."

"알겠습니다. 곧바로 나한들을 차출하여 무당으로 출발하겠습니다."

"쉬는 것도 사치라네."

"명심하겠습니다."

옥기가 방장실을 나섰다. 그런 옥기를 보는 옥허의 입가에는 미소가 번져 있었으며, 방장실을 나서는 옥기의 얼굴 또한 밝아져 있었다.

그날 저녁, 식사를 마치자마자 소림에서는 나한들이 쏟아
져 나왔다.

지금껏 이런 일이 흔치 않았던지라 숭산 근처에 사는 사람
들은 물론이고 그들이 가는 길에 있는 사람들은 눈이 휘둥그
레 변하여 그들을 바라보았다.

신기함과 두려움. 조금은 상반되게 느껴지는 두 가지 감정
을 동시에 느끼는 사람들이었다.

소림의 스님들은 언제나 자비로운 표정을 짓고 상냥하다
고만 생각했던 사람들은 호북성으로 달려가는 두승들의 굳건
한 표정에선 무언가 다른 무서움을 느꼈을 것이다.

그 정도로 그들의 표정에는 굳은 의지가 드러나 있었다.

가장 앞장서서 달려가고 있는 옥기의 표정에도 그런 것이
드러나 있었다.

운현은 빨랐다. 운현이 출발하고 옥기와 나한들이 반나절
정도 후에 출발했으나 아무리 빨리 달려도 운현의 뒤를 쫓기
는 어려웠다.

그도 그럴 것이, 지금 운현은 소림에 올 때보다 훨씬 더 빠
른 속도로 돌아가고 있었기 때문이다. 조금이라도 더 일찍 도
착하여 만독문과의 싸움에 대비하기 위함이었다.

일단 소림에서 도움을 주기로 방장이 약조하였으니 자신
이 만독문을 상대로 시간을 조금 벌어놓는다면 큰 피해 없이

도 이길 수 있을 것이다.

'만독문! 독혈인이 얼마나 있느냐가 관건이다!'

독혈인의 위력을 완벽하게 실감하지는 못하고 있지만 들은 것으로 생각해 볼 때 독혈인 한 명을 상대하려면 일대제자 서넛은 달려들어야 할 것 같았다.

어쩌면 그것으로도 부족할 수 있었다.

그렇기에 더욱더 걱정이 되고 빨리 무당으로 돌아가려는 운현이었다.

그나마 다행이랄까? 만독문의 이동 속도는 더 빨라지지 않았다. 그 이유는 독혈인 때문이었다.

무공을 사용하고 적을 상대할 때에는 더없이 빠른 그들이었지만 그 외에는 그리 빨리 걷지 못하는 그들이었다. 참으로 모순된 일이 아니라 할 수 없었다.

"이제 얼마나 남았지요?"

상기욱의 물음에 제삼장로인 추구량(追寇倆)이 나섰다.

"이제 닷새 정도만 가면 호북성이 보일 겁니다.

"이제 호북성이라……. 너무 느리군요."

"하지만 어쩔 수 없습니다, 독혈인들이 너무 느리니. 그나마 독강시라도 먼저 보내놓은 것이 다행입니다."

"무당에는 검존이 있습니다. 그러면 독강시는 우습게 처리할 텐데요."

“몇 구가 아니고 무려 스무 구입니다. 그가 아무리 독강시를 쉽게 처리한다 하여도 스무 구의 독강시를 한꺼번에 상대할 수는 없을 것입니다.”

“그것도 그렇지만 꼭 무당만 있으리라는 법은 없지 않겠습니까?”

“그렇지요. 일단 개방이나 소림, 화산의 원조를 생각해 볼 수 있지만 거리가 멀기 때문에 제시간에 도착하지 못할 수도 있습니다. 그리고 화산은 마교와의 싸움으로 큰 피해를 입었으니 쉽게 도움을 주기 어려울 것이고, 소림은 언제나 그랬듯 뒤에 있을 가능성이 높습니다. 그러니 이번 싸움은 무당과 우리 만독문의 싸움입니다.”

추구량의 말에 상기욱이 고개를 끄덕였다. 만독문과 무당의 싸움. 이것이 바로 만독문의 부활을 알리는 징조가 될 것으로 믿어 의심치 않는 상기욱이었다.

“구명즉사독환은 사용했습니까?”

“예. 일단 독혈인 열 명에게 조금씩 먹였으며, 모두 그들의 몸에 흡수되었습니다. 이제 어지간한 고수는 독혈인의 상대가 되지 않을 것입니다. 절정고수 이상이 와야 독혈인과 동수를 이룰 수 있을 것입니다.”

상기욱은 자랑스럽다는 눈빛으로 뒤쪽에 따라오고 있는 독혈인들을 바라보았다.

문도 수가 많지 않은 만독문이기에 독혈인 한 명의 존재 가치는 황금 몇백 관보다 더 귀했다. 주요 전력. 그 말로도 표현이 안 되는 가치였다.

"호북성, 빨리 도착하고 싶군요."

상기욱이 중얼거렸다.

쉬지 않고 달려 무당에 도착한 운현은 곧바로 청현의 집무실로 향했다.

운현이 돌아왔다는 보고도 없었는데 갑자기 집무실 안으로 들이닥치자 청현은 잠시 멍한 표정으로 운현을 바라보았다.

"만독문은요?"

"응?"

"만독문이요! 왜 그리 멍하게 계세요?"

"아! 만독문!"

어떻게 이렇게 빨리 도착했느냐고 물으려던 청현은 운현이 다급하게 만독문에 대해서 묻자 올라온 보고를 보여주었다.

"아직 강서성이다. 하지만 조만간 호북성으로 들어올 것이다."

"개방은요?"

"아, 걱정 마라. 개방 호북 분타에서 돕겠다고 공문이 날아왔다."

"잘됐군요."

그제야 운현은 한숨을 쉬었다. 안심이 되는 모양이었다.

"아니, 그런데 어떻게 벌써 다녀온 거냐? 가다가 돌아온 것 아니냐?"

"방장님을 만나뵙고 왔습니다. 저도 지금 너무 빨리 달려 죽을 맛입니다."

"만나뵈었다고?"

"예. 쉽더군요. 이름만 밝히니까."

"허! 역시 사람은 이름을 남기고 봐야겠구나! 그 만나기 어렵다던 방장을 만나보고 오다니 말이야."

"지금 그것이 문제입니까?"

운현이 청현을 노려보았다.

"아! 어떻게 되었느냐? 잘되었느냐?"

"방장께서 도움을 주시겠다 약조를 하셨습니다. 조금 시간이 지나면 소림에서도 원군이 도착할 것입니다."

"잘됐구나. 그럼 그들이 도착할 때까지 시간을 벌자꾸나. 아니, 저들을 아예 상대하지 않는 것이 좋겠어."

"그것은 안 되지요. 저들이 무당파 앞마당까지 오지 못하도록 해야지요."

"무당파 앞마당? 어디까지를 말하는 것이냐?"

"알면서 뭘 묻습니까? 적어도 호북성 절반 정도는 되지 않겠습니까?"

"음……."

호북성의 절반이 무당파의 앞마당이라……. 그 정도로 운현이 대담한 사람이었는지 청현은 그의 정체가 의심스러워질 정도였다.

"아무튼, 그럼 저들이 호북성에 들어오면서부터 괴롭혀야할 텐데, 어떻게 하겠는가?"

"알아서 하겠습니다. 그러니 사숙께서는 저들의 움직임을 주시해 주시고, 개방과의 협조 관계나 돈독히 해놓으십시오."

"걱정 마라. 난 네가 더 걱정이다. 또 무모한 짓을 할까봐."

"걱정 마십시오."

"일단 먼 길을 빨리 달려오느라 피곤할 텐데 가서 쉬어라."

"예, 알겠습니다."

만독문이 아직 강서성에 있음을 확인한 운현은 약간 안도감을 느끼며 청현의 집무실에서 나왔다.

그렇게 닷새가 흘렀다. 만독문이 드디어 호북성으로 들어섰고, 개방 호북 분타와 무당은 잔뜩 신경을 곤두세우고 있었다.

호북성에 들어온 이상 싸움밖에 남은 것은 없었다.

"저들이 호북성으로 들어왔구나."

"어디쯤 왔죠?"

“무한에 거의 다 왔구나.”

“거기서는 싸울 수 없습니다. 사람들이 너무 많아요. 그것을 노리고 일부러 관도로 오는 것일 수도 있겠네요.”

“그럴 수도 있지. 어떻게 하겠느냐?”

“이렇게 된 이상 어쩔 수 없지요. 일단 응성(應城)에 먼저 가 있겠습니다.”

“응성?”

“예, 그 일대는 사람들이 많이 살지 않고 평야가 많습니다. 싸우기에 좋지요.”

“그럼 알겠다. 개방에도 그리 알려놓으마. 그리고 곧 뒤따라가겠다.”

“알겠습니다.”

그리고 다음날, 운현은 일대제자들과 풍 자 항렬 사질들을 데리고 응성으로 향했다. 또한 청현의 서찰을 전달받은 개방 호북 분타의 거지들 역시 응성으로 몰려들었다.

만독문이라는 무시 못할 적을 맞이해서인지 개방에서 온 거지들 대부분이 오결제자 이상이었다.

‘만독문이 무섭긴 무서운가 보군.’

오결제자들을 바라보며 운현은 생각했다. 대부분의 싸움에는 사결제자들이 먼저 투입이 되고, 그 다음에는 오결과 육결제자들이 나서서 마무리하는 개방의 방식을 생각해 볼 때, 사결제자가 아닌 오결제자들이 많이 보이는 것은 그만큼 만독문이 무섭기 때문이었다.

"운현아."

"예?"

"저들이 이제 막 무한을 벗어났다 하는구나. 그리고는 적당한 자리에 진지를 마련한 모양이더구나. 싸우기 전에 휴식을 취하려는 모양이야."

"그렇습니까? 알겠습니다. 그럼 적어도 하루의 시간은 벌 수 있겠군요."

"그렇지. 그런데 그것은 왜?"

"아닙니다. 사제들과 사질들에게도 힘을 비축해 놓으라 전해주십시오."

"알았다."

몸을 돌리는 청현은 운현의 말에서 무언가를 느꼈다. 하지만 그것이 무엇에 기인한 느낌인지는 알 수가 없었다.

'무슨 생각인 것이냐?!'

운현을 바라보는 청현의 눈빛에는 걱정만 가득했다.

만독문이 자리를 잡은 곳은 한천(漢川)으로, 웅성과 그리 멀지 않은 곳이다. 대략 하루 정도의 거리. 그렇게 가까운 곳에 적이 있었다.

"후우!"

운현이 한숨을 쉬었다. 사천 싸움에서도 떨리지 않던 그였지만 만독문에 대한 이야기를 하도 많이 들어서 그런지 왠지 떨렸다.

"달이 너무 밝은가?"

보름달은 아니지만 거의 보름달에 가까웠다. 얼핏 보면 완전한 동그라미로 착각할 정도로.

잠자리에 들지 않고 잠시 바람을 쐬고 있던 운현이 어디론가 발걸음을 옮겼다.

무당파와 개방의 진지는 내일의 전투 때문인지 너무나도 고요했다.

한천 만독문의 진지.

그곳 역시 고요했다.

폭풍전야처럼.

만독문도들은 쉽게 잠이 오지 않는지 눈을 뜬 채 아무런 말도 하지 않고 그저 하늘만 바라보고 있었다.

상기욱과 네 명의 장로 역시 별다른 말 없이 자신들의 할 일을 하거나 휴식을 취하고 있었다.

스륵.

그런 고요한 만독문의 진지에 한 사람이 모습을 드러내었다. 위아래로 검은 옷을 입은 그 사람은 딱 보아도 만독문의 문도가 아니었다.

그렇다면 누구란 말인가?

그는 바로 운현이었다.

'독혈인이라……. 어디 시험 좀 해볼까?'

독혈인의 위력이 어느 정도인지 정확히 알 수 없었기에 이렇게 야습을 가장하여 독혈인을 상대해 보려는 것이었다.

'자, 나와라. 아니, 나오게 해주마.'

운현은 슬쩍 자신의 기운을 뿜어내었다. 일반 문도들은 알아차리지 못할 것이다.

알아차릴 사람이 있다면 독혈인 정도의 고수이거나 만독문주 아니면 장로들 정도일 것이다.

'어서 나와라.'

기운을 흘리며 운현은 주변을 두리번거렸다.

저벅, 저벅, 저벅.

잠시 후에 들리는 발걸음 소리. 일반 사람들의 발걸음 소리와는 미묘하게 다른 무언가가 있었다.

'왔구나!'

점차 모습을 보이는 독혈인 한 명. 정확히 몇 명이 있는지는 모르지만 한 명만 왔다는 사실은 운현에게 다행스러운 일이었다.

'여기서는 안 된다.'

운현이 뒤쪽으로 신형을 날려 독혈인을 유인했다. 최대한 만독문의 진지와 먼 곳으로.

파밧!

독혈인이 땅을 박찼다.

그리고는 빠른 속도로 운현의 뒤를 쫓았다. 전속력은 아니지만 운현과 일정한 거리를 유지하며 따라붙고 있었다.

유인하는 운현과 따라붙는 독혈인.

이 둘의 싸움이 만독문과 벌이는 싸움의 시작이었다.

『마도신기』 3권에 계속…

다세포 소녀 원작 만화 출간!!

전국 서점가 최고의 화제작!

OCN 슈퍼액션 드라마 시리즈 방영!

왜? 사람들은 다세포 소녀에 주목하는가!
상식을 뒤엎는 기발하고 엉뚱한 상상력!

『다세포 소녀』의 숨겨진 힘!!

다세포 소녀 원작만화 (전 5권 예정)
B급 달궁 글·그림 | 값 9,000원 / 부록 예이츠 시집

몇 페이지만 읽어도 좌중을 휘어잡을 이야깃거리가 넘쳐난다!
둔감해진 머리에 영감을 주는 아이디어가 마구마구 솟구친다!
원작을 더욱더 빛내주는 기발한 댓글 퍼레이드!
300만 다세포 폐인을 열광시킨 상식을 뒤엎는 엉뚱한 상상력!

또 하나의 이야기! 또 하나의 재미!
소설 『다세포 소녀』

초우 장편소설 | 값 9,000원 / 원작자 B급 달궁

"그건 모르겠고, 나는 외눈의 사랑이야. 사랑을 줄 수는
있어도 마주 할 수 없는 사랑이지. 두 눈을 가진 사람은 주
고받을 수 있지만, 나는 주는 것만 할 수 있어. 나는 주는
사랑으로 족해. 외사랑이지."
-외눈박이

초등학생이 반드시 읽어야 할 좋은 책 49권

각 학년별로 초등학생이 반드시 읽어야할 좋은 책을 선정하여 통합논술의 기본이 되는 '올바른 독서법'을 일깨워 줍니다.

교과서와 함께하는 초등학교 통합논술

초등1학년 | 값 12,000원 / 초등2학년 | 값 9,500원 / 초등3학년 | 값 11,000원 / 초등4학년 | 값 9,500원 / 초등5학년 | 값 9,500원 / 초등6학년 | 값 11,000원

♣ 혼자 할 수 있어요.

엄마가 책 읽는 방법을 가르쳐 주어도 좋아요.
독서지도하는 선생님이 가르쳐 주어도 좋답니다.
"초등 교과서와 함께하는 **통합논술 시리즈**"는
아이 스스로 독서할 수 있도록 꾸며진 책이에요.
엄마와 선생님은 요령만 가르쳐 주시면 된답니다.

♣ 교과서의 중요한 내용이 총정리되어 있어요.

각 학년별로 중요한 교과 내용이 함께 수록되어 있어요.
초등학생은 교과서 내용을 충실하게 공부해야 합니다.
아울러 그와 병행한 독서가 대단히 중요하지요.
"초등 교과서와 함께하는 **통합논술 시리즈**"는
두가지 방법 모두 알려준답니다.

♣ 이 책은 훌륭하신 선생님들이 함께 쓰신 책이랍니다.

동화작가 선생님들이 쓰셨어요. 소설가 선생님도 쓰셨답니다.
국어 논술독서지도 선생님들도 함께 쓰셨지요.
"초등 교과서와 함께하는 **통합논술 시리즈**"는
엄마의 마음으로 모든 선생님들이 함께 꾸민 책이랍니다.

입소문을 통해 아는 분은 다 알고 계십니다!
올 한해 공인중개사 최고의 화제작!

1~2권 합본 | 이용훈 지음
3~4권 합본 | 이용훈 지음
5~6권 합본 | 이용훈 지음
용 어 해 설 | 이용훈 지음
1~2차 문제풀이집 | 이용훈 지음

수험생 기본 필독서
만화 공인중개사

제목 : 만화공인중개사 쓰신 분에게 감사드립니다.

학원을 두달 다녔어요. 근데 과연 그 숫자 와우기 그런게 몇 문제나 나올까 생각을 했어요.

아니라는 생각이 드네요. 학원강의를 뒤로 하고 서점을 갔어요. 내 머리에 가장 이해될 수 있는

책이 없나 하구요. 거기서 만화를 발견했어요. 무조건 세번 봤어요. 3개월 걸렸어요. 문제 집을

보라고 했는데 그건 시행을 못했어요. 근데 합격을 했네요.

어떻게 감사의 말을 해야 될지…

도서관에서 만화책 들고 다니니까 사람들이 비웃더라구요. 만화책으로 공인중개사를 공부한

다고 미친사람처럼 보더라구요. 근데 그거 다 감수하고 했던 내가 자랑스럽습니다.

어떻게 감사의 말을 해야 할지 정말 감사합니다.

부디 행복하세요. 제 나이 41살에 좋은 스승을 만난 거 같습니다.

엎드려 감사드립니다.

—본사 홈페이지에 독자분이 올린 메일 中 에서 발췌—

잘나가고 싶은 사람은 읽어라!

그에게 한눈에 반했다! 그것은 분위기 탓?
애인과 나란히 걸어갈 때 당신은 좌, 우 어느 쪽에 서는가?
이성은 왜 서로 끌리는 걸까? 그 심층 심리를 해명한다!

30초의 심리학

■ **30초의 심리학**
아사노 하치로우 지음 / 계일 옮김 | 값 8,500원

처음 본 사람인데 와 닿는 느낌이
너무나도 강렬한 사람이 있다.
흔히 하는 말로 '필이 꽂힌 사람',
그래서 잊혀지지 않는 사람,
한눈에 반했다고 하는 것이 바로 그것이다.
이런 인간의 감정을 논하는 데
남녀의 구분이 있을 수 없다.
사랑하는 그, 혹은 그녀를
생각하는 것만으로도 가슴이 두근거린다.
이상할 것 없다. 당연히 그럴 수 있는 것이다.
그렇기에 인간을 감정의 동물이라 하지 않는가.
그러나 그렇게 좋아하는 그 사람이
어느 날 갑자기 싫어지는 경우는 왜일까?

Psychology